# 「もののあはれ」を読み解く

『源氏物語』の真実

小谷惠造 著

ミネルヴァ書房

至ったのである。つまり、御息所の「嫉妬」や源氏の「冷淡さ」として解されてゐるものは、実は然るべき自省と苦悩がない交ぜになった「もののあはれ」そのものの心情であって、紫式部がこのやうな心理心情に思ひ悩む人物を『物語』に多く登場させたのは、深窓の姫君たちに『物語』を読むことによって「もののあはれ」の情趣に浸る機会を得させようといふ深い思慮に基づくものであり、それを単なる男女の好き事として読んでゐるのでは『源氏物語』を真に読んでゐることにはならないと気付いたのである。

かうしたことに気付くことによって、私は更に『源氏物語』を深く読み味はふことが出来るやうになった。例へば赤い大きな鼻の不美人である末摘花といふ女性は、単に『物語』に滑稽さを挿入する役割の登場人物としてのみ読み過ごされてゐるのであるが、紫式部がこの女性を敢へて登場させたのには何か深い意味があるのであらうと注意をして読むうち、世の男性に対するメッセージがあることに気付いた。それは源氏がこの古風なセンスの醜女の世話を一生の間つづけてゐることであって、源氏の「もののあはれ」には真摯な誠実さが裏打ちされてゐることを紫式部は説いてゐるのである。

ところが『源氏物語』は単なる色恋の物語であると軽く考へられてゐるために、「もののあはれ」の情趣や心情も単に恋愛感情に過ぎないと考へられがちである。だが『物語』に記された「もののあはれ」の情は人生における感動や感慨の多くを包括するものであり、『源氏物語』は実人生におけるさうした感慨の幅を広げるためのトレーニングの練習場なのであるのに、今日、私どもが手にし得る『源氏物語』に関する多くの書物が、かうした修練の場となってゐないのは何故であらうか。

これには二つの要因が考へられる。一つは読み手が現代社会に生きる現代人としての倫理感を基軸に、傲然として『源氏物語』に対してゐる場合が余りにも多いことであり、その最も典型的な例は一夫一婦制を絶対視する立場から源氏の「好き心」を非難してゐる「源氏学の巨匠」の存在があることである。本来、文学を味読するためには登場人物の考へや心情と一体化することが大前提であるのに、それを怠ったままで『源氏物語』の人々の行為を上から見下ろすやうな学者の解釈が余りにも多いのである。

第二の問題点は、一千年前の古語の持つ高雅で複雑微妙な意味や概念を探り当てる努力をしないままに、単に口語の平俗な意味に置き換へて済ましてゐる解釈が多いといふことがある。言語の変化変遷は最近の数十年の様相を見ても分るやうに、雅から俗へ、複雑微妙から単純平俗への道を進むものであって、一千年もの間に変化した言葉の実態は容易ならざるものがあるのに、この事実を直視してゐる人の存在を私は知らないのである。例へば『源氏物語』には登場人物の苦悩を描写した場面に「憂し」や「心憂し」といふ言葉が屢々用ひられるのであるが、諸書の口語訳は概ね「つらい・いやだ・情けない」で済まされてゐる。だが、よく考へてみれば、この「憂し」や「心憂し」といふ古語に対応する口語の「憂い」や「心憂い」などといふ言葉が存しないといふ事実に気付かされるのである。つまり「憂し」や「心憂し」といふ古語で表現されてゐた心理や心情を一語で表現する言語能力を私どもは失ってしまったと考へざるを得ないのである。これは『源氏物語』の「もののあはれ」の情趣や心情を正しく解釈することが容易でないことの端的な事実である。

本書は右のやうな問題点を自覚しながら、私なりに『物語』の解釈をなるべく紫式部の真意に添ふやうに努めたつもりの一つの答案である。望むべくんば紫女からの合格点を得たいものであるが、先づは読者諸賢からの批判や感想を得たいと願ってゐる。

小谷恵造

本書に引用した『源氏物語』の本文は「青表紙本」を底本とする『日本古典文学全集』（小学館）に概ね依った。また原文の解釈について検討を加へた諸書は左記の通りである。

金子元臣『定本源氏物語新解』（明治書院　大正十四年～昭和五年　略号『新解』）
吉澤義則『対校源氏物語新釈』（平凡社　昭和十二年～昭和十五年　略号『新釈』）
池田亀鑑『源氏物語』（日本古典全書）（朝日新聞社　昭和二十一年～昭和三十年　略号『全書』）
山岸徳平『源氏物語』（日本古典文学大系）（岩波書店　昭和三十三年～昭和三十八年　略号『大系』）
玉上琢弥『源氏物語評釈』（角川書店　昭和三十九年～昭和四十三年　略号『評釈』）
松尾　聰『全釈源氏物語』（「朝顔」巻まで）（筑摩書房　昭和三十二年～昭和四十五年　略号『全釈』）
阿部秋生ほか『源氏物語』（日本古典文学全集）（小学館　昭和四十五年～昭和五十一年　略号『全集』）
今泉忠義『全訳源氏物語』（講談社　昭和五十三年　略号『全訳』）
石田穣二ほか『源氏物語』（新潮日本古典集成）（新潮社　昭和五十二年～昭和六十年　略号『集成』）
柳井　滋ほか『源氏物語』（新日本古典文学大系）（岩波書店　平成五年～平成九年　略号『新日』）

与謝野晶子『源氏物語』（河出書房　昭和三十年　略号『晶子源氏』）
谷崎潤一郎『新々訳源氏物語』（中央公論社　昭和三十九年～昭和四十年　略号『谷崎源氏』）
円地文子『源氏物語』（新潮社　昭和四十七年～昭和四十八年　略号『円地源氏』）
瀬戸内寂聴『源氏物語』（講談社　平成八年～平成十年　略号『寂聴源氏』）

「もののあはれ」を読み解く――『源氏物語』の真実

目次

まへがき

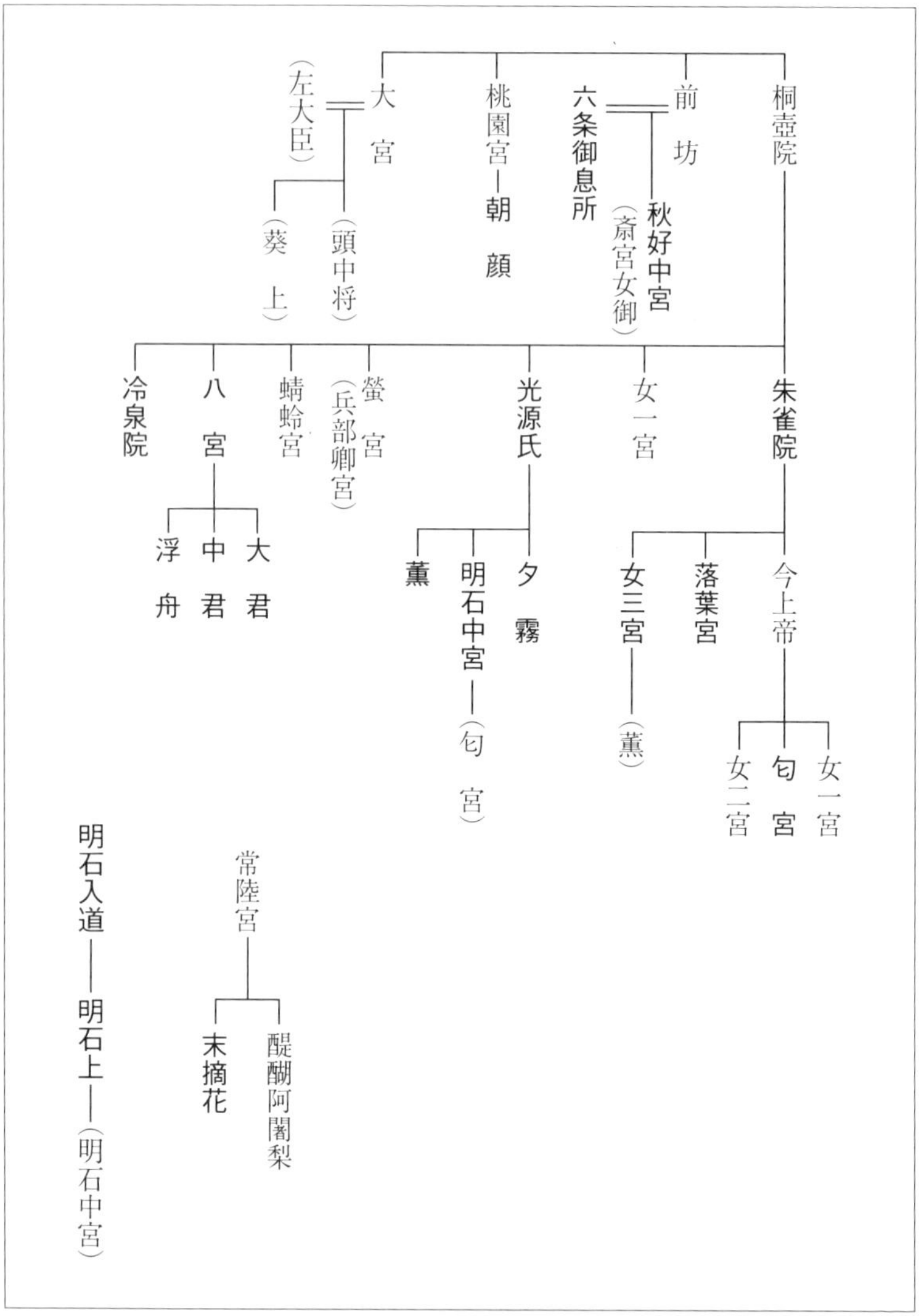
桐壺院
前坊
六条御息所
秋好中宮
（斎宮女御）
桃園宮
朝顔
大宮
（左大臣）
（頭中将）
（葵上）
朱雀院
女一宮
光源氏
螢宮
（兵部卿宮）
蜻蛉宮
八宮
冷泉院
今上帝
落葉宮
女三宮
（薫）
夕霧
明石中宮
（匂宮）
薫
大君
中君
浮舟
女一宮
匂宮
女二宮
常陸宮
醍醐阿闍梨
末摘花
明石入道
明石上
（明石中宮）

主な人物系図

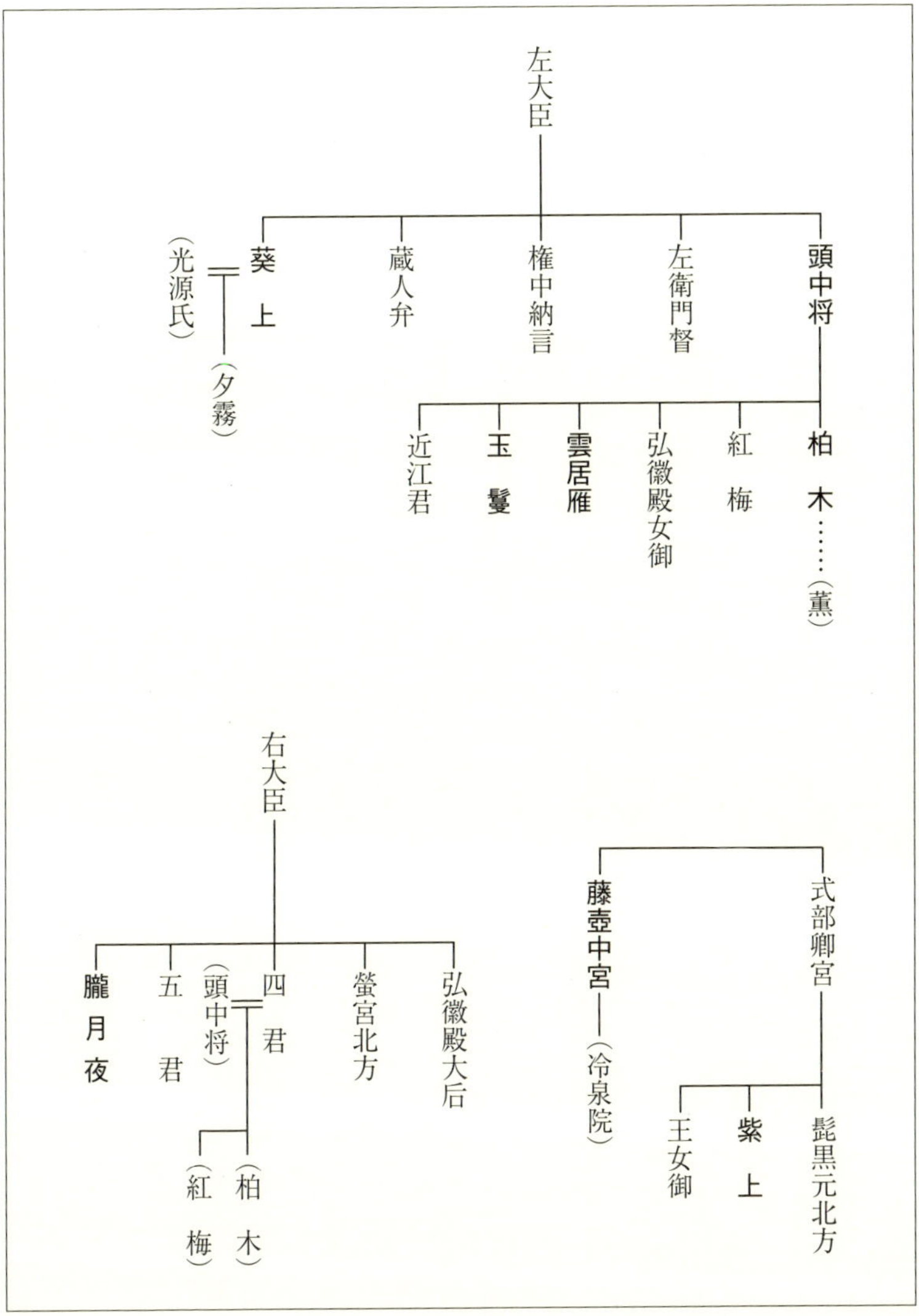
左大臣
葵上
（光源氏）
（夕霧）
蔵人弁
権中納言
左衛門督
頭中将
近江君
玉鬘
雲居雁
弘徽殿女御
紅梅
柏木
（薫）
右大臣
朧月夜
五君
（頭中将）
四君
（紅梅）
（柏木）
螢宮北方
弘徽殿大后
藤壺中宮
（冷泉院）
式部卿宮
王女御
紫上
髭黒元北方

# 第1章　光源氏の人柄と教養

## 一　父親としての光源氏の思慮

### 息子夕霧の教育

現在、『源氏物語』のことを単なる色恋の物語であると思ひ、光源氏を好色の男とのみ思ひ込んでゐる人は、源氏学者の松尾聰氏や作家の瀬戸内寂聴氏などを初めとして実に多い。しかし、それは『源氏物語』の読み方としては全く正しくない。本来『源氏物語』には光源氏は第一級の立派な人物として描かれてをり、この物語には人生にとって大切な教訓が数多く散りばめられてゐるのである。その一例を、源氏が息子の夕霧をどのやうな考へで育てようとしてゐたかといふことを記すことによって、明らかにしてみよう。

話は「少女」巻の初めに記されてゐることである。夕霧が十二歳になったので、源氏は元服の儀式を自分の二条の邸で行はうとした。しかし夕霧の祖母の大宮（葵上の母）が孫の元服の儀式の様子を見たがってゐると知って、源氏は大宮の住む三条の邸で行ふことにした。早くに母の葵上と死別した夕霧は大宮の膝下で養育されてゐたから、大宮の夕霧に対する愛情は人並み以上のものがあったのである。伯父の右大将（嘗ての頭中将）を初め、錚々《そうそう》たる親族が「我も我もと、さるべき事ども仕うまつり」、お祝ひの品々も届いて、その盛儀の立派さは世間の話の種として尽きるところがなかった。

さうした中で、源氏は最初は夕霧を四位に加階することを考へもし、朝廷でもそれが当然だと思はれてゐたが、源氏は熟慮の末、夕霧を六位のままにとどめ、大学に入学させることに決めた。大宮はそのことをとても残念に思ひ、源氏と面談する機会のあった時、その不満を訴へた。それに対して源氏は次のやうに自分の考へを懇々と述べた。先づ源氏は、

ただいま、かうあながちにしも、まだきに（早くも）おいづかすまじう侍れど、思ふやう侍りて、大学の道にしばし習はさむの本意侍るにより、いま二三年《ふたとせみとせ》をいたづらの年月に思ひなして、おのづから朝廷《おおやけ》にも仕うまつりぬべきほどにならば、いま人となり侍りなむ。

と、夕霧にとって今は大学で勉強することが、いづれ朝廷に出仕することになる上でも重要だと説いた。そして、これは自分の生ひ立ちを反省してのことであるとして、更に次のやうに言った。

みづからは、九重の中に生ひ出で侍りて、世の中の有様も見知り侍らず。夜昼御前に候ひて、わづかになむ、はかなき書《ふみ》なども習ひ侍りし。ただ、かしこき御手より伝へ侍りしだに、何事も広き心も知らぬほどは、文の才《ざえ》をまねぶにも、琴笛の調べにも、音《ね》たへず、及ばぬところの多くなむ侍りける。

つまり、自分は若い時に宮中に暮らし、父の桐壺帝の膝下で学ぶだけで、何事についても「広き心」を知るための勉強が足りなかったと反省してゐるのである。そして、

はかなき親に、賢き子のまさるためしは、いと難きことになむ侍れば、まして次々伝はりつつ、隔

たりゆかむほどの行く先、いとうしろめたなきによりなむ、思ひ給へおきて侍る。高き家の子として、官爵《つかさかうぶり》心にかなひ、世の中さかりに驕りならひぬれば、学問などに身を苦しめむことは、いと遠くなむ覚ゆべかめる。戯れ遊びを好みて、心のままなる官爵《くわんさく》にのぼりぬれば、時に従ふ世人の、下には鼻まじろきをしつつ、追従し、気色取りつつ従ふほどは、おのづから人と覚えてやむごとなきやうなれど、時移り、さるべき人に立ちおくれて、世衰ふる末には、人に軽め侮らるるに、かかりどころなきことになむ侍る。

と述べて、実力のないままに高い官位を得ていい気になってゐる者の末路の哀れさを説いて聞かせた。そして更に大学で漢才を習得することの大切さについて次のやうに語った。

なほ才《ざえ》をもととしてこそ、大和魂の世に用ゐらるる方も強う侍らめ。さし当りては心もとなきやうに侍れども、つひの世のおもしとなるべき心掟を習ひなば、侍らずなりなむ後も、うしろやすかるべきによりなむ。ただ今は、はかばかしからずながらも、かくてはぐくみ侍らば、せまりたる大学の衆とて、笑ひ侮る人もよも侍らじと思ひ給ふる。

つまり、源氏は、本人は今は何のための勉強かは分らないかも知れないけれども、着実に勉強を重ねて成長していけば、将来きっと身の役に立つはずだ、と説くのである。

さすがに「まめ人」（真面目な人）と言はれる夕霧も、源氏のこの教育方針には不服で、「つらくもおはしますかな。かく苦しからでも、高き位に昇り、世に用ゐらるる人はなくやはある」と内心では思った。しかしもともと「大方のひとがらまめやかな」夕霧は父の教へに従ひ、よく学問に励んで四、五箇月のうちに『史記』を「読み果て」、試験にも合格した。よく知られてゐるやうに『史記』といふ書物は有名な司馬遷が著はしたもので、百三十巻からなる厖大な書物である。試験はこの『史記』の中から随意に数箇所を選び出し、そこが訓《よ》めて意味も理解出来てゐるかどうかを試すのである。この後も更に夕霧の勉学は続けられ、数箇月後の『漢書』の試験にも合格し、漢詩を作る試験にも及第して進士となった。受験生十人のうち、合格したのは夕霧を含めて三人であった。

このやうにして見事に進士となった夕霧は五位に任ぜられ、侍従職にも即《つ》いた。そして翌年には中将に昇進し、その後も二十歳で大将、二十五歳で大納言と順調に出世して行ったが、これは光源氏が「世のおもしとなるべき掟を習」はせるために夕霧を大学に入れた配慮が実を結んだことに他ならない。

## 「大和魂」の意味

ところで、源氏が大宮に学問の必要性について述べた中に、「才《ざえ》をもととしてこそ、大和魂の世に用ゐらるる方も強う侍らめ」とあった。この「大和魂」の意味について『源氏物語』を専門に研究してゐる学者のみならず古語辞典が誤った解釈をしてゐるので、これについて少し述べておかう。

右に源氏が言った「才」といふのは学習して習得する知識や技能のことで、夕霧を大学に入れて身につけさせようとしてゐる「才」は、漢籍に関する知識や漢詩・漢文を作る能力のことである。ところがこれに対比されてゐる「大和魂」の意味は何であるかといふと、その意味は実は必ずしも明確ではない。といふのは、「大和魂」といふ言葉は『源氏物語』の中にこの一例しか用ひられてゐないために、その意味を検証することが難しいのである。

もっとも、最近では、数年前に相撲界で大関に昇進した豪栄道が「大和魂」を口にしたやうに、「日本民族固有の気概あるいは精神」(『日本国語大辞典』)といった意味で捉へてゐる人が多いであらう。しかし、この現代の口語の「大和魂」と平安時代の頃の古語の「大和魂」とは意味が異なるのである。

では古語の「大和魂」とは如何なる意味なのであらうか。

例へば先づ『岩波古語辞典』を見てみると、「実務を処理する能力」とあり、『角川古語大辞典』には、「実務的・常識的な思慮分別をいう」とある。辞典にかう記してある以上、これが源氏が言った「大和魂」の意味であると普通には解されるかも知れない。事実、玉上琢弥氏の『評釈』は「融通のきいた、常識的政治的判断」と解釈し、石田穣二氏らの『集成』も「我が国の実情に応じた政治的判断や行政能力」とし、阿部秋生氏らの『全集』も「実務の才」などとしてゐる。

だが源氏が言った「大和魂」といふ言葉の意味を『源氏物語』の記述に即して考へる時、このやうな意味であると解釈するのは間違ひだと言はなければならない。何故なら源氏が言ってゐるのは、「大和魂」に「才」が加はって初めて「世に用ゐらるる方」(朝廷で有能な政治家として働くこと)が可能になるといふことであって、「大和魂」自体に「政治的判断や行政能力」があると言ってゐるのではないからである。これは『源氏物語』に書かれてゐる文章を正しく読めば明らかなことである。

このやうに、古語辞典を初めとして学者諸氏が右のやうな解釈をしてゐるのには、平安後期の歴史書である『大鏡』にも「大和魂」が一度用ひられてゐて、その『大鏡』の用例をもとにして「大和魂」が誤読されてしまってゐるといふ背景がある。

この『大鏡』に用ひられてゐる「大和魂」の意味が誤読されてゐる実態については、第5章第四節の「『源氏物語』に見える「大和魂」の真義」といふ文章で詳しく述べるので、ここでは詳論を省くことにするが、いづれにせよ、古語辞典の説明を初めとして『源氏物語』の「大和魂」の意味が「実務を処理する能力」であるとか、「実務の才」であるなどと間違った解釈をされてゐるのは『大鏡』の用例の誤読に基づくのである。

では『源氏物語』における「大和魂」の本当の意味は何であるのかと言へば、それは、穏和で誠実な徳を具へ、和歌や管弦などの風雅の道に通じた心情をその内容とするものだと解釈するのが妥当であると私は思ふ。夕霧は、親の源氏から見てもこのやうな「大和魂」を備へ持った好ましい青年であったのであるが、この美質に加へて学問によって「漢才」を習得させ、朝廷で重きをなす立派な政治家として成長せしめようとする配慮が源氏にはあったのである。

## 女性問題についての訓戒

夕霧が祖母の大宮の邸に住んでゐた頃、同じ邸内で暮らしてゐた従兄妹《いとこ》の雲居雁と幼馴染みとなり、次第に恋人同士のやうな間柄となって行った。しかし雲居雁の父の内大臣の同意が得られず、二人は密《ひそ》かに心を通はし合ったまま辛い日々を過ごしてゐた。

夕霧は既に中将に任ぜられ宰相の官職にもあり、諸方から縁談もあったが、「外《ほか》ざまの心はつくべくもおぼえず」（雲居雁以外の縁談には耳を傾けない）といった様子のままであったので、夕霧をいつまでも独り身にしておく訳には行かない源氏は、ある時「早く身を固めるのがよい」と言った。しかし夕霧は一言も返事をせず「かしこまりたるさま」のままであったので、懇々と次のやうに諭した。この時の源氏の夕霧への諭し方は実に配慮の行き届いたものであった。（「梅枝」巻）

先づ源氏は「かやうのことは、かしこき御教へにだに従ふべくもおぼえざりしかば、言《こと》まぜま憂けれど」と断って、若い時の自分も父帝のご意見に従ふことは出来なかったと言った上で、しかしながら「今思ひあはするには、かの御教へこそ長き例《ためし》にはありけれ」（今考へてみると、あの父帝のお教へは時代を超えた規範であった）と言ひ、夕霧に対する訓戒は自分が偉さうに言ひ立てるのではないと言った。これは光源氏の行き届いた配慮である。

この時、源氏が夕霧に諭したことの内容は第3章に於いても詳述するので、ここでは簡略につくことにするが、源氏の訓戒の要点は、年若く「何となき身のほど」は「好きずきしき心」のままに行動しがちなものであるから、用心にも用心を重ねなければならないといふものであった。源氏は自分も「軽々しき譏りをや負はむ」と慎んだつもりではあったが、それでも「好きずきしき咎を負ひて、世にはしたなめられ」るといふ失敗もあったと、自分のことをも引合に出して言ひ、万一にも女性と深い関係になってしまった場合、仮にその人が「わが心にかなはず、忍ばむこと難きふし」があっても、相手の親のことを配慮したり、相手の人柄の取柄《とりえ》を思ふことによって、添ひ遂げるのがよい、と説いた。原文に「のどやかにつれづれなるをりは、かかる御心づかひをのみ教へ給ふ」とあるから、源氏はかうした訓戒を機会あるごとに夕霧に言って聞かせたのである。事実、源氏は一度深い関係になった女性は末摘花のやうな人であっても、一生その世話をしつづけたのである。

やがて間もなく夕霧は晴れて雲居雁と結婚することが出来たが、しかしその結婚生活は最初こそ幸福であったものの、子供も多く出来て雲居雁がその世話に忙殺されるうちに、夕霧の心は親友だった柏木の未亡人の落葉宮に傾くやうになり、夕霧と雲居雁との間には隙間風が吹くやうになった。（「夕霧」巻）

さうした事情を聞き知った時の源氏の夕霧への思慮にはこれまた学ぶべきことがある。この時、夕霧は落葉宮と殆ど結婚生活同様の暮らしをしており、妻の雲居雁との関係はかなり悪化してゐたが、夕霧はその事情を源氏には報告をし得ないままであった。そんなある時、夕霧が源氏のもとに久し振りの挨拶に出向いた折も、源氏は落葉宮との事は知ってはゐたが、自分の方から詰問するやうなことは言ふまいと思って、黙って夕霧の挨拶を聞いてゐるだけであった。この時の夕霧は二十九歳、官位も大納言で大将を兼ねてゐた。

源氏はこの夕霧を目の前にしながら、次のやうに思ってゐた。

いとめでたくきよらに、このごろこそねびまさり給へる御盛りなめれ。さるさまの好《す》き事をし給ふとも、人のもどくべきさまもし給はず、鬼神も罪許しつべく、あざやかに物きよげに、若う盛りに匂ひを散らし給へり。もの思ひ知らぬ若人のほどに、はたおはせず、かたほなるところ無うねびとのほり給へる、ことわりぞかし。女にてなどかめでざらむ。（「夕霧」巻）

（大意　夕霧も随分と立派になったものだ。落葉宮との関係が生じたとしても、他人に非難されるやうな様子もなく、男盛りの雰囲気に満ちてゐるから、女性が心を寄せるのも当然のことだ）

現代の普通の親ならば、世間体を気にして息子に小言の一つも言ふものである。否、平安王朝の時代と雖も、この寛容さは源氏ならではの格別のものであらう。源氏は夕霧が年齢とともに「いとめでたくきよらに」なって行く様子に目を細めながら、この「女にてなどかめでざらむ」ほどの夕霧が、落葉宮と「さるさまの好き事をし給ふとも」、他人が口を差し挟むことではないと考へてゐるのである。仮に源氏のやうに夕霧の行為を許容してゐたとしても、余人ならば何か忠告めいたことを言ひたくなるものであるが、源氏は敢へて口を噤《つぐ》んでゐるのである。

紫式部はこの源氏の寛容な姿にあるべき父親の在りやうを世の男性に説いてゐるのである。その点、『源氏物語』は必ずしも高貴な姫君や女房などの女性だけを読者として意識して作られたものではないと言へるであらう。

## 二　琴の名手だった光源氏

### 琴は「遊び」の主役

源氏の父の桐壺帝は多芸多才の人で、その訓育によって源氏もまた多芸多才の人となった様子は、『源氏物語』の随所に記されてゐる。その源氏の多彩な才芸の中で一際《ひときは》余人よりも傑出してゐたのは琴《きん》の琴の名手であることであった。

琴《きん》の琴といふのは大陸から伝来したもので、『源氏物語』の中では単に「きん」と呼称されることもあり、弦は和琴が六弦であるのに対して七弦あった。大きさは和琴が六尺（二メートル弱）前後あったのに対して四尺弱（一メートル強）と小さかった。恐らく演奏の仕方が難しかったためであらう、源氏の時代にはこの琴《きん》の琴が弾ける者は余り見られなくなりつつあったといふ時代設定になってゐる。

源氏が琴《きん》の琴の名手となったのは、父の桐壺帝が常に「才芸の中では琴《きん》の琴が最も大切である」と仰せられてゐたからであるが（「絵合」巻）、早くから源氏が琴の名手であることが世に知られてゐたことは、北山で少女の紫上を見初めた頃、僧都が源氏に琴を弾くことを慫慂してゐることからでも察せられる。この時、源氏はまだ十八歳であった。（「若紫」巻）

その頃、光源氏は末摘花と相知って時折訪れてゐたのであるが、それは彼女が珍しく琴《きん》の琴が弾けるのに魅かれてのことであった。貧しい生活の中で過ごすこの不美人を見捨てることなく、いつまでも源氏がその生活を支へ続けたのは、末摘花の音楽の教養を賞でたのもその理由の一つであったらう。

その後、朧月夜との一件(1)などから源氏は須磨に退去し、やがて明石に移り、そこで明石君《あかしのきみ》と懇ろになったが、それも明石君が琴の名手であったことが大きな理由であった。源氏は須磨に行く時も琴を携へて行ってゐたのである。

当時の宮中で「遊びわざ」といへば、音楽の催しに酒盛りが付属するのが常で、例へば「絵合」巻に記されてゐるところの絵合せの行事が終はって酒が振舞はれた際も、冷泉帝の勧めで権中納言が和琴を弾き、帥宮が箏の琴、命婦の少将が琵琶を奏した時、源氏はここでも琴《きん》の琴を弾いたのであった。

その数年の後、夕顔の忘れ形見の玉鬘が筑紫から上京して来たのを偶然に聞き知った源氏が、彼女を邸内に引取り、若き公達と交際させながら一流の教養ある女性に育て上げようとしてゐたある時、玉鬘に音楽のことを少し教へようとして和琴を引寄せて、

かやうの事は御心に入らぬ筋にやと、月ごろ思ひおとしきこえけるかな。秋の夜の月影涼しきほど、いと奥深くはあらで、虫の声に掻き鳴らし合はせたるほど、け近く今めきたる物の音なり。(「常夏」巻)

と話した。楽器を奏でるのは音楽を楽しむだけではなくて、その時その季節の風趣と重ね合ふことによって、「もののあはれ」を一層深く感受することが大切なのであると教へたのである。そして和琴の特色についても、

ことごとしき調べもてなし、しどけなしや。この物よ、さながら多くの遊び物の音《ね》、拍子をととのへとりたるなむ、いとかしこき。大和琴とはかなく見せて、際《きは》もなくしおきたることなり。広く異国《ことくに》のことを知らぬ女のためとなむおぼゆる。

と教へた。恰も音楽大学での授業のやうであるが、それも教養豊かな光源氏ゆゑの教訓であり、また筑紫といふ田舎育ちの玉鬘を、都の若き公卿たちが憧れの眼で見るやうな立派な女性に育て上げようとす

る熱意の表れでもあった。

## 女三宮への音楽教育

源氏が四十歳になったのを祝ふ四十賀の催しの際は、折から朱雀院がご病気中であったので、専門職の楽人などは召さず、親しい人たちが名器を持ち出しての忍びやかな「御遊び」だった。笛など殆どの楽器は太政大臣が準備をしたが、中でも「和琴はかの大臣の第一に秘し給ひける御琴」で、余りの名器だったためにこれを弾くことを誰もが遠慮したので、太政大臣の長男の柏木がこの名器を「げにいと面白く」弾き、その場の人たちを感動させた。（「若菜上」巻）

この時、琴《きん》の琴は諸芸に堪能だった兵部卿宮（帥宮）が弾いた。主客の席に居る源氏は聞き役なのである。ところがこの琴は嘗ては宜陽殿の宝物で、「代々に第一の名ありし」ものであったのを、亡くなられた桐壺院が、とても音楽の好きな方だった姫の一品の宮に贈与されてゐたのを、今日の催しのために太政大臣が特に借りてきたものだったのである。源氏が「昔の事」を「あはれに」「恋しく」思ひ出してゐる様子を感じ取った兵部卿宮は、琴を源氏に譲って弾くことを慫慂した。源氏も「もののあはれにえ過ごし給はで、めづらしきもの一つばかり」弾いた。

この年の暮れ、朱雀院も元気になられたので、今度は秋好中宮の主催で晴れて源氏の四十賀のお祝ひが催された。冷泉帝はこの祝賀の催しに華を添へるべく、夕霧を大将に昇進させられた。

式典が舞楽に移って、琵琶は兵部卿宮が担当し、太政大臣は和琴を弾き、源氏は例によって琴《きん》の琴を弾いた。今回は正式な祝賀の会でもあり、大臣の演奏は「いと優にあはれに」聴かれたので、源氏も「御手をさをさ隠し給はず」演奏した。

これより先、朱雀院の懇望により女三宮を源氏は六条院の邸に迎へた。源氏は宮を妻として遇するよりも、朱雀院から後見を委託された責任感から、彼女を立派な女性として育て上げることを以て自分の務めとした。その際に源氏が力を注いだのは宮に対する音楽教育であった。

女三宮は年齢もさることながら、至って幼さの抜けきらないところのある人であったが、音楽の才能は人並み以上にあった。その後、朱雀院が鍾愛の女三宮に会ひたいとお思ひであることを察した源氏は、院のために五十賀のお祝ひを催すことを計画し、その席で宮の琴の演奏を朱雀院にお聴かせすることにした。(「若葉下」巻)

女三宮は元々、父の院から琴《きん》の琴を習ってをり、朱雀院は宮を源氏に託す時、「折角の琴を弾く技術を源氏から教へてもらって、いつかはその上達ぶりを聞きたい」といふ願ひを持ってをられた由が源氏の耳に入ったので、それまでにも源氏は宮に琴を教へてゐたのではあるが、一層その指導に力が入った。その時の様子が次のやうに記されてゐる。

調べことなる手二つ三つ、おもしろき大曲《だいごく》どもの、四季につけて変るべき響き、空の寒さ温《ぬる》さを調《ととの》へ出でて、やむごとなかるべき手のかぎりを、とりたてて教へきこえ給ふに、心もとなくおはするやうなれど、やうやう心得給ふままに、いとよくなり給ふ。

かうして宮の琴の演奏も見栄えがするやうになった正月のこと、一《ひと》月後に朱雀院の五十賀の式典を控へて、源氏は六条院で女楽《をんながく》の催しを計画した。明石君は琵琶、紫上《むらさきのうへ》は和琴、明石女御は箏の琴、女三宮は当然のこと琴《きん》の琴を弾いた。その時の宮の演奏ぶりを聞いて夕霧は、

琴は、なほ若き方なれど、習ひ給ふさかりなれば、たどたどしからず、いとよく物に響きあひて、優になりにける御琴の音かな。

といふ感想を持った。女三宮の演奏は見事だったのである。

その女楽の宴が果てて、源氏は夕霧と音楽について話し合った。この時、源氏が夕霧に語った話の内容は次のやうなことであった。

先づ源氏は才芸の習得について、「片はしをなだらかにまねび得たらむ」ことは必ずしも難しいことではないと述べた後、琴《きん》の琴だけは「わづらはしく、手触れにくきもの」であると言ひ、その特別なものである所以を次のやうに述べた。

この琴は、まことに跡のままに尋ねとりたる昔の人は、天地《あめつち》をなびかし、鬼神《おにがみ》の心をやはらげ、よろづの物の音《ね》のうちに従ひて、悲しび深き者も、よろこびに変り、賤しく貧しき者も高き世にあらたまり、宝にあづかり、世にゆるさるるたぐひ多かりけり。

源氏はこのやうに述べた後、この琴が元来大陸から伝来したものであるから、最初に「深くこのことを心得たる人は、多くの年を知らぬ国に過ごし、身をなきになして」辛うじて習得したものであるが、今ではこの琴に難癖をつけるやうになって「をさをさ伝ふる人なし」といふ状態になってしまったのは「いと口惜しきこと」であると言ひ、「伝はるべき末」もないことを嘆いた。

女三宮に対しての源氏の琴の指導が実を結んで、紫上も称賛したほど宮の演奏は見事であったのは、朱雀院の期待に応へようとする責任感が大きかったことは言ふまでもないが、そのうち絶えてしまふ惧れのある琴《きん》の琴を後世に伝へるべき者を養成しておかうといふ憂ひも源氏にはあったに違ひない。

それにしても、まだ幼さの残ってゐる女三宮が、演奏の難しい琴を紫上や明石君などが嘆賞するほどに弾きこなしたのは、源氏の指導力が大いに与ってゐることは言ふまでもないことで、ここにも光源氏といふ人の器量を窺ふことが出来るのである。

（1）朧月夜との一件　朧月夜は右大臣の娘で弘徽殿女御と姉妹である。尚侍として宮中に勤めながらも、密かに源氏と親しい関係を続けてゐたことが右大臣に発覚してしまったといふ事件があった。

## 三　自ら絵筆を執った光源氏

### 当代随一の画家

平安の大宮人が歌合せや管弦の遊びをしばしば催し、風流風雅の楽しみを以て人生を豊かなものにしてゐたことは諸書にも記されてゐて、周知のことであるが、絵合せといふものをも楽しんでゐたことが『源氏物語』によって知ることが出来る。すなはち「絵合」巻に次のやうなことが記されてゐる。

「絵を興あることに思《おぼ》し」てゐた冷泉帝(1)は、自らも絵筆を執って「二なく描かせ給ふ」方であったから、入内された斎宮女御(2)が「いとをかしう描かせ給ひければ、これに御心移りて」、斎宮女御のもとに「いとしげう渡らせ給ふ」やうになり、女御に対する冷泉帝の「御思ひ」が一段とつよくなって行った。

かねて娘を弘徽殿女御として入内させてゐた権中納言(3)はこのことを聞き知って、「すぐれたる（絵の）上手どもを召し取り」、「またなきさまなる（この上ない見事な）絵ども」を書かせて集め、帝が弘徽殿女御のもとに見えた時にご覧に入れたが、これらの絵を斎宮女御にはお見せすることはしなかった。この権中納言のやり方を聞いた源氏は、「権中納言の御心ばへの若々しさこそあらたまりがたかめれ」と苦笑した。若い時からの親しい間柄だった源氏は、頭中将時代からの彼の気心をよく知ってゐたのである。

権中納言が蒐集した絵を「あながちに隠して」ゐることを知った源氏は、自分が収蔵してゐる絵を取り出して、斎宮女御にお見せする絵を紫上と一緒に選定した。この時、源氏は初めて須磨や明石での流寓の日々に書き溜めてゐた「旅の御日記」を取り出して紫上に見せた。改めて二人は「憂きめ見しそのをり」のことを思ひ出したりしながら、源氏はかの明石の家居では今はどのやうに暮してゐるのだらうと思ひ遣るのだった。

その頃は宮中ではさしたる行事もなく、斎宮女御のところでも弘徽殿女御のところでも、多くの絵についての論評が女房たちの間で賑やかに交はされるやうになり、その様子をお聞きになった藤壺中宮は、斎宮方と弘徽殿方との女房を左と右とに分けて、絵の論評を競はせることを思ひ付かれた。

その「とりどりに争ひ騒ぐ」様子を見て面白く思った源氏は、「同じくは、御前にてこの勝負《かちまけ》定めむ」と考へて、冷泉帝の御前で絵合せの催しが行はれることになった。左は斎宮方つまり源氏方、右は弘徽殿方で権中納言が後見人となり、判者は帥宮《そちのみや》（蛍卿宮）であった。藤壺中宮もその様子を見にお出でになり、判定が「心もとなきをりをり」には中宮も「時々さしいらへ」もされ、催しの興趣が尽きないのに加へ、それぞれに展覧に供する絵の優劣の決着も容易に付かず、到頭夜になってしまった。

かうして勝負は愈々最後の絵の優劣で決まることになり、弘徽殿方は「心ことにすぐれたる」逸品を出したところ、斎宮方は源氏が書いた「須磨の巻」の絵を出して来た。それは「いみじきものの上手」の源氏が、「心の限り思ひ澄まして静かに描き給へる」ものであったから、判者の帥宮を初めとして誰もが涙を流すほどに感動した。かうして「さまざまの御絵の興、これにみな移りはてて」、「よろづみなおしゆづりて」斎宮方の勝ちとなった。源氏は当代随一の画家でもあったのである。

## 絵を描くことが「はかなきもの」とは

絵合せの催しが終ったのは夜明け近くになってゐたが、皆に酒が振舞はれ、話も弾み、源氏は弟の帥宮と父帝の思ひ出話の序で次のやうなことを語った。

いはけなきほどより、学問に心を入れて侍りしに、すこしも才《ざえ》などつきぬべくや御覧じけむ、院ののたまはせしやう、「才学といふもの、世にいと重くするものなればにやあらむ、いたう進みぬる人の、命、幸ひと並びぬるは、いと難きものになん。品高く生まれ、さらでも人に劣るまじきほどにて、あながちにこの筋な深く習ひそ」といさめさせ給ひて、本才のかたがたのもの教へさせ給ひしに、拙《つた》なきこともなく、またとり立ててこの事と心得ることも侍らざりき。（「絵合」巻）

この源氏の話の要点は、父の桐壺帝は才学を修めるに当って「あまり度を越して執心するな」といふ諫めだったので、取り立てて一つのことに執着して習ふといふことはせず、管弦を初め、和歌を詠むことなど、大体の才芸については「拙なきこともなく」習得することが出来たといふことである。

さうした中にあって絵画だけは何故か執心したといふことや、このやうな絵をどうして書き溜めたかといふ事情を次のやうに語った。

絵描くことのみなむ、あやしく、はかなきものから、いかにしてかは心ゆくばかり描きてみるべき、と思ふをりをりはべりしを、おぼえぬ山がつになりて、四方《よも》の海の深き心を見しに、さらに思ひ寄らぬ隈なくいたられにしかど、筆のゆく限りありて、心よりは事ゆかずなむ思う給へられしを、ついでなくて御覧ぜさすべきならねば、かう好きずきしきやうなる、後の聞こえやあらむ。

（絵を描くことは「はかなきもの」であるが、私はどうした訳かそのことに不思議と執着するところがあったので、思ひも掛けず須磨や明石での田舎暮らしをすることになって、様々の海の美しい風景を心のままに見ることが出来た。しかし、表現には限界があって、不満足な出来の作品を、このやうな機会でもなければ他人にお見せすることもなかったのだから、ここにお見せしたものの、こんな厚かましいことは後々の物笑

ひの種となるだらう）

この源氏の話を聞いた帥宮も、源氏に劣らぬ風雅の道に造詣の深い多才の人であったが、「絵はなほ筆のついでにすさびさせ給ふあだ事」と思ってゐたのに、源氏が「かうまさなきまで」（こんなに想像外）の絵の達人であることに驚き、「古への墨書きの上手ども跡をくらうなしつべかめるは、かへりてけしからぬわざ」であると、感涙に咽《むせ》びながら褒めちぎった。「古への墨書き」云々は、昔の有名な画家の巨勢金岡なども及ばないでせうといふやうな意味である。

右の源氏と帥宮との会話の中で、学者諸氏が解釈を間違へてゐる箇所が幾つかある。その一つは源氏が「絵描くことのみなむ、あやしく、はかなきものから」と言ったことに関してで、ここの「はかなきものから」を諸書は次のやうに解釈してゐる。

『新釈』「つまらぬ芸道ではあるが」
『全書』「つまらない事ですが」
『大系』「つまらないものではあるけれども」
『評釈』「ほんのつまらないものながら」
『全集』「とりとめもないことですが」

いづれも、源氏が絵の道のことを「つまらないもの」と思ってゐると解釈してゐるのである。しかし、「心ゆくばかり」描いてみたいと執心し、また画技も一流の画家に伍すほどに熟達した源氏が、絵画のことを軽蔑的に思ってゐるとは思へない。第一、冷泉帝も斎宮女御も絵画を好まれ、自ら絵筆を執って「二なく描かせ給ふ」ほどであったのであるから、絵を描くことが「つまらない」ことであるはずがない。

右に源氏が「絵描くこと」が「はかなきもの」であると言ったのは、他の才芸、とりわけ音楽と比較してのことであらうと考へると分り易いと思はれる。これについては『岩波古語辞典』が、「はかなし」の原義として

つとめても結果をたしかに手に入れられない、所期の結実のない意。

としてゐるのなどを参考にして考へれば、源氏が「絵描くことのみなむ、あやしく、はかなきものから」と言った意味が理解できよう。

すなはち管弦などは演奏の技術を身につけるための稽古の手段や方法が比較的確立してゐて、先に記した女三宮が琴《きん》の琴を見事に演奏出来るやうになったのも、その一例と考へられるのである。実際、現代に於いても音楽の場合は指導者の助言などによって楽器の演奏技術が上達して行くことは実感し得ることであらう。だが絵画の場合はそれが必ずしも具体的で明確なものではなく、しばしば古画や師匠のお手本の模写などに頼ってゐるのが実際で、恐らくそれが「はかなきもの」の意味なのであらうと思はれる。

## 源氏は自分を自慢したか

学者諸氏の解釈の間違ひは、「思ひ寄らぬ隈なくいたられにし」といふ句の訳出にも見られる。すなはち諸書はこの句を次のやうに解釈してゐる。

『新釈』「画道については気附かぬ所なく精通しました」
『全書』「絵についてはは到らぬ点は全くないくらい会得したのです」
『評釈』「残る隅なく会得することができました」
『全集』「まったく至らぬところのないほどに会得されました」

『新日』「まったく思い及ばぬ所などない画境に到達しえた」右のやうな解釈を見ると、あたかも源氏は画家としての自分の力量が最高の境地に達してゐると自慢してゐることになる。しかし、これまで紹介してきたやうに、紫式部が『物語』の中で描いてゐる源氏はそんなことを他人に広言するやうな人ではないのである。第一、ここでは源氏が「思ひ寄らぬ隈なく」云々と言った直前に「おぼえぬ山がつになりて」とあるのであるから、「思ひ寄らぬ隈なく」といふ意味は、都に居ては想像も出来なかった「思ひ寄らぬ」須磨や明石の海辺の美しい風景のことを言ってゐるといふふうに解釈しなければならない。

源氏は流寓生活の中にあって、思ひも寄らぬ多くの美しい風景を目にしながら絵筆を執ったけれども、「筆のゆく限りありて、心よりは事ゆかず」と思ったのである。その未熟を恥ぢる謙遜の言葉が源氏の真意なのである。

（1）冷泉帝　桐壺帝の第十皇子だが、実は源氏と藤壺との間に生れた御子。
（2）斎宮女御　六条御息所の姫君。朱雀帝の時、伊勢神宮に斎宮として奉仕したことからこのやうに呼ばれてをり、後には秋好中宮とも呼ばれる。
（3）権中納言　源氏の親友で若い時は頭中将と呼ばれてをり、その姉の葵上は源氏の妻であった。

## 四　書家としての光源氏

### 『源氏物語』と書道

源氏と明石君との間に生れた明石の姫君が入内するに当って、源氏がその調度品を整へた中に、「いにしへの上なき際の御手どもの、世に残し給へるたぐひ」の物なども非常に多くあった。源氏はさういふ書道のお手本になる数々の草子を見ながら、紫上に次のやうに語ってゐる。

よろづの事、昔には劣りざまに、浅くなりゆく世の末なれど、仮名のみなむ今の世は、いと際《きは》なくなりたる。古き跡は、定まれるやうにはあれど、ひろき心ゆたかならず、一筋に通ひてなむありける。妙《たへ》にをかしきことは、外《と》よりてこそ書き出づる人々ありけれど、女手を心に入れて習ひしさかりに、こともなき手本多く集《つど》へたりし中に、中宮の母御息所（六条御息所）の、心にも入れず走り書き給へりし一行《くだり》ばかり、わざとならぬを得て、際ことにおぼえしはや。（「梅枝」巻）

右に源氏が述べてゐることは、時代が下るにつれて「よろづの事」が「劣りざまに、浅くなりゆく」中にあって、書の「仮名」だけは「今の世」が最高であるといふことである。勿論これは紫式部の考へが表明されてゐるのであるが、事実、当時は藤原行成や藤原公任など書の名人が多く、仮名書道史上において最高の妙筆を揮ふ人たちが「今の世」に「際なく」輩出してゐたのである。

右の光源氏の述懐で知られるやうに、源氏の時代の仮名は書道史上において最高の時代として設定されてゐることを承知した上で、改めて『源氏物語』を読み返してみると「手」といふ言葉が屢々用ひられてゐることに気付く。例へば次のやうな例がある。

①「手を書きたるにも、深きことはなくて、ここかしこの、点長に走り書き、そこはかとなく気色ばめるは、うち見るに、かどかどしく」（「帚木」巻）

②「馴れたる手して、口疾《と》く返りごとなど侍りき」（「夕顔」巻）

③「よしある手の、あてにをかしきすぢに書き給へり」（「若紫」巻）

④「手はいとさだ過ぎたれど、よしなからず」（「紅葉賀」巻）

⑤「御帳の前に御硯などうち散らして、手習ひ捨て給へるを取りて、目をおししぼりつつ見給ふを、若き人々は、悲しきなかにもほほ笑むもあるべし。あはれなる古言ども、唐のも大和のも書きけがしつつ、草にも真名にも、さまざまめづらしきさまに書きまぜ給へり」（「葵」巻）

右の①は雨夜の品定めにおける左馬頭の書道論であり、②は惟光が夕顔の侍女と交はした手紙の筆跡についての惟光の批評であり、③は若紫の祖母の尼君の歌を見ての源氏の感想であり、④もまた源氏が源内侍の筆跡を見ての感想であり、そして⑤は源氏が日常的に筆を執って手習ひをしてゐた様子を左大臣や女房が見てゐる場面である。「目をおししぼりつつ」見てゐるのは左大臣で、泣いてゐるのは葵上の死後間もないことだからである。

改めてこのやうに見てくると、『源氏物語』の多くの人々は普段から手紙にせよ歌にせよ、その筆跡について常に批評の目で以て見てゐることが知られるのである。と言ふことは、絶えず美しい文字を書くといふことが日常的に心掛けられてゐたといふことであって、当時の仮名が書道史上最高の高みに達したのは、専門の書家だけの鍛錬によるものでなく、裾野の多くの人たちにおいても、美しい文字に対する関心が常日頃から高かったからである。

書家の駒井鵞静氏の『源氏物語とかな書道』（雄山閣）によれば、①の「気色ばめる」は「わけあり気な書き方」であり「かどかどし」は「才をひけらかした書き様」で、③の「あてにをかし」は「品格を強調している」もので、「よしある手」とか④の「よしなからず」の「よし」は「雅趣」であるとされる。そして総じて『源氏物語』と書道の関係について、

『源氏物語』の精緻な筆蹟描写は、書き手の性格や教養を表すにとどまらず、人間の深層をえがく役割を、負わされている。だから『源氏物語』から書道をはずすことはできない。

と述べ、そしてまた、

登場人物の筆蹟を以てして、重要な心理描写としている文学は『源氏物語』をおいて他にない。

と述べられてゐる。

このやうに駒井氏が書家としての立場から源氏の書論について述べられた事柄には実に傾聴すべきものが多くある。

ところが源氏物語を専門とする学者たちは、冒頭に引いた「古き跡は、定まれるやうにはあれど、ひろき心ゆたかならず、一筋に通ひてなむありける」といふ源氏の言葉の解釈を、

『評釈』「昔の字は、書き方がさだまっていることではあるが、ゆったりした感じがあまりなくて、いちように似通ったものになっている」

『全集』「昔の人の筆跡は、決まった書法にかなってはいるようだけれど、ゆったりとした気持ちが十分に出ていないで、どれも一つの型にはまっている」

などとしてゐるのである。だが書家である駒井氏はこれらの諸書の解釈について、「これではどうも、はっきりせず、紫式部の意図が不明瞭ではないか」として、「定まれるやうにはあれど」は「形態」のこと、「ひろき心ゆたかならず」は「筆意」のこと、「一筋に通ひてなむありける」は「書風」のことで

あるとした上で、「古き跡」は「奈良朝から平安初期にかけての写経書道」のことであらうとされてゐる。

この駒井氏の推論は、「古き跡」を単に「昔の字」「昔の人の筆跡」などとする解釈よりは、光源氏の語ってゐる意味を明確にイメージすることが出来る。以下も駒井氏の論説を参考にしながら光源氏の書論を読み進めて行くことにしよう。

## 六条御息所と藤壺の書風

光源氏は紫上に、先づ六条御息所の筆跡について、

心にも入れず走り書き給へりし一行ばかり、わざとならぬを得て、際ことにおぼえしはや。さてあるまじき御名も立て聞えしぞかし。（「梅枝」巻）

と賞賛し、自分が六条御息所との間に浮名が流れるに至ったのは、彼女の筆跡を手に入れて、敬愛措く能はずといったところに発したことを告白してゐる。ところが学者諸氏は源氏の言ふ「走り書き」をそのまま口語の「走り書き」に言ひ換へてゐるのであるが、口語の「走り書き」は「急いで書くこと」といふ意味であって、書道上の深い意味はそこにはないのであるから、「走り書き」された六条御息所の「一行ばかり」の書を源氏が大切にしてゐたといふ意味の説明にはならない。その点駒井氏は、書家の立場からこの「走り書き」は「連綿遊糸のつづけ書き」のことであるとされた。まさにその通りであらうと思はれる。

次いで源氏は秋好中宮（六条御息所の娘）の書について触れ、

宮の御手は、こまかにをかしげなれど、かどやおくれたらん。

と評した。これについて駒井氏は「こまかに」は「心をこめた丁寧な書き方」であり、「をかしげ」は「趣のある、味わいのある書き方」のことであるとされてゐる。ただここで駒井氏が「こまかに」を「こまやかに」と同じ意味合ひの言葉として解してゐるのは疑問で、「こまかに」は形態的に言ひ、「こまやかに」は心情的な意味合いがつよいのではあるまいかと私は思ふ。つまり「こまかに」は秋好中宮の書く文字が小振りだったことを言ふのではなからうか。

なほ「かどやおくれたらん」については駒井氏は何も言及されてゐないが、この句を『新釈』が「才気が乏しいやうだ」として以来、諸書もこの「かど」を「才気」としてゐる。しかし「才気」は人柄について言ふ場合はよいとしても、書風についての評語としては適切ではあるまい。例へば「帚木」巻の左馬頭の女性論の中で、

箏の琴を盤渉調《ばんしきでう》に調べて、今めかしく掻い弾きたる爪音、かどなきにはあらねど、まばゆき心地なむし侍りし。

とあるのなどを参考にして考へれば、ここの「かど」は「個性的であらうと強調すること」とでも解釈するのがよいのではあるまいか。

続いて源氏は藤壺の書風について、

いとけしき深うなまめきたる筋はありしかど、弱きところありて、にほひぞ少なかりし。

と評した。駒井氏は「けしき深うなまめきたる筋」を「趣のある、味わいのある書き方」と解しただけで、「弱きところありて、にほひぞ少なかりし」については言及されなかったが、おそらくこの源氏の評は藤壺の書に華美な感じがなかったことを言ってゐるのであらう。

これについて思ふに、この「にほひぞ少なかりし」を吉澤義則博士が『新釈』で「余韻が乏しかっ

た」と解釈して以来、続く『全書』『大系』『評釈』『全集』が皆これに追従し、『新日』も「潤いに欠けていた」とするのは大変な誤読であると言はざるを得ない。

駒井氏が指摘するやうに、「『源氏物語』の精緻な筆蹟描写は、書き手の性格や教養を表わす」意図があるのであるから、藤壺の書風を「余韻が乏しかった」と解釈する吉澤博士以下の源氏学者は、藤壺の人柄に「余韻」や「潤い」が乏しかったと言ってゐることになるのである。

抑々、藤壺の書風については「賢木」巻で「あてに、けだかき」と評されてゐるのである。そして駒井氏はこの評語を「上品な書き方、奥ゆかしい書き様」とし、「特に品格を強調している」としてゐるのであるから、「にほひぞ少なかりし」を「余韻に乏しい」とか「気品に欠けている」と解釈するのは、藤壺の書風の評価として筋が通らないことになる。

その点、この古語の「にほひ」の意味については『岩波古語辞典』が、「①赤く色が映えること。②色美しいこと。③美しく目立つこと」などとしてゐるのが良い参考になる。藤壺の書に「にほひ」が少なかったといふことは派手な美しさがなかったといふことであって、如何にも藤壺の「性格や教養」を表してゐるのである。

## 朧月夜の書風の「そぼる」について

次いで朧月夜の書については源氏の批評の言葉は少なく、

今の世の上手におはすれど、あまりそぼれて、癖ぞ添ひためる。

とだけ述べてゐる。この「あまりそぼれて」については、『新釈』が「洒落すぎて」として以来、『全書』以下が全て同じ解釈をしてゐるのであるが、これも正しくないやうに思はれる。

元々この「そぼる」といふ古語は用例が極めて少なく、その意味を正しく確定することは容易ではない。だがそれにしても、学者諸氏の解釈は勿論のこと、諸々の古語辞典が「そぼる」の意味を「ふざける」「くだけている」とする説明にも疑問があるのである。

例へば「胡蝶」巻で、柏木が玉鬘に歌を送った時に、

書きざま今めかしうそぼれたり

とある箇所についても、『新釈』以下の諸書は皆「しゃれて」と解釈してゐる。とりわけ『全集』は頭注で、

「そぼる」は、はしゃいで羽目をはずす、の意。

としてゐる。これが「そぼる」の語義についての学者諸氏の共通解釈を示してゐると言ってよいであらう。

だが源氏は、この柏木の「書きざま」について「いといたう書いたる気色かな」と賞賛し、書き手が柏木だと分ると「見どころある文書きかな」と感嘆して、暫くは手に持って見入ってゐたのであるから、「そぼれたり」は男から女に送る場合の手紙の手本のやうな書きぶりであったと判断されるのである。従って、玉鬘に送った柏木の書を「いといたう書いたる」と源氏が嘆賞してゐるところから考へれば、「そぼる」といふ古語は「闊達」とか「暢達」のやうな意味を表す言葉であると解するのが適切で、「自由でのびのびしてゐる」といふやうな意味なのであらうと思はれる。

これに関して言へば、「若菜上」巻で六条院で蹴鞠の催しが終はった後の寛いだ場面に、

殿上人は簀子に円座《わらふだ》召して、わざとなく、椿餅、梨、柑子やうの物ども、さまざまに、箱の蓋どもに取りまぜつつあるを、若き人々そぼれ取り食ふ。

とある「そぼれ」なども、「自由にのびのびと」といった意味で読むのが適当であると思はれる場面である。

ところがここでの「そぼる」をも諸書は、

「戯れる」(『新解』『新釈』『大系』『全集』)

とか

「はしゃぐ」(『全書』『評釈』『集成』『新日』)

としており、『全訳』に至っては「ふざけながら」としてゐる。

だがこの場面は源氏や兵部卿宮を初めとして多くの殿上人が同座してゐる席であるから、如何に蹴鞠が終はった後の慰安宴楽の場であっても、「若き人々」が物を食ふのに「戯れ」「はしゃぎ」「ふざけながら」の振舞ひをすることなどあるはずがないのである。

確かに『岩波古語辞典』などは「そぼる」の意味を

はしゃぐ。ふざける。

としてゐる。だが既に幾つかの例で見てきたやうに、古語辞典と雖も間違った語釈をしてゐる場合が屢々であり、それを鵜呑みにすることは『物語』を正しく読み取るべき学者たる者の犯してはならないことなのである。否、寧ろ源氏学者は『物語』に頻出する古語の正しい意味を確認することを以て任とし、古語辞典の語釈の適否を判断するやうでなければならないのである。ところがこの「そぼる」の例で知られるやうに、学者諸氏は古語の意味を自らの読解力によって明らかにするといふ努力をせず、安易に辞典の説明に従ってゐるのである。(1)

以上のやうに検証してきて、源氏が柏木の書を「今めかしうそぼれたり」と評したのが賞賛の言葉だったことを考へると、朧月夜の書風を「あまりそぼれて癖ぞ添ひためる」と評したのを玉上氏が「見る人を意識して余りに洒落た字を書きすぎるので不自然さが目につくのである」（『評釈』）などと冷評的に批評するのは誤読の上塗りであると言はねばならない。朧月夜の書について源氏は「今の世の上手におはす」と先づ褒めてゐるのであるから、その評価の上に立っての更なる注文であると読まねばならないのである。

先に見て来たやうに「そぼる」は「自由でのびのびしてゐる」といふやうな意味で読むべきであり、また古語の「くせ」を口語の意味の「好ましくない」ものと解してゐるのも誤りである。古語の「くせ」は「習性」といった意味であって、『角川古語大辞典』が「よい場合にも悪い場合にもいう」としてゐるのを忘れてはならないのである。

源氏は以上のやうに朧月夜を当代の優れた書き手であると賞賛した上で、紫上の書もそれに肩を並べるものであると言ひ、その特色を、

にこやかなる方のなつかしさは、ことなるものを。

と評した。駒井氏によれば「にこやかなる方」は「物柔らかな筆づかい」といふ書風を言ひ、「なつかしさは、ことなるもの」は「特別な魅力がある」といふ感想を言ったものであると言ふ。これについては源氏が少女時代の紫上の書について、

いと若けれど、生ひ先見えて、ふくよかに書い給へり。故尼君のにぞ似たりける。今めかしき手本習はば、いとよう、書き給ひてむ、と見給ふ。（「若紫」巻）

といふ感想を述べてゐるのが参考になる。つまり「にこやか」はこの「ふくよか」に通ふ感じを言ふのであらう。駒井氏によれば「ふくよかに」は「上品な鷹揚さ」のある「ふっくらとした線」である。

このやうに光源氏は各人各様の書風について的確な批評を行ってゐるのであるが、それは言ふまでもなく作者紫式部の書道に関する教養が言はせてゐるのである。これについて駒井氏は次のやうに述べてゐる。

それにしても紫式部の筆蹟評には、目の高さばかりでなく、心の高さと、手の確かさを思わせるに足りるものがある。そして実際の資料を扱わなければ言える批評ではない。

日常受けとめていた消息類と、その筆者に対する平素の深い洞察がなければ、このように生き生きとした、精彩を放つ「女手論」は語れない。

当然のこと、光源氏もこの紫式部と同様の書道についての見識を所有してゐる訳であるから、『物語』の中の源氏も書道に関して「目の高さばかりでなく、心の高さと、手の確かさ」を保持してゐる一流の人であるとして『源氏物語』を読まねばならないといふことになる。

（1）源氏学者の『源氏物語』の語義の解釈と、古語辞典の古語の説明とが屢々同一であることから察するに、古語辞典の編集者が古語の説明をするに当って『源氏物語』の通釈に依拠してゐるのではないかとさへ思はれ、源氏学者が古語の語義を誤って解釈してゐることと古語辞典の説明とは、相互に誤謬を犯す共犯者の関係にあると私には思はれる。

# 五　光源氏の女性論

## 光源氏の弁解

「朝顔」巻の終りの場面で、光源氏が朝顔の君に執心したこともあって、しばらく紫上が住む二条院に夜離《が》れが続いた頃のこと、紫上が「忍び給へど」涙がうちこぼれる折りもあった。それを察した源氏が紫上の御髪をかきやりながら、「夜離れ」の事情を説明するところがある。

源氏は、しばらく紫上のもとを訪ねることが出来なかった「このほどの絶え間」の事情について、先づ次のやうに弁解した。

宮亡せ給ひて後、上のいとさうざうしげにのみ世を思したるも、心苦しう見たてまつり、太政大臣《おほきおとど》もものし給はで、見譲る人なき事しげさになむ。

「宮」は藤壺中宮のことで、「上のさうざうしげに」云々といふのは、冷泉帝が母の藤壺が亡くなられたために政務も滞りがちであったことを暗示してをり、然も太政大臣が空位であったから、一切の政治上の「事しげさ」に自分は忙殺されたのだと説明したのである。

そして源氏はこのやうに紫上に言った上で、「絶え間」が時折りあったとしても然るべき事情があるのだから「心のどかに思せ」と諭したが、紫上は「いよいよ背きてものも聞こえ給はず」といふ様子であった。紫上は源氏の夜離れが公務のためではなく、朝顔の君との関係のためであらうと見当をつけてゐたのである。

その紫上の心中を察した源氏は朝顔の君のことについて次のやうに語って聞かせ、朝顔との関係は紫上が想像してゐるやうなことではないと言った。

斎院（朝顔）にはかなしごと聞こゆるや、もし思しひがむる方ある。それはいともて離れたる事ぞよ。おのづから見給ひてむ。昔よりこよなうけ遠き御心ばへなるを、さうざうしきをりをり、ただならで聞こえなやますに、かしこもつれづれにものし給ふところなれば、たまさかの答《いら》へなどし給へど、まめまめしきさまにもあらぬを、かくなむあるとしも愁《うれ》へきこゆべきことにやは。うしろめたうはあらじとを思ひなほし給へ。

源氏はこのやうに言って、自分と朝顔とは何も「まめまめしきさま」の関係ではなく、「うしろめたう」はないことであるから、事実を取り違へて心配することは止めて「思ひなほし」をしなさい、などと言って、一日中紫上を慰めて過ごした。

その日は雪の降る静かな日で、夕方になって月が上って来ると前栽の景色が一段と美しくなり、興の増して来た源氏は庭に童を下ろして「雪まろばし」をさせた。そしてその童たちの遊び興じる様子を見てゐるうちに、源氏は嘗て藤壺が庭に雪山を作ったことを話題にして、藤壺が素晴らしい人柄の人であったことを次のやうに語った。

うち頼みきこえて、とある事かかるをりにつけて、何ごとも聞こえ通ひしに、もて出でてらうらうじきことも見え給はざりしかど、言ふかひあり、思ふさまに、はかなき事ざまをもしなし給ひしはや。世にまたさばかりのたぐひありなむや。（「らうらうじ」は「思慮深く、心の働きが優れている」という意味である）

と藤壺を褒め讃へた後、紫上を窘《たしな》めるやうに次のやうに言ひ添へた。

君こそは、さいへど紫のゆゑこよなからずものし給ふめれど、少しわづらはしき気添ひて、かどかどしさのすすみ給へるや苦しからむ。前斎院の御心ばへは、またさまことにぞみゆる。さうざうしきに、何とはなくとも聞こえあはせ、我も心づかひせらるべきあたり、ただこの一ところや、世に残り給へらむ。

恐らく源氏は、話題が思慮深かった藤壺のことに触れたことを好機として、「紫のゆゑ」(紫上が藤壺の姪といふ血筋)でありながら、「わづらはしき気」や「かどかどしさ」(才気)があって、藤壺のやうな「やはらかにおびれたる」ところが欠けてゐることを注意したのである(「おびる」は「おっとりしてゐる」の意)。そしてその上で前斎院(朝顔)の「御心ばへ」も格別であったと言ひ、自分が「心づかひ」せずにはゐられないのはこの藤壺が亡くなられた現在ではこの方だけであると語り、朝顔の君と「さうざうしきをりをり」に手紙や歌を交はすやうな関係のあるのは藤壺と同様で、それは朝顔が「さま殊」であるがゆゑであると弁解したのである。

## 紫上の「かどかどしさ」

ところが「かどかどしさ」のある紫上はすかさず朧月夜を話題に持ち出し、源氏の弁解の曖昧さを突いて次のやうに問うた。「尚侍」は朧月夜のことである。

尚侍《ないしのかみ》こそは、らうらうじくゆゑゆゑしき方は人にまさり給へれ。浅はかなる筋など、もて離れ給へりける人の御心を、あやしくもありけることどもかな。

紫上が源氏を詰問した意図は恐らくかうであったであらう。

源氏は藤壺の人柄が格別であったことを褒めたついでに朝顔のことも讃へ、朝顔は「我も心づかひせらるる」「さまこと」なる人であったから、「まめまめしきさま」に懇ろになるやうなことはなかったのだと弁解したが、利発な紫上はその源氏の言ひ逃れを追及するために、立派な人の例の引合に朧月夜を持ち出してきて、彼女が「らうらうじくゆゑゆゑしき」人であったと讃へておいて、源氏とこの朧月夜との関係が「まめまめしき」懇ろな関係であったことは「あやしくもありけることどもかな」（妙なことだったのですね）と追及したのである。源氏と朧月夜との密会の現場が朧月夜の父の右大臣に見つかった一件は源氏の一生の不覚事であって、源氏の須磨への隠退の原因になったほどの、源氏が弁解のしようのない失態であった。（第3章第二節「須磨・明石での流謫生活」参照）

思ふに、源氏が言ひ逃れの出来ない一件を持ち出して厳しく追及したのは、正に紫上の「かどかどしさ」の表れではあるが、この時、源氏が朝顔を褒めたその口の下で紫上の短所を指摘したことが、余計に紫上の感情を苛立たせたからなのであらう。

さすがの源氏もこの紫上の厳しい追及に正面から答へることは出来ないから、紫上の追及をかはしつつ、朧月夜の人柄についての一般的な批評をして次のやうに言った。

　さかし。なまめかしう容貌《かたち》よき女の例《ためし》には、なほひき出でつべき人ぞかし。さも思ふに、いとほしく悔《くや》しきことの多かるかな。まいて、うちあだけ好きたる人の、年つもりゆくままに、いかに悔《くや》しきこと多からむ。人よりはこよなき静けさと思ひしだに。

右の紫上の難詰とそれに対する源氏の応答とは、実に作者紫式部の巧みな人間心理の描写がなされてゐて、その妙味を味はふべき場面である。それなのに、学者の中にはその妙筆が読解出来てゐない人が多い。

例へば玉上琢弥氏は「源氏物語音読論」といふ仮説を唱へて学界に名を馳せた人で、その著書『源氏物語評釈』（角川書店）は本文の口語訳に丁寧な鑑賞が添へられ、斯界に好評でもって迎へられた書物で

あるが、その『評釈』には紫上の問ひ掛けの意図について、

紫の上は、源氏に対してひにくを言ったわけでもなかろう。朧月夜には、浮いた気持などなかったのに、うわきなあなたのせいで、あのような浮き名が立ち……と、そして、現在の朝顔のことにかこつけて、源氏にそれとなく、お気をつけあそばせ、またあのときのように相手におきのどくなことにならないように、とそう言ったのであろうか。（傍点筆者）。

と解説されてゐる。しかし、紫上は朝顔のことを追及しようとして朧月夜のことを持ち出してきたのであるから、紫上は正に「源氏に対してひにくを言った」のであり、また「かこつけて」話題にしたのは朧月夜のことであって、問ひ質すべき対象は朝顔なのであるから、玉上氏はその主客を間違へてゐるのである。

このやうに、源氏と紫上との打々発止の遣り取りの深意が読み取れてゐない玉上氏は、更に「紫の上は朧月夜のことはなにも知らないのかもしれない」などと記した上で、次のやうにも述べてゐる。

紫の上の真意はわからないが、かってな想像をするなら、まだ自分が若かったころ、夫（源氏）とのあいだに噂の立った人、その人はその後うわきらしい噂もなく、女として評判のよい人であるのに、いったいあの人と夫と、どうしてあんな噂が生まれ、ああまで世間の評判になり得たものなのか、そのへんの疑問もあって、かまをかける、という意を含めての問いかけではなかろうか。

この玉上氏の記述はおよそ氏の『源氏物語』読解のレベルがどの程度のものであるかを明白に物語ってゐる。

抑々、源氏と朧月夜との一件は、出世街道を順風満帆で歩んでゐた源氏が突然に須磨に隠退した原因として、世の雀どもの恰好の話題であったことは疑ふ余地のないことである。ましてや夫の源氏が突然

に流罪のやうなかたちで須磨に隠退しなければならなくなったほどの事件の実情を紫上が知らなかったといふことは、金輪際あり得ないことである。この分り易い道理が玉上氏には全く理解出来てゐないのである。

ところがこのやうな誤読が独り玉上氏のみではないことは、松尾聰氏がその『全釈源氏物語』（筑摩書房）で、紫上の詰問について、

源氏を前にして紫の上の方から尚侍を話題にのぼせ、源氏との浮名をいうのはやや奇妙であるが、ほかに考えようがないので、そのように解しておく。

とし、玉上氏の説を長々と引いてゐるところにも知られるのである。松尾氏は長らく学習院大学教授を勤め、『源氏物語』に関する著書や論文も多い人である。

玉上氏にしろ松尾氏にしろ、源氏が紫上に「かどかどしさ」を窘《たしな》めたのを受けて、すかさず紫上が反撃に出たのがすなはち「かどかどしさ」の表れであることを表現した紫式部の筆の冴えが理解できてゐないのであり、また、この紫上の利発な問ひ掛けを「なまめかしう容貌《かたち》よき女」の一般論にすり替へた源氏の老巧さも読み取れないでゐるのである。

### 源氏は何と答へたか

源氏は「さかし」（さうだよね）と紫上の問ひ掛けを受け止めてゐるかのやうに応答した。だが「かどかどしき」紫上の問の眼目、すなはち源氏と朧月夜との関係を「あやしくもありけることどもかな」と問うたのに対して、源氏は朧月夜のやうな「なまめかしう容貌《かたち》よき女」には「悔《くや》しきことの多かるかな」と答を一般論にすり替へたのである。つまり源氏は朧月夜と自分との関係について弁解するのでは

なく、女性としての魅力に溢れた女には「悔《くや》しきことの多かるかな」といふ一般論を述べて、紫上が「あやしくもありけることどもかな」と問ひ詰めた事柄を、敢へて触れずにやり過ごして答へたのである。

ここの源氏の弁解を諸書がすっかり誤読してゐることについて少し説明してみよう。先づこの「いとほしく悔《くや》しきことの多かるかな」の句について例へば『大系』が、

　朧月夜に過を犯したので、私は気の毒で、後悔する事が沢山ありますよ

として源氏のことであると解釈し、『全釈』も

　自分の過去の行動を省みて、その失敗に心をいためる

と記してゐるやうに、この句は源氏の反省の弁であるとされてゐる。しかしこれが誤読のもとである。何故なら、「いとほしく悔《くや》しきこと」が源氏自身のことであると解釈すると、つづく「あだけ好きたる人」の「人」も「人よりは」の「人」も男性のことと解さざるを得なくなり、源氏が男性論を展開してゐることになる。しかし、何故ここで源氏がさうした論を弁じなければならないか、その理由が全く説明がつかないのである。

さらに諸書は、「うちあだけ好きたる人の…思ひしだに」の源氏の言葉を、

『大系』「仇々しく（色めかしく）浮気ある男で、年を取って行くにつれて、どんなに後悔する事が多いであろう。自分は、他の人（男）よりは、この上ない落ちつき（思慮深さ）ありと、かつては考えて居たのでも」

『全訳』「ふざけた浮気男なら、年を取って行くにつれて、どんなに後悔せられることが多いことだろう。他の人に比べると、この上なく落ち着いていると思った自分だって、あんなだったんだから」

などと解釈をしてゐる。だが、紫上は朧月夜のことを持ち出して問うたのであり、それを受けて源氏が「容貌《かたち》よき女」の例として女性論を展開したのである。この二人の会話の流れをよく読めば、色々な「人」の例として語られてゐるのは男のことではなく、「容貌《かたち》よき女」すなはち女性のことであることは明らかである。

つまり、「らうらうじくゆゑゆゑしき方」であった朧月夜に「浅はかなる筋」のあったことを、紫上が「あやしくもありけることかな」と疑問を投げ掛け、暗に源氏と朝顔との密かな関係をも匂はせたのに対して、源氏はこの問ひ掛けを一般的な女性論として答へ、朧月夜のやうな「なまめかしう容貌《かたち》よき女」は仮令《たとへ》「らうらうじく」(思慮が深く)「ゆゑゆゑしき」(品格ある)人であっても、「いとほしく悔《くや》しきこと」が付き纏ひ易いものであると言ひ、そして更に「まいて」と付け加へて、「うちあだけ好きたる」女性には尚更「悔《くや》しきこと」が多いものであるとも説いたのである。従って、朧月夜は「人よりはこよなき静けさ」のある女性であったにも関《かか》はらず、「なまめかしう容貌《かたち》よき女」の言はば宿世として「悔《くや》しきこと」が多かったことに同情して「いとほし」と語ってゐるのである。

思ふに紫式部はこの場面を源氏が聡明な人物であることの一端として点描する一方で、世の「なまめかしう容貌《かたち》よき女」たちへの自省を促してゐるのであらう。

『物語』の原文には、源氏が右のことを紫上に語った後に涙を少し落としたと記されてゐる。「もののあはれ」の情愛の厚い源氏は一般論として「容貌《かたち》よき女」の宿世について語りながら、自分と朧月夜との間の秘事のあれこれを思ひ出してゐたことは当然で、その涙が紫上の「あやしくもありけることどもかな」といふ問ひ掛けに対する無言の答でもあったのである。勿論、明敏な紫上は源氏のその「少し」の落涙を見逃すはずもなく、またその意味するところも感じ取ってゐたに違ひない。

## 明石君と花散里と

源氏は朧月夜のことについて語り終はると、話題を転じて明石君《あかしのきみ》と花散里についての批評をした。明石君は源氏の周辺の女君に比べて育ちが劣ってもをり、また明石といふ辺地で出会った奇遇の人であることもあってか、殊更に貶めたやうに見える批評をしてゐる。すなはち、

この数にもあらずおとしめたまふ山里の人こそは、身のほどにはややうち過ぎ、ものの心など得つべけれど、人よりことなるべきものなれば、思ひあがれるさまをも見消《け》ちて侍るかな。いふかひなき際《きは》の人はまだ見ず。人は、すぐれたるは難《かた》き世なりや。

と語った。明石君を「山里の人」と言ってゐるのは、当時彼女は大井川の辺りに住んでゐたからであるが、しかし明石君を低く見てゐるやうでありながら、その実は「ものの心」を得た「思ひあがれる」人であることを述べてゐる。

また花散里については、

東の院にながむる人の心ばへこそ、古りがたくらうたけれ。さはた更にもえあらぬものを。さる方につけての心ばせ、人にとりつつ見そめしより、同じやうに世をつつましげに思ひて過ぎぬるよ。今、はた、かたみに背くべくもあらず、深うあはれと思ひ侍る。

と言って、そのいつに変らぬ慎ましやかな人柄を褒めてゐる。

思ふに二人は朧月夜のやうに「なまめかしう容貌《かたち》よき」性的魅力に溢れたタイプの人ではなく、「ものの心」や「心ばせ」に見どころのある女性として源氏は讃へ、先に紫上を窘めた「わづらはしき気」や「かどかどしさ」のない例として、それとなく話題にしたのであらう。

# 第2章　光源氏の女君たち

## 一　誤解されてゐる六条御息所

### 六条御息所の源氏への思ひ

『源氏物語』に登場する女君たちのうちで、最も誤解されてゐるのは六条御息所である。

例へば、松尾聰氏は『『源氏物語』――不幸な女性たち』（笠間書院）の中で、

（紫）式部は、六条御息所の生霊には葵上を殺させ、同じく死霊には紫上を危篤におちいらしめ、さらに女三宮の受戒の夜には紫上に代わってたたりをさせるなど、極めて効率よく、読者の男性たちに、女性に憑く物の怪としてあらわれるその生霊・死霊の嫉妬の執念の恐ろしさを強烈に印象づけることができた

と述べ、そしてまた、

読者の一人である道長も、当然ひそかに思い知って慄然としていたことと思われる。

などとも言って、恰も六条御息所は「男性の身勝手な多情多淫の生活に不安と恐怖を覚えさせ、きびし

い反省心をおこさせよう」とする「男性批判」をするために設定された女性であるかのやうに論じてゐる。

源氏研究者の全てがこのやうな酷い考へ方で以て六条御息所のことを想ひ描いてゐるとは思へないが、しかし松尾氏は源氏学界を代表する学者の一人なので、このやうな解説が流布することによって六条御息所に悪いイメージが付与されたことは否めない。『寂聴源氏』などには「御息所の情熱と嫉妬は凝り固まって物の怪となり、現実と非現実の世界を跳梁するのだ」として、「紫式部は、作中の誰よりも御息所の心に近かったのではないだろうか」などといふ、あらぬことまで書かれてゐる。

だが『物語』に描かれてゐる六条御息所はそのやうな人ではない。

この六条御息所といふ人は、抑々《そもそも》桐壺帝の弟であった今は亡き前東宮《さきのとうぐう》の未亡人で、「心にくく、よしある人」として知られてゐた。書も実に達筆で、若き源氏はその「わざとならぬ」筆跡を入手して「きは殊に」（抜群に見事だ）と観賞してゐたほどであった。その源氏が、御息所の邸宅の「木立・前栽など、なべての所に似ず、いとのどやかに心にくく住みなし」て、人柄の「うちとけぬ御有様などの、気色ことなるに」惹かれて、密かに訪れるやうになったのは自然の成行きであった。（「夕顔」巻）

しかし、そのうち源氏が夕顔や空蟬などの女性とも親しくなるにつれて、御息所との「夜離れ」が続くやうになり、御息所の嘆きは次第に大きくなって行った。その様子を『物語』は次のやうに記してゐる。

女は、いとものをあまりなるまで思ししめたる御心ざまにて、齢のほども似げなく、人の漏り聞かむに、いとどかくつらき御夜離れの寝覚め寝覚め、思ししをるること、いとさまざまなり。（「夕顔」巻）

その後、源氏が他にも末摘花と親しくなったり、若紫を見出して執心したり、藤壺への思慕に身を焦がす等々のことがあって、御息所との関係が一層疎くなった頃、折しも御息所の姫君が斎宮となり伊勢に下ることになったので、御息所はそれに同行して伊勢に下向してしまはうと考へるに至った。（「葵」巻）

伊勢に下ることを御息所に決心させたのは、源氏の魅力に抗《あらが》はうとしても抗ひ切れないといふ悩みから抜け出すためであった。このことはその頃、賀茂神社に新しい斎院が決まりその御禊の行列見物に出掛けた時、行列を進む源氏の「目もあやなる御さま」を見て、御息所が「涙のこぼるる」ほどであったことからでも窺へる。

しかしながら、その時の行列を進む源氏はといふと、左大臣（源氏の正妻である葵上の父）の前を通る時は「まめだちて渡り」つつも、「我も我もと乗りこぼれたる下簾《したすだれ》の隙間ども」の女房たちに対しては「さらぬ顔なれど、ほほ笑みつつ後目《しりめ》にとどめ」たりして通り過ぎるのであったが、御息所の前では「つれなく過ぎ給ふ」のであった。源氏が御息所の前ではこのやうな自制の態度をとったのは、父の桐壺院がかねがね御息所とのことについて「軽々しく、おしなべたる様子にもてなす」ことを戒めてをられたことによるのであるが、その源氏の自制は彼女にとっては辛いことであった。彼女のその辛い気持ちは、

　影をのみみたらし川のつれなきに身のうきほどぞいとど知らるる

といふ歌に詠嘆されてゐる。御息所は複雑な気持ちの間で「身のうき」に悩み苦しんでゐたのである。

その折のこと、この賀茂神社の行列見物の際に葵上の供人が御息所の家司どもに車争ひで乱暴をするといふ厄介な事件までも起り、御息所は「物を思し乱るること」が「年ごろよりも多く」添ふやうに

なった。一方、折しも懐妊してゐた葵上もひどい物怪に悩まされるやうになった。

御息所がこの「御物思ひの乱れ」のために病気となり、その治療のために「御修法などせさせ給ふ」ことを聞いた源氏は、その治療所の「旅所」を「いたう忍び」て訪れて、ご無沙汰をしてゐる失礼の事情を言って詫びを入れ、御息所の旅所で一夜を過ごした。

その時、夜明けに帰って行く源氏を見送る御息所の辛い心情を『物語』は次のやうに描写してゐる。

うちとけぬ朝ぼらけに、出で給ふ御さまのをかしきにも、なほ、ふり離れなむことは思し返さる。やむごとなき方に、いとど心ざし添ひ給ふべきことも、出で来にたれば、一つ方に思ししづまり給ひなむを、かやうに、待ちきこえつつあらむも、心のみ尽きぬべきこと、なかなか物思ひのおどろかさるる心地し給ふ。

「やむごとなき方に、いとど心ざし添ひ給ふべきことも、出で来にたれば」といふのは、葵上に懐妊のことがあった以上、源氏の気持ちが一段とそちらに傾くことを御息所は気に病んでゐるのである。その夕方に源氏から届いた手紙には歌はなく、葵上の病状が芳しくないことを記した「御文ばかり」であった。御息所は、

袖濡るるこひぢとかつは知りながら下り立つ田子のみづからぞ憂き

といふ歌を詠み、源氏を恋ふ気持を断ち切れない辛い気持を訴へた（この「袖濡るる」の歌は、『物語』中の随一の名歌と称されてゐる）。これに対して源氏も、

浅みにや人は下り立つわが方は身もそぼつまで深きこひぢを

と返した。

実際、この時源氏は、懐妊した葵上の目を意識しながらも若紫の養育に努め、また藤壺との間に生ま

れた皇子のことに加へて、更に朧月夜との親密さが増して来てゐて、正に「深きこひぢ」のさ中にあったから、御息所へは時折の訪問で精一杯だったのである。一方、嘗て一時は源氏の夫人の座に坐ることを密かに期待した御息所にとって、このやうな人目を忍んでのたまさかの「憂き」逢瀬には耐へ難いものがあったが、しかし、源氏への思ひは断ち切ることが出来なかったのである。

## 葵上に取り憑いた物怪

この頃、懐妊中の葵上に物怪が取り憑いて甚だ苦しむ状態が続いてゐた。その物怪は六条御息所の生霊であるとか、御息所の父の死霊ではないかとかの噂が立って、その噂が御息所にも聞こえて来た。御息所は「身一つの憂き嘆きよりほかに、人を悪しかれなど思ふ心もなけれど、物思ひにあくがるなる魂は、さもやあらむ」と思った。つまり、御息所の「憂き嘆き」は、源氏への思慕の気持が思ふに任せぬことだけであって、そのこと以外に人を怨むやうなことはない、と言ってゐるのである。ただ、賀茂祭での車争ひの時の無念さがその後も時折夢に出て来て、「姫君と思しき人」を「うちかなぐる」やうな夢を見ることが度重なったことを思ふと、御息所はこの「猛くいかきひたぶる心」が生霊となって浮遊してゐるのではないかと想ひ到り、「すべてつれなき人にいかで心もかけきこえじ」と自戒したのであった。

このやうに彼女の苦悩に思ひを致せば、葵上に取り憑いた生霊が自分の所為であると噂されてゐることを知った御息所が、この「うとましきこと」に無関心であり得るはずはなく、「物思ひにあくがるなる魂」を自ら引き止めようと努めたであらうことは疑ひない。従って、松尾氏などが説くやうに御息所が源氏を嫉妬し、葵上を怨むがゆゑの生霊であるかのやうにみるのは作者紫式部の真意ではない。恐らく紫式部が叙述しようとしたことは、仮令《たとへ》「人を悪しかれなど思ふ心」がなくても、「物思ひ」のために魂が「あくがる」（体から離れて浮遊する）といふ不思議な霊的な現象がこの世には存在するのだといふことを明かすことであったらうと思はれる。だからこそ、御息所が「すべてつれなき人にいかで心もかけ聞えじ」と我と我が心を戒めたにも関《かか》はらず、「執念き御物怪」となって出産前の葵上に取り憑いたと記してゐるのである。

物怪の正体がその声からして六条御息所ではないかと推測されるやうになった時、物怪は、

嘆きわび空に乱るるわが魂《たま》を結びとどめよしたがひのつま

といふ歌を口にした。その声が御息所のそれであると知った源氏は、「世にはかかることこそありけれ」と驚き嘆き、「あさましう」「うとましう」なった。

この時、源氏が「あさましう」「うとましう」思ったのは、かうした信ずべからざる出来事そのものに対してであるのだが、その嫌悪の対象が御息所であるかのやうな解釈がなされてゐるところに、彼女に対する誤解の一因がある。例へば、『大系』は「うとましうなりぬ」の句を解して、「御息所を疎く（いやらしく）思うようになってしまった」としてをり、また『全集』はこの物怪の正体について、

御息所にしてみれば、年来の煮えきらない源氏への未練の物思いの果ての姿である

と注解してゐる。かうした学者諸氏の解釈に力を得て、瀬戸内寂聴氏などは御息所の本音として、

いつわらない本音の感情は、殺してやりたいくらい葵上が憎いのであり、彼女の出産が呪わしいのである。（『わたしの源氏物語』）

などと説いて、歪んだ御息所像を吹聴してゐる。

だが紫式部はそのやうな低俗な人間のことを描かうとしてゐる訳ではない。人の世の不思議な心霊現

象の事例を六条御息所の心情や妄執を素材にして語らうとしてゐるのであって、読者はこの場面を読むことにより、人の世についての感慨を得るのでなければならないのである。源氏が「あさましう」「うとましう」思ったのは、御息所に対してではなく、この世にこのやうな生霊の現象が起るそのこと自体に対してなのである。

## 「つれな」と「心憂し」の解釈

やがて葵上は死去し、源氏は「あはれに心深く思ひ嘆きて、行ひをまめにし給ひつつ明かし暮らし」、紫上のところへも「渡り給はず」、夜も「御帳の内に独り臥し給ふ」日々が続いた。

そんなある日、「菊のけしきばめる枝に、濃き青鈍《あをにび》の紙なる文」が届いた。見ると六条御息所の手紙で、

聞えぬほどは思し知るらむや。

人の世をあはれと聞くも露けきにおくるる袖を思ひこそやれ

ただ今の空に思ひ給へあまりてなむ。

と、いつもより一段と見事な字で書かれてゐた。これを見た源氏の心情が『物語』には次のやうに記されてゐる。

「常よりも優にも書き給へるかな」と、さすがに置きがたう見給ふものから、「つれなの御とぶらひや」と心憂し。さりとて、かき絶え音なう聞えざらむもいとほしく、人の御名の朽ちぬべきことを思し乱る。過ぎにし人は、とてもかくても、さるべきにこそはものし給ひけめ、「何にさる事をさださだとけざやかに見聞きけむ」と悔しきは、わが御心ながらなほえ思しなほすまじきなめりかし。

ところが、多くの学者はこの源氏の心情を誤読してしまってゐる。すなはち、諸書は「つれなの御とぶらひやと心憂し」の句について、「つれな」を「白々しい」の意味に解し、また「心憂し」を「恨めしい」と解して、その部分を、次のやうに訳出してゐるのである。

『新釈』「生霊になったくせに、何喰はぬ顔の御見舞であることよと恨めしい」

『全書』「自分で祟り殺しておきながら知らぬ振りの御弔問よと恨めしい」

『大系』「生霊になって葵上を殺しながら、今更何食わぬ（白々しい）御弔問（御見舞）であることよ、と恨めしい」

しかし、源氏が右に訳出されたやうな不愉快な気持で御息所からの「優にも書き給へる」手紙を見てゐるはずはない。これは誤読といふよりは曲解である。とりわけ玉上氏は次のやうな評釈をしてゐる。

源氏は字には感心した。だが、御息所の言うことは、しらじらしくて厭な気持になってしまう。（中略）「人の世をあはれときくも露けきに」とは、そらとぼけた物言いとしか感じられない。（中略）御息所の手紙は「つれなの御とぶらひや」という厭な気持をぬぐえないものであった。

右の諸書の間違った解釈の先づ大きな要因としては、御息所が自分の意思として葵上を祟り殺したといふ誤読の上に立ってゐることがあるが、その誤読の上で、「つれなの御とぶらひや」の「つれな」の意味を「白々しい」と解してゐることにある。だが、古語の「つれなし」は口語の「つれない」が持つ「冷淡で不愉快な感じ」の意味は余りなく（その意味で用ひられてゐる事例も時としてあるが）、ここでは「普通である」「さりげない」といふ意味で解するのが正しい。つまり御息所の「理性的な行為」を示してゐると読むべきなのである。

源氏が御息所からの手紙を読んで「つれなの御とぶらひや」と「心憂く」思ったのは、生霊となるほど気にしないではゐられなかった葵上の死への悔み状にしては、余りにも常と変らない冷静な挨拶であったからであった。源氏は物怪の正体が御息所であると知ってからは、御息所への消息を「かき絶え」ることも考へたほど悩み、また「さる事をさださだとけざやかに見」たことを後悔しつづけるほど平常心を失ったままであったから、御息所の常と変らぬ「つれなさ」が理解し難かったのである。従って、御息所からの見舞状に対する返書を出すことについても、源氏は「久しうわづらひ給」うた後、ようやく書き送ったほどであった。

その上、学者諸氏が「心憂し」を「恨めしい」と解釈してゐるのも間違ひで、古語の「心憂し」の意味は、その用例から帰納すると「苦悩する自分の心をどのやうに処理すればよいかを思ひ悩む心理状態」を表す言葉だと私は解する。すなはち、源氏が、葵上の死去といふ悲しい出来事に直面してゐる時、嘗て病床の葵上に生霊となって取り憑いた御息所からの「つれな」の見舞状が届いて、源氏は自分の気持の処理に困惑し苦悩してゐるのである。それは単純に御息所を「恨めしい」と憎く冷ややかに思ってゐるといふ心情ではない。

この「心憂し」といふ古語の持つ複雑で微妙な心理心情を表現する適当な言葉が口語にはないこともあって、古語辞典でも「つらい」とか「情けない」などといふ訳語が当てられてゐるのであるが、この間違った語釈が『源氏物語』の登場人物の心情を曲解させてしまってゐる。

思ふに「心憂し」といふ古語で言ひ表してゐた古人の微妙で複雑な心理や心情は、千年を経る間に変質もしくは消滅してしまったのである。もしも「心憂し」といふ古語に籠った複雑な心情が現代の我々に存してゐるのであれば、我々も「心憂い」といふ口語を日常的に使用してゐるはずなのである。例へば「辛し」「疎し」といふ古語が現在も口語の「辛い」「疎い」として使はれてゐるやうに。

このやうに千年前の古語に籠ってゐた心情や情趣が現代の我々には感得し難くなってゐることに気付けば、『源氏物語』の「もののあはれ」の情趣や情感を正しく理解することが如何に困難であるかに思ひ至るのであらうのに、そのことに気付いてゐるすぐれた源氏学者は見当らない。

## 源氏と御息所との「つきづきしき」語り合ひ

葵上が亡くなった後には六条御息所が後添ひになられるのではないか、といふ噂が世間では流れ、それが御息所の邸の女房たちの話題になったりもして、御息所は「心ときめき」する時もあったものの、実際には葵上の死後には源氏の訪れは全くなかった。御息所は源氏が自分の生霊のことを思ってのことであらうと推察するにつけ、「よろづのあはれを思し捨てて」、姫君が伊勢神宮の斎宮になって伊勢に下ることになったのを機に、自分も一緒に伊勢に下向して「憂き世を行き離れん」と決意した。(「賢木」巻)

そのことを聞いた源氏は「いとど御心の暇《いとま》なけれど」、強ひて思ひ立って御息所が仮住居にしてゐる野宮《ののみや》を訪れた。久し振りの対面は御簾を隔ててではあったが、「はなやかに射し出でたる夕月夜」に照らされた源氏の姿は、「にほひ似るものなくめでたし」と描写されてゐる。これは御息所の目がそのやうに源氏を見てゐるのである。

二人が「月ごろのつもりを、つきづきしう」語り合ひながら、歌を詠み交はしたりする場面を『物語』は次のやうに記してゐる。

心に任せて見奉りつべく、人も慕ひざまに思したりつる年月は、のどかなりつる御心おごりに、さしも思されざりき。また心の中に、いかにぞや、瑕《きず》ありて思ひ聞え給ひにし後、はたあはれもさめつつ、かく御仲も隔たりぬるを、めづらしき御対面の昔おぼえたるに、あはれと思し乱るること限りなし。来し方行く末思しつづけられて、心弱く泣き給ひぬ。女は、さしも見えじと思しつつむれど、え忍び給はぬ御気色を、いよいよ心苦しう、なほ思しとまるべきさまにぞ聞え給ふめる。

右の記述には長年の間の二人の交情の移り変りが端的に述べられてゐて、今や遠く隔たり別れねばならない辛さが源氏の「泣き給ふさま」に象徴されてをり、一方、御息所の「さしも見えじ」と「思しつつむ」ところに彼女の性格の理性的な勁《つよ》さを見ることが出来る。そして、その御息所の強がりに却って「え忍び給はぬ」彼女の悲しみを知る源氏は、御息所の伊勢への下向を思ひ止まるやうに懇願するのであった。

かうした記述に二人の偽らぬ真情を確認しておいて、更に続く次の記述を心して読めば、源氏と御息所との間柄の真相を知ることが出来る。

月も入りぬるにや、あはれなる空をながめつつ、恨み聞え給ふに、ここら思ひあつめ給へるつらさも消えぬべし。やうやう今はと思ひ離れ給へるに、さればよと、なかなか心動きて思し乱る。

その夜の「思ほし残すことなき御仲らひ」の二人の間に交はされた会話は「まねびやるべき方」のないほどの愛情濃やかなものであったが、やがて帰って行かねばならない明け方になって、源氏は次の歌を詠んだ。

あかつきの別れはいつも露けきをこは世に知らぬ秋の空かな

後朝《きぬぎぬ》の「あかつきの別れ」の経験は、源氏には数限りなくある。そして、その都度「露けき」思ひを歌に託すことは通例のことである。だが、この時の源氏の真情は、正に「世に知らぬ」痛切なものであった。もしかしたら今生の訣れになるかも知れないといふ思ひの源氏は、「御手をとらへて出でがてにやすらひ給へる」のであった。

やがて帰って行く源氏を見送ったあとの御息所について、次のやうに描かれてゐる。

女もえ心強からず、名残りあはれにてながめ給ふ。ほの見奉り給へる月影の御容貌《かたち》、なほとまれる匂ひなど、若き人々は身にしめて、あやまちもしつべくめできこゆ。

御息所が「心強き」人であったことが知られるとともに、その御息所にして「名残りあはれにてながめ」た様子が、若い女房たちの心情を重ねて描写されてゐるところに、紫式部の筆の冴えを味はふべきである。

このやうに『源氏物語』を読み進めて来れば、源氏と御息所の間柄は深い愛情によって結ばれてゐたものであったことや、しかし止むを得ない源氏の「怠り」が「心強き」御息所には「思ひつめたるつらさ」となってゐたことなどが知られよう。紫式部は、このやうな報いられることのない愛の交情の実相を描いて見せてゐるのであり、そして読者である深窓の姫君たちは、二人の愛別離苦に紅涙を流して、人の世といふものをしみじみと思ひ知るのである。

## 二　朝顔の姫君の自尊心

前節の御息所の例で見てきた如く、『源氏物語』に登場する女性の人柄やその心情が誤解され曲解されてゐる場合が屢々あるが、朝顔の君もその一人である。朝顔の君といふのは桐壺帝の弟である桃園式部卿宮の姫君で、源氏とは従兄妹《いとこ》にあたり、お互ひに好意を抱いてはゐたのだが、結局は源氏の求愛を拒み続けた女性として描かれてゐる。

この朝顔の君については、例へば三谷栄一編『源氏物語事典』（有精堂）の「朝顔姫君」の項には、「もともと好色めいたことが嫌いであり」「朝顔の性格は光源氏を受けつけなかった」とある。あるいはまた秋山虔編『源氏物語必携』（学燈社）の「槿《あさがほ》」巻の解説では、彼女の性向について「源氏が積極的な愛情を示してもついになびかなかったのは」「性格の特異性」だとも記されてゐる。つまり源氏学者は、彼女が源氏の求愛を受け容れなかった理由をその「性格」に帰してゐるのである。だが、実は『源氏物語』にはそのやうな朝顔の姫君の「性格の異常性」は何一つ記述されてはゐない。

## 「人（御息所）に似じ」と思った理由

この朝顔の君が源氏に対してどのやうな気持を抱いてゐたかについては、「葵」巻の次の文章によって知ることが出来る。すなはち六条御息所が伊勢に下向することを聞かれた桐壺院が、「女の恨みな負ひそ」と源氏に小言を言はれた云々のことを記した後、

　かかることを聞き給ふにも、朝顔の姫君は、いかで人に似じ、と深う思せば、はかなきさまなりし御返りなどもをさをさなし。さりとて、人憎くはしたなくはもてなし給はぬ御気色を、君もなほ殊なりと、思しわたる。

と、朝顔の君が「いかで人（御息所）に似じ」として源氏を拒んだ理由が書かれてゐる所である。

　この場面について、右の文章の冒頭の「かかること」といふのを諸書は「源氏の薄情の噂のある事」（『大系』）だとか、「源氏の、御息所に対する愛情の浅いこと」（『評釈』）といふ解釈をしてゐて、それが朝顔の姫君が源氏を拒んだ理由だとしてゐる。だが前節で詳しく説いたやうに、六条御息所は決して「光源氏の冷たい仕打ちを嘆いている」のではないのだから、そのことが理由になってゐると解するの

はをかしい。ここでは朝顔の君が聞いたといふ「かかること」の解釈が間違ってゐるのである。

このことを明らかにするために、「かかること」の直前には如何なることが記述されてゐるかを見てみよう。「かかる」といふ指示語は直前に書かれてゐる事柄を指してゐるのがその用法であるから、その指示内容を確認すれば「かかること」が果たして「源氏の薄情の噂」であるか否かが明らかとなる。すなはち、「かかること」の直前には次のやうに記されてゐる。

かく院にも聞こし召し宣はするに、人の御名もわがためも、すきがましういとほしきに、いとどやんごとなく心苦しき筋に思ひ聞え給へど、まだあらはれてはわざともてなし聞え給はず。女も、似げなき御年のほどを恥づかしう思して、心解け給はぬ気色なれば、それにつつみたるさまにもてなして、院に聞こし召し入れ、世の中の人も知らぬなくなりにたるを、深うしもあらぬ御心のほどを、いみじう思し嘆きけり。

ここに記述されてゐることを正しく読めば、朝顔の姫君が聞いた「かかること」の内容が決して「源氏の、御息所に対する愛情の浅いこと」でもなければ「源氏の薄情の噂」でもないことが分る。確かに源氏の御息所に対する「深うしもあらぬ御心」についての言及はあるのだが、「かかること」として記述されてゐる内容で重要なことの第一は、院が御息所とのことを「聞こし召し入れ」て源氏に忠告されたことであり、第二には御息所（女）が年齢を気にして「心解け給はぬ気色」であったといふ点であり、第三にはさうした御息所と源氏とのことが広く「世の中」の噂となったといふ点である。

つまり、朝顔の君が「かかること」を聞いて「人（御息所）に似じ」と思ったのは、自分の境遇が御息所と同じく宮家の出であることからして、源氏との関係が「世の中」の噂になることを危惧せねばならない窮屈さや、桐壺院に噂を聞かれた時の気苦労などを思ったからなのである。然も朝顔の君は源氏とほぼ同年齢だったから、その「御年のほど」のことも源氏と親しくなることを躊躇させるものがあったと思はれる。元来、朝顔の姫君はその出自からして自尊心の強い人であったに違ひなく、それは嘗て父の式部卿宮に源氏との結婚を勧められた時に、「あるまじく恥づかし」と思ってその縁談を断ったことが「朝顔」巻に記されてゐることでも知られることである。「恥づかし」といふ古語は「相手が立派で気後れがする」といふ意味であるから、男性としてこの上なく立派な源氏と結婚して自分の至らなさが惨めになることに耐へられないやうな自尊心が姫君にはあったのである。

このやうに「かかること」が指してゐる内容を明らかにして来れば、それは「源氏の冷たい仕打ち」といふやうな意味ではなく、「あらはれては、わざともてなし聞え給は」ないこと、すなはち源氏が御息所を恋ひ慕ふ気持を人目につくほどに格別に表すことをしないで控へ目にしたことなのであり、さういふ初めからお互ひに外聞や周囲を気にしたやうな関係は姫君には不本意だったのである。

十代の時の二人の恋愛は「帚木」巻に記されてゐるやうに、紀伊守の女房たちの噂話に上ってゐたくらゐであるから、朝顔の姫君は源氏との恋愛にはかなり積極的な人だったのであるから、姫君が「もと好色めいたことが嫌い」だったなどといふ解釈は間違ってゐるのである。

## 「すきずきし」は「色めいた」ことか

その後、姫君は賀茂神社の斎院となり、また源氏は須磨に退居したりして長らく関係が途絶えてゐたのであったが、姫君の父の桃園宮が逝去したために姫君が賀茂神社を退下したことから、再び源氏の「御とぶらひなど」が「いとしげう聞え給ふ」こととなった。（「朝顔」巻）

斎院の職を辞した姫君は桃園宮の邸宅に住まひをし、そこには源氏の叔母の女五宮が住んでゐたので、源氏はその見舞ひを口実に桃園邸を屢々訪れることとなった。宮は源氏に姫君との結婚を勧めたりもしてくれたから、当然ながら足もしげくその邸に向ふことになった。

初めて姫君の居所近くに通されて挨拶を交はした後、源氏は、

人知れず神の許しを待ちし間にここらつれなき世を過ぐすかな

と詠み、須磨や明石で過ごした時のことなどをお話したいと告げたが、姫君は、

なべて世のあはればかりをとふからに誓ひしことと神やいさめむ

と返し、「世づかぬ御ありさま」で「もの深く引き入り給ひて、え聞え給はぬ」様子だったので、源氏は「すきずきしやうになりぬる」ことを遠慮して退去した。

この「すきずきし」の意味を『新釈』を初めとして、『全書』『大系』『評釈』『全釈』『全集』『集成』から『新日』に至るまで、全て「色めいた」「好色めいた」「色めかしい」などと解釈してゐる。だがしかし、これは「すきずきし」といふ古語の意味を取り違へてゐる。といふのも、この古語は「気持ちが露《あらわ》になる」といったやうな意味なのである。確かに『角川古語大辞典』は「好色なさま」を第一義とし、『古語大辞典』（小学館）も「恋愛に常軌を逸している」とさへ説いてゐる。だが「すきずきし」の本来の意味はさうではない。

本来「すきずきし」は動詞の「好く」が形容詞化したものであり、「好く」の本義を『角川古語大辞典』が「物事に深く執着する。徹底して追求する傾向を持つ」とし、また『岩波古語辞典』が「気に入ったものにむかって、ひたすら心が走る。一途になる」としてゐるのに従って「すきずきし」を解すればよいのである。そこには「好色」の意味はない。事実「明石」巻で明石入道が源氏を何とか娘に引き合はせようとして腐心をし、源氏に送った手紙の中に、

眺むらむ同じ雲居をながむらむ思ひも同じ思ひなるべし

といふ歌を書き付け、「いとすきずきしや」と入道が書き添へてゐるのなどは、娘と源氏との間に良い関係が出来ればと願ふ父親の「一途」な気持ちが表れてゐるのであって、入道はその願ひが露になってしまったことを「失礼だったでせうか」と断ってゐるのである。

ここで朝顔の姫君との場面に戻ると、源氏が「すきずきしやうになりぬる」と思ったのは、嘗て如何に親しかった仲の姫君とは言へ、八年ぶりもの間を隔てて会った早々に、自分の気持ちを露はにしたり一途になったりすることを控へたのである。

かうして朝顔の姫君のもとを立ち去った源氏の「名残り」を、女房たちは「ところせきまで」いつものやうに話題にしたとある。源氏の訪問は女房たちにとって歓迎されることだったことを記しながら、紫式部はそこに朝顔の姫君の複雑な心情を重ねてゐるのである。

この味はひ深い『物語』の記述の仕方は、これに続く次の表現にも見られる。

おほかたの空もをかしきほどに、木の葉の音なひにつけても、過ぎにしもののあはれとり返しつつ、その折々、をかしくもあはれにも、深く見え給ひし御心ばへなども、思ひ出で聞えさす。

この一節は、朝顔の君の源氏に対する心情を心象風景として記してゐるのである。

ところが、諸書は右の「過ぎにしもののあはれ」云々の記述を斎院時代のことであると解釈してゐて、「この詞によって斎院に度々音づれたことが知られる」（『新釈』）とか「斎院頃の物の哀の消息」（『大系』）とか、また「斎院時代にも源氏の文の訪れはあった」（『評釈』）などと注解してゐる。だがしかし、この「過ぎにしもののあはれ」は斎院として賀茂神社に奉仕するずっと以前の二人の親密だった時のことだと理解すべきなのである。何故なら、その時期の二人の関係が「をかしくもあはれにも」と表現されてゐるからである。この表現は、親密な男女二人の間が恋愛の情趣に包まれた情態のことを言ふ言葉として解さるべきものであり、[1] そしてまた、さういふ親密な関係――女房たちまでもが気づくやうな「深く見え給ひし御心ばへ」を神に仕へる斎院時代の姫君が余人に見せるはずはないのである。

つまり原文の記述するところは、嘗て十年近くも前の若かったお二人の「をかしくもあはれにも、深く見え給ひし御心ばへ」の記憶を、女房たちは久し振りの源氏の訪れによって蘇らせてゐるといふ情景なのである。そしてそれはまた姫君の心情でもあることを『物語』は巧みに表現してゐるのである。

このやうに、『物語』に記されてゐる朝顔の君は決して「源氏をうけつけない」(『評釈』)やうな人ではないのである。

## 源氏に心惹かれる朝顔の姫君の苦渋

その後も屢々源氏は朝顔の君のもとを訪れて、その気持を「いとまめやかに」告げたけれども、朝顔は、

昔、我も人も若やかに罪許されたりし世にだに、故宮(父の式部卿宮)などの心寄せ思したりしを、なほあるまじく恥づかしと思ひ聞えて止みにしを、世の末に、さだ過ぎ、つきなきほどにて、一声もいとまばゆからむ。

と思って、源氏の求愛に応じなかったと記されてゐる。

右の文章を正しく読解すれば、朝顔の君が源氏との関係をどのやうに思ってゐるか――朝顔は源氏と深い仲になることを「恥づかし」と思ってゐる――といふことは明らかである。ところが、それが理解出来てゐない学者が多く、例へば玉上氏は「この朝顔の心はいちばんわかりにくい」(『評釈』)と言って

ゐる。

源氏学者が右の朝顔の心理心情を読み解き得ないのは、「皇女不婚説」などといふ観念に縛られてゐる点にもあるであらう。例へば『全集』は右の「あるまじく恥づかしと思ひ」とある句について、頭注で、

> 姫君は、源氏と六条御息所との不幸な仲を知っており、また皇女は結婚すべきでないという旧来の考えに支配されているらしい。

などと記してゐる。この「皇女は結婚すべきでない」といふ「旧来の考え」があったといふ説は今井源衛氏が唱へ出したものであるが、[2] 端的に言って、この説には何の根拠もない。抑々、朝顔の父の式部卿宮は姫の源氏との結婚を強く願ってゐたと『物語』に記されてゐるのである。

この「あるまじく恥づかしと思ひ」といふ句について、『新釈』が「とんでもない恥づかしい事」として以来、『全書』が「以てのほかの恥づかしい事」、『大系』が「有るまいと思い、又恥ずかしい事」、『全集』が「思いもよらぬ恥ずかしいこと」等々、古語の「恥づかし」を単に口語の「恥ずかしい」に置き換へて解釈してゐるところにも、厳密な読解力の欠如が見られる。

といふのも、口語の「恥ずかしい」は一般的に世間の目を気にする意味であるが、古語の「恥づかし」は特定の相手に対して劣等意識を持つことを意味するからである。つまり古語の「恥づかし」を口語の「恥ずかしい」で訳すといふことは、朝顔の君が源氏と親交を重ねて結婚に至ることを世間的に肩身の狭いことだと解釈してゐることを意味してゐる。だが古語の「恥づかし」の意味に即して解釈すれば、朝顔の姫君は源氏の素晴らしさに対して自分の見すぼらしさを恥ぢて、結婚に踏み込むことが出来なかったと言ってゐるのである。

この姫君の心情はこの場面の少し後にも記されてゐて、姫の真情を一層明らかに知ることが出来る。すなはち、源氏の姫君に対する気持ちが痛いほど分りながらも、それを受け止めることの出来ない朝顔の君の気持ちが次のやうに記されてゐる。

げに人のほどの、をかしきをもあはれをも思し知らぬにはあらねど、「物思ひ知るさまに見え奉るとて、おしなべての世の人の、めで聞ゆらむ列《つら》にや思ひなされむ。かつは軽々しき心のほども見知り給ひぬべく、恥づかしげなめる御ありさまを」、と思せば、「なつかしからむ情もいとあいなし。よその御返りなどはうち絶えで、おぼつかなかるまじきほどに聞え給ひ、人づての御いらへはしたなからで過ぐしてむ」と深く思す。

右に述べられてゐる姫君の心情の要点は二つある。一つは源氏の求愛に応へて妻の一人となったとしても、所詮「おしなべての世の人」――紫上や明石君以上の待遇は得られることはないであらうといふ自尊心（それには自分が宮家の出であるといふ矜持がある）に加へて、夫婦となって親愛の生活を重ねるやうになれば、自分の「軽々しき心のほど」が源氏に見透かされるであらうことの恥づかしさに耐へられないといふことである。この源氏の「恥づかしげなめる御ありさま」を気にしてゐるといふ表現は、朝顔が斎院を退下して初めて源氏と会った時に思った「あるまじく恥づかしと思ひ聞えて止みにしを」といふことに通じることである。

ところが、この分り易い姫君の複雑な心情が分ってゐない解釈が多い。例へば「世の人」（源氏と夫婦関係にある人）を「世間一般の女達」と解してゐることがその一つであり、また「あいなし」に籠められた姫君の苦渋の気持が理解出来ないで、「つまらぬ事」（『新釈』）（『大系』）（『対訳』）とか、「二人の間柄にはまことに不似合いだ」（『集成』）などと解釈してゐるのもそれである。然も「なつかしからむ情」は源氏の求愛に応へた真情のことを言ってゐるのに、「優しくしてみせても」（『評釈』）、「やさしみのある女だと思わせるような情味」（『全集』）などと、まるで夜の女が客に対して媚を売るやうな解釈をしてゐるのである。「もののあはれ」を知る読者であれば、朝顔の姫君のこの真率な苦渋に涙を催すやうでなければならないのに、これらの解釈はそれが出来てゐないのである。

（1）この「をかしきをもあはれをも」といふ「をかし」と「あはれ」とを重ねて表現した句はこの場面の直ぐ後にも用ひられてをり、そこも朝顔の君の源氏に対する恋愛の情趣を表してゐる。思ふにこの「をかし」と「あはれ」を重ねた表現は当時の慣用句もしくは紫式部の独創的な用語と思はれるが、この句の用例とその意味については第3章第四節の「夕霧と二人の女君」において説明するところがある。

（2）今井源衛氏は『源氏物語の研究』（未來社）の「女三宮の降嫁」といふ章で、朱雀帝が女三宮の結婚について苦慮される箇所を採り上げ、その解説を通して「皇女が結婚することは一般に軽々しく見苦しいものだといふ考え方」が示されてゐるとか、「皇女独身をよしとする理由」が明らかにされてゐるなどと述べてゐる。だがこの今井氏の「皇女独身説」は原文を自説に都合のよいやうに解釈した上で立論してゐるものであって、何の根拠もない浮説に過ぎない。

## 三　思慮深い玉鬘

通りすがりの家で見掛けた女性と夕顔の花の縁で親しくなり、ある荒れた屋敷に引き連れて一夜を明かさうとしたところ、物怪に襲はれて急死してしまった話は『源氏物語』の中でも一際よく知られた一節であるが、その夕顔には頭中将との間に出来た女の子があって、夕顔の死後に乳母の夫の大宰少弐らと共に筑紫に下ってゐた。

この女の子の名は玉鬘と言ひ、二十歳くらゐまで九州で過ごしてゐたが、肥後の豪族の無理難題を逃れるやうにして乳母らと京都に帰り、長谷寺に詣でた折りに、偶然に夕顔の侍女であった右近と遭遇した。

右近からその由を聞いた源氏は玉鬘を引き取って世話をすることにし、実父の頭中将には何も知らせずに、六条院の花散里の邸内の一角に住まはせた。表向きは余所で暮してゐた自分の子であるといふことにした。（「玉鬘」巻）

## 玉鬘の魅力に惹かれる源氏

初めのうちこそは源氏は玉鬘を理想的な女性に育て上げようといふ考へから、若い公卿との歌の遣り取りなどを勧め、女性としての教養を積ませようとして色々と腐心してゐたが、次第に玉鬘が女性としての魅力を備へて来ると、養育してゐる娘といふ意識が薄れて来て、「好き心」の対象としての女性に見えるやうになって来た。玉鬘は母の夕顔に勝る美人である上に、気品があり、然も聡明であった。
若い公卿たちのうち、熱心に手紙を寄越すのは兵部卿宮や右大将（髭黒大将）や柏木などで、源氏はそれぞれの人柄について――例へば兵部卿宮についてはまだ独身ではあるが「通ひ給ふ所」が沢山あるやうだと言ひ、右大将については、正妻が「いたうねび過ぎたる」を厭ってゐて、若い人を望んでゐるのだと知らせたりした。（「胡蝶」巻）
ある時、源氏は玉鬘の人柄について、紫上に、
あやしう、なつかしき人のありさまにもあるかな。かの古へのは（夕顔のこと）、あまりはるけ所な

くぞありし。この君は、物のありさまも見知りぬべく、け近き心ざま添ひて、うしろめたからずこそ見ゆれ。

と誉めて語った。紫上は既に源氏の心が玉鬘に傾きつつあることを見破ってゐて、そのことを「ほほゑみ」ながら仄めかせて言ふと、源氏は自分自身ではまだ気付いてゐなかった「ひがひがしうけしからぬわが心」を自覚するのであった（この「けしからぬ」を学者諸氏は口語の「怪しからん」と同じ意味に解してゐるが、古語の「けしからぬ」には難詰する意味はなく「世の常ならぬ」といったやうな意味である）。

このやうにして次第に源氏の玉鬘への気持が尋常でなくなりつつあった時、玉鬘の部屋に例のやうに「忍びやかに渡り給」うた際に橘の実があったのを手にして、

橘の薫りし袖によそふれば変れる身とも思ほえぬかな

と詠み、夕顔のことが「世とともに忘れ難」いと言ひながら玉鬘の手を取った。原文はこの後を次のやうに記述してゐる。

女、かやうにもならひ給はざりつるを、いとうたて覚ゆれど、おほどかなるさまにて物し給ふ。

袖の香をよそふるからに橘のみさへはかなくなりもこそすれ

むつかしと思ひてうつぶし給へるさま、いみじうなつかしう、手つきのつぶつぶと肥え給へる、身なり肌つきのこまやかに美しげなるに、なかなかなる物思ひ添ふ心地し給ひて、今日はすこし思ふこと聞え知らせ給ひける。女は、心憂く、いかにせむと覚えて、わななかる気色もしるけれど、「何か、かく疎ましくは思したる。いとよくもて隠して、人に咎められるべくもあらぬ心のほどぞよ。さりげなくてを、もて隠し給へ。浅くも思ひ聞えさせぬ心ざしに、また添ふべければ、世にたぐひあるまじき心地なんする。このおとづれ聞ゆる人々には、思しおとすべくやはある。いとかう

深き心ある人は、世にありがたかるべきわざなれば、うしろめたくのみこそ」と宣ふ。

右に「　」で括ったのは源氏が玉鬘に言った言葉であるが、これは源氏の玉鬘に対する初めての告白である。当然のこと彼女は源氏に突然手を取られて「いかにせむと覚え」、「わななかる気色」を示したから、源氏は流石《さすが》に「いとほしく」思ったのである。

この時の源氏の振舞ひについては、左の如き誤読が多い。

先づ玉鬘が「いとうたて覚ゆれど」と思った「うたて」を『新釈』が「いやらしく」と解したのを初めとして、『大系』『評釈』『全集』『全訳』『集成』『新日』など全て「嫌・いや・厭」であり、また「むつかしと思ひて」の「むつかし」も「うるさい」（『新釈』）、「困った」（『大系』『評釈』）、「気味わるい」（『全集』）、「面倒」（『集成』）、「厄介な」（『新日』）と訳出してゐて、玉鬘は源氏のこの時の行為を嫌悪してゐると読んでゐる。

しかし「うたて」の意味は「咄嗟《とっさ》のことに対する戸惑ひ」であり、「むつかし」は「対応を如何にすべきかに苦慮する気持」を表す古語である。従って、「いとうたて覚ゆれど」は「大変戸惑ったけれど」と解し、また「むつかしと思ひて」は「どうしていいか当惑されて」といふやうに解さなければならないのである。「うたて」といふ言葉は『源氏物語』に百五十回ほど見られ、登場人物のその場面での心情を表すのに頻繁に用ひられる重要語であるが、従来の解釈は殆ど決まったやうに「いやだ」と訳してゐて、その人物の心情を誤読してしまってゐるのである。

ちなみに紫式部は右に引用した一節に続けて、屋外の情景を、

雨はやみて、風の竹に鳴るほど、はなやかにさし出でたる月影、をかしき夜のさまもしめやかなるに、云々

と描写してゐるが、これはこの時の二人の心情をも巧みに表現してゐる。つまり、玉鬘は源氏の言動に戸惑ひながらもその親愛の情を受け入れてゐるのである。このやうな紫式部の筆の妙趣を感受出来ないやうでは「もののあはれ」の情趣とは無縁と言はねばなるまい。

### 「心憂し」とは複雑な心情である

源氏が玉鬘に好意を示すこの場面についても「危機をのがれる」だの、「源氏の邪念を封じる」だのといふ誤読（岡一男著『源氏物語事典』）がなされてゐる一因が、「心憂し」といふ重要古語を正しく理解してゐないことによるといふことをここでも指摘しておきたい。

右に記した源氏が玉鬘の手を捉へた場面で彼女が「心憂く」①思ったとあり、またこのあとに源氏が玉鬘の側に臥した時も彼女は「いと心憂く」②思ったと記されてゐる。つまり源氏から初めて求愛の意思を表明された玉鬘の心情は「心憂し」なのであるが、ここに二度用ひられてゐる「心憂し」がこれまでどのやうに解されてゐるかは次の如くである。

| | ① | ② |
|---|---|---|
| 『評釈』 | 「つらく」 | 「ぞっとして」 |
| 『全集』 | 「嘆かわしく」 | 「つらく」 |
| 『全訳』 | 「つらい」 | 「つらい」 |
| 『集成』 | 「つらく」 | 「情けなく」 |
| 『新日』 | （己が悲運を痛恨する気持） | 「つらく」 |

右に『新日』がこの語義を「己が悲運を痛恨する気持」としてゐることで分るやうに、学者諸氏はこ

の場面での玉鬘の気持は「情けなく」「自分の悲運を痛恨してゐる」と解釈してゐるのである。だからこそ先の『源氏物語事典』の解説のやうに、源氏の親愛の気持は「邪念」といふことになってしまふのである。だが紫式部はそんな源氏の「邪念」を描かうとしてゐる訳ではなく、また「心憂し」は単に「つらい」とか「情けなく」とか「悲運を痛恨する気持」などを表す言葉ではないことは既に縷述した。（四七ページ参照）。

このことを示す好例が「総角」巻に次のやうに記されてゐる。

道心の篤い薫が仏の道の教へを宇治の八宮に聴くために、屢々宮のもとを訪問してゐるうち、二人の姫君のうち、大君に恋心を抱くやうになった。やがて数年たち、八宮も亡くなった後のある夜のこと、薫は女房の弁の手引で姫君の寝所に忍び入った。その時、お目当ての大君は弁が薫を部屋に導き入れる気配を「ふと聞きつけ」、「いととく這ひ隠れ」てしまったのであった。それと知らぬ薫は「何心もなく寝入り給へる」妹の中君を大君と思ひ込み、傍らに添ひ臥した。薫はやがて女が大君ではないと気付いたが、上手にその場を取り繕ひ、「をかしくなつかしきさま」に語らって一夜を過ごした。

薫はその語らひの中で、大君の行為についての晴れぬ思ひをも中君に告げ、

あひ思せよ。いと心憂くつらき人の御さま、見ならひ給ふなよ。

と言ひ、「後瀬を契りて」部屋を出て行ったのであったが、ここに「心憂し」と「つらし」とが併記されてゐることで、「心憂し」は「つらい」と同義語ではないことが明らかである。つまり「心憂し」は「つらい」とは同じ意味ではない。

やがて朝になり、大君は隠れた部屋から出て来て、中君と顔を合せるやうになった時の様子が次のやうに記されてゐて、ここにも「心憂し」が用ひられてゐる。

思《おぼ》すらむことのいといとほしければ、かたみにものも言はれ給はず。「ゆかしげなく、心憂くもあるかな。今より後も心許しすべくもあらぬ世にこそ」と思ひ乱れ給へり。

右の「心憂し」の用例からすれば、大君の心理心情からして「情ない」などといふ言葉では表現し切れない複雑な意味を表すと判断されるのに、諸書はここでも単に「情ない」とか「つらい」で済ましてゐる。

思ふに「心憂し」といふ古語は既に説明したやうに、「思ひ悩み、乱れる自分の心の治《おさ》めやうがない複雑な心情」を表す言葉であって、単純な口語の一語では言ひ表すことの出来ないものであると私には考へられる。但し、このことを明らかにするためには「心憂し」の元になってゐる「憂し」の意味を明らかにすることから始めねばならず、これについては第四節で別に論じることにする。

## 紫式部の物語論

源氏とこの玉鬘をめぐる話の展開の中で特に重要と思はれることは、「物語」といふものの意義について源氏が玉鬘に説いてゐる場面である。それは長雨が例年よりも酷くて「つれづれ」なので「御方々」が「絵物語のすさびにて明かし暮し給ふ」といふ場面で、源氏が明石君の部屋を覗いた後、玉鬘の部屋を訪れて語ったところの、

日本紀などはただかたそばぞかし。これらにこそ道々しく詳しきことはあらめ。

といふ有名な言葉に込められたところの、「物語」の方が「かたそば」（物事の一面）の『日本書紀』よりも有益であると説いたことである。（「蛍」巻）

この源氏の物語論――といふよりは紫式部の物語論はこの簡明な言葉に尽きてゐると私などには思は

れるのに、ここでも多くの学者は無意味な解釈をもてあそんでゐる。例へば阿部秋生氏は『源氏物語の物語論』（岩波書店）といふ四百ページに及ぶ大冊で「物語論」を展開し、「結語」として、「（紫式部は）この架空の物語を事実譚らしくみせるために、いくつかの技法を物語に導入した」けれども、「結果は（中略）作り物語が『そらごと』でないことの証明にはならないことを、目前の事実として思い知らざるをえなかったであろう」云々と述べてゐる。一体、紫式部がこんな無意味なことを「証明する」ために労力や紙を費やしてゐるといふこの発想はどこから出て来るのであらうか。

かうした阿部氏の「物語論」は源氏学者の仲間うちでは真面目な議論らしく、藤井貞和氏の「物語論」といふ論文（『講座　源氏物語の世界』第五集所載）にしても、

源氏のことばは、『源氏物語』自身のガードをかため、読者にそれの虚構性を忘れさせようとするものであるのにほかならない。

とか、「物語中の人物が」「実在しているかのように言いくるめる源氏のことばに、われわれまでが言いくるめられるには及ばない」などといふことを大真面目に論じてゐるのである。しかし、果たして本当に紫式部は「物語を事実譚らしくみせ」「虚構性を忘れさせようとする」ために心血を注いだのであらうか。

源氏が玉鬘に語った「日本紀などはただかたそばぞかし」といふ言葉には、『物語』の有用性が紫式部の大きな自信とともに宣言されてゐるのである。ただその事を強く主張するのでは余りにも物語作家としての自尊に過ぎるから、「かかるすずろごと」とか「このいつはりども」などと物語を軽んじた言葉をうち混ぜてゐるのである。

言ふまでもなく、『日本書紀』は国家の正史として公的で重要なことが記述されてゐるから、その限

りにおいては『物語』とは比較にならない貴重な書物であることは勿論である。だが、その一方で『物語』は、正史に書き留め得ない「世に経る人のありさまの、見るにも飽かず、聞くにもあまること」を、「よき事の限りを選《え》り出で」「あしきさまのめづらしき事を取り集め」たものであり、これを単なる「そらごと」であるとして軽んずべきではないといふ源氏の物語論は、そのまま紫式部の主張なのである。つまり約言すれば『源氏物語』といふ作り物はこの世の「もののあはれ」の様々《さまざま》の様態を描き出したものであって、読者に人の世といふものや人間といふものを教へ悟らせるといふ意義を持ったものだと言ってゐるのである。

『源氏物語』がかうした壮大な意図のもとに企図され叙述されたものであるとすれば、『物語』が紫式部一人の筆によって成ったとする通説は誤りであって、その周囲には優れた助手としての女房たちが沢山ゐたに相違ないと私は思ふ。事実それは玉鬘が物語を作ってゐる場面に「つきなからぬ（補助にふさはしい）若き人どももあまたあり」と書かれてゐることで明らかであり、長篇の名作『源氏物語』はさうした優秀なスタッフの協力のもとに成ったに違ひないのである。

ところが源氏学者の多くは『源氏物語』は紫式部が一人で作り上げたものであると決めつけてゐて、池田亀鑑編『源氏物語事典』（東京堂）の「執筆動機について」といふ解説でも、

> 夫と死別するという不幸な事実に直面し、一女賢子を抱いて途方に暮れた時、夜道を行く旅人のような淋しさと人懐かしさ、いわば郷愁とでもいうべき心の中に光明を点じ、その光明に生きる喜びと希望とを見出したのではないか。

などといふ迂闊な推論が展開されてをり、恐らくこれが源氏学界の通念であらうと判断される。だが本当に『源氏物語』が「夜道を行く旅人のような淋しさと人懐かしさ」を癒すために書かれた文章である

ならば、随筆の一篇で事足りることである。学者諸氏には源氏が玉鬘を前にして述べた物語論の重い意味が全く理解されてゐないのである。

聡明な玉鬘は源氏の説くところの物語の有用性はもとより承知してゐて、それ故にこそ「明け暮れ読み書き」してゐるのであり、源氏が「このいつはりどもの中に、げにさもあらむとあはれを見せ、つきづきしくつづけたる」物語について辛口の批評をした時も、玉鬘は「ただいとまことの事とこそ思う給へられけれ」と反論して、物語の「いつはり」の中に人生の真実が表現されてゐると主張してゐるのである。

## 玉鬘の内侍所への出仕

右の物語について源氏が玉鬘と語った場面は「蛍」巻に記されてゐることであるが、この頃は既に玉鬘の実父が内大臣であるといふことは源氏から教へられてをり、玉鬘の結婚相手の候補者も兵部卿宮か右大将かに絞られて来てゐた。さりとて玉鬘を手元から放すことには源氏にはまだ未練があった。

そんな折の玉鬘の心境が「常夏」巻に次のやうに記されてゐる。

> 姫君も、初めこそむくつけく、うたてとも覚え給ひしか、かくてもなだらかに、うしろめたき御心はあらざりけりと、やうやう目馴れて、いとしも疎み聞え給はず、さるべき御答《いら》へなども、馴れ馴れしからぬさまに聞えかはしなどして、見るままにいと愛敬づき、かをりまさり給ふ。

このやうに源氏の自制によって、玉鬘が一段と「愛敬づき、かをりまさり給ふ」魅力が増して来ると、源氏のその自制は揺らぎさうになり、「なのめに思ひ過ぐさむことの、とざまかくざまにも難きぞ、世づかずむつかしき語らひなりける」といふ次第となった。この「むつかしき語らひ」とあるのは玉鬘の心情でもある。

「御幸」巻の冒頭は、かうした源氏の玉鬘の処置についての判断に苦しむ心中が記されてゐる。仮に玉鬘を源氏にとって最も好ましいかたち――すなはち源氏の身辺で暮らすことになったとして、紫上の存在や父の内大臣の性格を考へると、うまく事が運ぶとはとても考へられなくなったのである。

そこで源氏は玉鬘を尚侍《ないしのかみ》として宮中に出仕させてはどうかと考へるやうになった。ちゃうどその折に大野原への御幸があり、玉鬘もその見物に出掛けた。その時、玉鬘が拝見した冷泉帝の「御容姿ありさま」は比類がなく、父の内大臣さへも「かぎりありかし」と思はざるを得なかった。ましてその他の大臣や中将は「同じ目鼻とも見え」なかった。

かうして玉鬘は源氏の勧める尚侍として奉仕することに心が傾いて行き、遅まきながら裳着の儀式が行はれ、内大臣は腰結《こしゆひ》の役目を務めることになり、晴れて父娘の初対面が叶った。

尚侍として宮中に出仕することを心に決めた玉鬘ではあったが、しかしなほ「さまざまに思ほし乱れ」た様子が「藤袴」巻の初めに記されてゐる。玉鬘の実父が内大臣であることが明らかになったこともあって、却って源氏の彼女に対する「御もてなし」が「憚り給ふ気色」もなくなってきたことも、「思ほし乱れ」ることの一因でもあった。

さうかうするうちに玉鬘の出仕の日は近づいて、嘗て彼女に執心した人々は「誰も誰も口惜しく」思ふ中にあって、髭黒大将は殊の外に玉鬘に熱を上げ、兵部卿宮などの恋敵を尻目に彼女と結婚することに成功した。

この結婚はかねて源氏の思慮の中にもあったことなので、源氏は必ずしも反対ではなかったが、ただ尚侍として出仕することが決まってゐたのであるから、冷泉帝が落胆されるであらうことを申し訳ないことに思った。

玉鬘が髭黒大将と結婚を決意するに至った事情は『物語』には全く書かれてゐない。そのために余りに唐突の出来事のやうな印象を読者に与へるのであるが、恐らくこの省筆は紫式部の計算によるものであらうと思はれる。聡明な玉鬘は如何なる思慮によって出仕前に大将との結婚を決断したのであったか、「読者よ、よく考へてご覧」と紫式部は投げ掛けてゐるのである。

思ふに聡明な玉鬘は、出仕するやうになった暁には帝の寵愛は必至であると予感し、このために中宮や女御が「心おき給ふ」ことを危惧したに違ひない。玉鬘が尚侍の仕事を承知した際にこのことを憂慮したことは『物語』に記されてゐることであり、出仕する前に結婚してしまへば、帝の格別の寵愛を受けることはないであらうと玉鬘は判断したに相違ないのである。

かうした思慮のもとに玉鬘は尚侍として宮中に出仕することになるのであるが、その尚侍として奉仕してゐる傍ら、大将との生活の中で玉鬘は男の児を出産した。髭黒大将の喜びは言ふまでもなく、内大臣も孫を得て「思ふやうなる御宿世」と大満足であった。さうした場面に次のやうな記述がある。(「真木柱」巻)

頭中将(柏木)も、この尚侍の君をいとなつかしきはらからにて、睦び聞え給ふものから、さすがなる御気色うちまぜつつ、宮仕にかひありてものし給はましものをと、この若君のうつくしきにつけても、「今まで皇子たちのおはせぬ嘆きを見奉るに、いかに面目あらまし」と、あまり事をぞ思ひて宣ふ。公事はあるべきさまに知りなどしつつ、参り給ふことぞ、やがてかくて止みぬべかめる。さてもありぬべきことなりかし。

柏木は、嘗て玉鬘が自分の異母妹と知らなかった時は熱心に親愛の情を示した一人であったから、玉鬘の出仕と出産に「さすがなる気色」を示さずにはゐられなかった。そして「宮仕にかひありてものし給はましものを」とまで柏木が言ったりしたのは「あまり事」（分に過ぎた事）であるといふ意味は、玉鬘が出産したのが大将の子ではなく、帝の皇子であったらよかったのにと言ったことなのである。

ここで解釈上の大きな問題がある。それは「公事はあるべきさまに知りなどしつつ」の句を学者諸氏が大変な誤訳をしてゐることである。すなはち諸書はこの句を次のやうに解釈してゐる。

『新釈』「玉鬘は尚侍としての公職は規定通りに（里に於て）勤めては居られるが」
『全書』「玉鬘は尚侍の公務は里邸で規定通り勤めながら」
『大系』「尚侍としての公事は当然あるべき状態に里に居て御勤めなどを始終している」
『全訳』「玉鬘は、尚侍としての役目は、お里方で必要に応じて処理をしいしいなどして」
『集成』「尚侍としての尚侍所の公務は、（自宅で）しかるべく取りはからったり」
『新日』「（玉鬘は尚侍としての）公務はきちんと（自邸で）なさり」

では、何故右の解釈が驚くべき誤読であるのかと言へば、これらは玉鬘が尚侍としての勤めを「自邸」にゐて果たしてゐると思ひ込んでゐるからである。

抑々、尚侍といふ職掌が如何なるものであるかと言へば、『後宮職員令』に、

嘗レ供下奉常侍、奏請、宣伝、検二校女孺一、兼知二内外命婦朝参一、及禁礼式事上

とある。すなはち天皇の側に常侍し、奏請や宣伝をその務めとし、多くの女孺（下級の女官）の監督をし、後宮内外の命婦が朝廷に参上するのを仕切り、宮中の礼式の事に供奉するのである。定員は二名で、その下の典侍や掌侍など多くの女官を統率するのであるから、官位も従三位と高い。そして和田英松博士の『官職要解』に「尚侍が御寝所に伺候するやうになって」云々とあり、藤原道長の女嬉子が尚侍と

なって東宮の妃となった例もあったと記されてゐる。

尚侍といふ職掌がかういふものであると理解すれば、玉鬘が既に尚侍として出仕することが決まってゐたのにも関《かか》はらず、髭黒大将と結婚してしまったことを冷泉帝が残念がられて、初対面の時に「思ひしことの違ひにたる恨み」を宣うたといふことの意味もよく理解出来る。

ところが右に見て来たやうに、学者諸氏は「公事はあるべきさまに知りなどしつつ」の句を玉鬘が「里方」にゐて「規定通り」に職務を行ったと解釈してゐるのである。だが帝に「常侍・奏請・宣伝」する職務が「自邸」にゐて出来るはずがないではないか。この学者にあるまじき大変な誤読は彼らが尚侍の職掌の内容について知らないために生じたことであるが、もしもこの解釈に少しでも疑問を抱いたならば、尚侍の職務について調べ、「公務は自邸でなさり」といふ解釈が大変な誤読であることに気付くはずである。恐らく学者諸氏がこの誤読を看過した理由の一つは、「参り給ふことぞ、やがてかくて止みぬべかめる」といふ句の「参り給ふ」を、宮中に参内することであると解してゐたからであらう。だがこれも尚侍といふ職掌が「御寝所に伺候する」といふ特別な内容を持つものであると知ってゐれば実に分り易いことであり、髭黒大将が玉鬘の宮中退出を懇願した理由もよく理解出来るのである。

## 玉鬘の人となり

玉鬘についてはなほも興趣ある色々の記述があるが、ここで源氏の玉鬘評を取り上げることにしよう。「若菜下」巻の女三宮と柏木との一件の後の場面で、源氏が改めて明石女御や朧月夜などの女君たちの人柄について思ってゐる中での、玉鬘評である。

右のおとどの北の方（玉鬘）の、取り立てたる後見もなく、幼くより、ものはかなき世にさすらふるやうにて生ひ出で給ひけれど、かどかどしく労ありて、われも大方には親めきしかど、にくき心の添はぬにしもあらざりしを、なだらかにつれなくもてなして過ぐし、このおとど（髭黒大将）の、さる無心の女房に心合せて入り来たりけむにも、けざやかにもて離れたるさまを人にも見え知られ、ことさらに許されたる有様にしなして、わが心と罪あるにはなさずなりにしなど、いま思へば、いかにかどある事なりけり。契り深き仲なりければ、長くかくて保たんことは、とてもかくても同じごとあらましものから、心もてありし事とも、世人も思ひ出でば、すこし軽々しき思ひ加はりなまし。いといたくもてなしてしわざなり、と思し出づ。

この源氏の玉鬘評によれば、「かどかどしく労あり」といふのが玉鬘の人柄であったといふことになる。「かどかどし」は「才気に秀でてゐる」ことであり「労あり」は「心遣ひが行き届いてゐる」ことである。この二つを併せ持つことは容易ではないのに玉鬘はそれを兼ね備へてゐたのであり、女三宮にはそれらが欠けてゐるが故に不祥事が起ったことを源氏は嘆いてゐるのである。

学者諸氏はここで「にくき心の添はぬにしもあらざりしを」の「にくき心」の意味を、「困った心」（『評釈』）、「嫌な下心」（『全訳』）、「けしからぬ気持」（『集成』）、「いけない心」（『新日』）などと解釈してゐて、「にくき心」を源氏の「困った心」「けしからぬ気持」だと読んでゐるのであるが、実はこれは玉鬘の心なのである。

思ふに古語の「にくし」は自分と対象との間に心理的な距離を感じる感情を表すのが原義で、その用法が口語に残存してゐるのが「聞きにくい」「見えにくい」である。「心にくし」などの意味もこのやうに解することによって初めて明らかとなる。相手が立派でその気持や思慮が計り難いのが「心にくし」なのである。(1) 口語の「憎い」は嫌悪や憎悪の感情が主流になってしまってゐるが、これとても「相手との間に心理的な距離を感じてゐる」ことの範疇に入ることである。時代が下るにつれて人間の感情が俗情化して行くために、言葉の意味がこのやうに下降気味に変化して行くのである。

このやうに考へて来れば、右の「にくき心」は玉鬘が源氏に対して距離を置いた気持を表したものであるといふことが理解出来るであらう。源氏が「親めき」て親愛の気持でもって玉鬘に接したのに対して、彼女は「にくき心」がない訳ではなかったのに「つれなく」(普通とは変らないやうに)、「なだらかに」対応したとして、その「労ある」人柄を嘆賞してゐるのである。

玉鬘の生ひ立ちは「ものはかなき世にさすらふるやうにて生ひ出で」た不運なものであったが、込み入った源氏との関係にしても、また大将との結婚の問題にしても、世間の人から「軽々しき思ひ」を持たれることのないやうに「いといたくもてなしてしわざなり」と、源氏をして感心させてゐるのである。「いといたくもてなす」とは「最善に事を処理した」といふ意味である。

玉鬘は源氏の周辺の女君たちには珍しい苦難の少女時代を生きて来た人である。古い詩句に「梅は寒苦を経て清香を発す」といふ詞があるが、紫式部はさうした寓意をこの玉鬘といふ女性に込めてゐたのであらうか。

(1) この「心にくし」について付言すれば、『岩波古語辞典』の編者の一人である大野晋氏が丸谷才一氏と共著の『光る源氏の物語』(中央公論社)の中で、「どうして『心にくし』が『奥ゆかしい』という意味になるか」と不審げに述べてゐる(下巻一一九ページ)が、これは看過できないことである。一般の国文学者ならまだしも、古語辞典を編著するほどの国語学者にして基本的な古語である「心にくし」の原義を大野氏は考へあぐねてゐるのである。実際、氏の『岩波古語辞典』が「心にくし」を説明して、
ニクシは親しみ・連帯・一体感などの気持の流れが阻害される場合の不愉快な気持を言う語。

としてゐるのが抑々正しくない説明である。

大野氏が『光る源氏の物語』の中で「心にくし」に言及してゐるのは、「若菜下」巻の女三宮が柏木からの手紙を源氏に見つけられてしまふ場面で、源氏が宮の軽率な行為を「心にくき所なき御ありさまをうしろめたしとは見るかし」と思ってゐる箇所であるが、大野氏はこの「心にくし」を「奥ゆかしい」と解釈しながら、氏はここでも『岩波古語辞典』の説明と同じことを述べて、

「にくし」は好意的な感情を阻害されることですから、「心にくし」は、心が阻害されること。そこでその阻害をつきぬけて「奥の方へ行きたい」つまり「奥ゆかしい」になるんですね。

と丸谷氏に言ってゐる。

だが、この大野氏の説明は、「心にくし」と「奥ゆかし」とを「阻害」を軸に同義語として処理してゐるもので正しくない。「心にくし」は相手の心情や思慮に奥深いものがあって、単純にその心情や思慮を測りかねるといふのがその原義で、従って「心にくき所なき」といふのは女三宮の思慮が深くないといふ意味なのである。一方の「奥ゆかし」は意味深さうな対象への関心がその原義である。

## 四　女三宮との晩年の日々

### 歳の離れた新妻

光源氏の一生は須磨・明石での謫居生活を別にすれば、比較的順調な一生だったのであるが、晩年になって二十五歳ほども年齢の差のある女三宮と結婚することになって、苦悩の生活を余儀なくせざるを得ないこととなった。

その事情は次のやうな次第であった。

源氏の異母兄に当る朱雀院に三宮といふ姫君があったが、母宮とは早く死別してこれといった後見もなく、出家の願望のあった朱雀院にとってこれが唯一の心残りのことであったために、適当な婿を早く選びたいといふ気持があり、柏木や蛍兵部卿宮や夕霧などが候補者として考へられてゐた。(「若菜上」巻)

さうした中にあって朱雀院の皇子の東宮は、「六条院(源氏)にこそ親ざまに譲り聞えさせ給はめ」と婿には源氏が最も相応しいと建言し、朱雀院も「げにさることなり」と決断され、その由を源氏に伝へられたが、源氏は固辞した。

そのうち朱雀院は病気がちになられたこともあって、かねての願ひの通りに出家をされたので、源氏は病気見舞がてらに挨拶に参上したところ、院が「いみじく待ちよろこび聞えさせ給ひて」、女三宮のことを「さまざまに思ひわづらひ侍る」といふ苦衷を訴へられたために、源氏は到頭「深き心にて後見聞えさせ侍らむ」と引き受けてしまったのであった。

紫上は女三宮の婿選びが進んでゐる噂は聞いてゐたものの、まさか源氏がその候補であらうとは「さしもあらじ」と否定してゐたが、朱雀院の見舞から帰った翌日に源氏からその事情を聞かされて、「空より出で来にたるやうなる」突然のことに内心驚いた。紫上は「おいらかなる人」(穏やかな人)ではあったが、さすがにその心中は穏やかではなかったのである。

まもなく迎へた正月には源氏は四十歳となり、四十の賀宴が華やかに催され、その一月《ひと》後に女三宮を六条院に迎へ入れた。三宮は時に十四歳で、嘗て十歳の紫上を邸に引き取った時と比べると、紫上の方は「ざれて言ふかかひ」があったが、宮は「いといはけなき気色して」、「もののはえなき御さま」としか見えなかった。

結婚して最初の三日間は新妻と床を共にするのが習はしであるから、その間は紫上には「忍ぶれどなほものあはれ」なものがあった。然も宮の部屋に出掛ける源氏のために「御衣どもなど」を香で焚きしめることも女房に指示しなければならなかったから、紫上のその「つらく思しつづけらるる」様子に源氏はその心中を思ひやって涙ぐむのであった。

さうした紫上の気持を思ふためであったからであらうか、源氏は夢に紫上を見て目が覚めて「心騒ぎ」がしたので、まだ「夜深き」時刻であったが紫上の所に帰った。だが女房たちは「空寝」してしばらく源氏を待たせてから部屋に入れた。女房たちは紫上に同情してゐたのである。

五日目は源氏は宮の所へ行かず、手紙だけを送った。その時の歌に、

中道をへだつるほどはなけれども心みだるる今朝の淡雪

と詠んだ。しばらくして女三宮から返書が届き、

はかなくてうはの空にぞ消えぬべき風にただよふ春の淡雪

といふ歌が詠まれてゐたが、筆跡は「いと若く幼げ」で、「さばかりのほどになりぬる人はいとかくはおはせぬものを」と失望したが、そのことを紫上には言はずに胸の中に終ひ込んでおいた。宮の名誉を慮ってのことであったが、紫上は目敏く「後目《しりめ》」にそれを見抜いてゐた。

その日の昼、源氏は三宮の部屋に行った。その時の宮の様子を『物語』には「女宮はいとらうたげに幼きさまにて」「いと御衣がちに、身もなくあえかなり」とある。宮は精神的にも身体的にも幼い感じだったのである。源氏は、

とあるもかかるも、際《きは》離るることは難きものなりけり。とりどりにこそ多くはありけれ。よその思ひは、いとあらまほしきほどなりかし。

と自らを思ひ慰めるにつけても、幼かった紫上を人並みすぐれた女性に成長させ得たことを「我ながらも生ほし立てけり」と自賛の思ひがしないでもなかった。

夕霧は、嘗て女三宮の婿がねの候補の一人であったこともあって宮のことが気になり、「さりぬべき折々」にその居所に「参り馴れ」、宮の「御けはひ有様」を見聞きするにつけ、「若くおほどき給へる」だけで「けざやかにもの深」い方とは見えなかった。そしてお付きの女房たちも「おとなおとなしきは少なく」、「ひたぶるに華やぎざればめる」者の多いことが気になった。

勿論このことは源氏も気にならないではなかったが、物事を「ひとつさま」に堅苦しく考へない源氏は、「さこそはあらまほしからめ」と大目に見過ごして、宮の「御有様ばかり」を「いとよく教へきこえさせ給ふ」ことだけを配慮した。この女房たちの「いはけたる遊び戯れに心入れた」様子を紫式部が『物語』に書き入れたのは、宮の幼さの原因の一端がお付きの女房たちにもあることを読者である女房どもに教へ訓さうとしたものであらう。

このやうにして女三宮との生活が始まって一年余り経った頃、六条院の邸に兵部卿宮や柏木がやって来て四方山話をしてゐるうちに、夕霧が若い君達を集めて蹴鞠《けまり》をしてゐるといふことが分ったので、皆でそちらに行って蹴鞠の遊びに合流した。中には柏木の弟たちもゐて賑やかなこととなり、夕霧も柏木も庭に下り立ってその仲間に入った。その賑やかな庭の蹴鞠の遊びを女三宮の部屋の女房たちが御簾越しに見物してゐるのを、柏木は気にしながら近くの階の半ば辺りで休息してゐたところ、御簾の紐を猫が引っ掛けて部屋の中が丸見えになってしまひ、柏木は「いひ知らず、あてにらうたげな」女三宮が「袿姿にて立ち給へる」のを見てしまった。このことがあって以来、柏木は宮のことが忘れられなくなって、数年後に『源氏物語』の中でも一際大きな出来事が出来《しゅったい》するのであるが、このことについては第3章第三節の「女三宮と柏木との事件」で詳しく記述する。

## 「才もすぐれ、ゆたけきさきら」なのは誰か

概して女三宮のことについては冷酷とも言ふべき批評が加へられることが多い。例へば松尾聰氏は「ひたすら幼稚だ」（『源氏物語』――不幸な女性たち』）と言ひ、今井源衛氏は「無性格な人物だ」（『源氏物語の研究』）と評し、岡一男氏の『源氏物語事典』には「救われがたく愚かであった」とまで酷評されてゐる。だが果たして宮の実像はそのやうであらうか。

確かに女三宮を迎へ入れた時、源氏は宮を見て「まだ小さく片なり」で、「いといはけなく」、「あまり物の映えなき御さまかな」といふ感想を持ったと記されてゐるが、三宮は当時はまだ十四歳くらゐであり、それが「片なり」（奥手）だっただけのことであって、「幼稚だ」とか「無性格」だなどとは書かれてはゐないのである。ただその数年後の二十一、二歳の頃でも源氏の目から見る宮は、「なほいといみじく片なりに、きびはなる心地して、細くあえかに美しくのみ見え」たとあるから、まだ肉体的な成長は遅かったものの、女三宮もやうやく女性としての美しさが感じられるやうになって来てゐたのである。それは源氏がその頃になって宮に琴《きん》の琴（1）を教へようと考へるに至ってゐたことと符合することである。

源氏が、習得するのが困難な琴《きん》の琴を女三宮に教へようと考へたのには、朱雀院が幼い宮に琴《きん》を教へてをられ、源氏の手元でその演奏の技が立派になって行くのを心待ちにしてをられるといふことを聞き知ったからでもあるが、宮にその才能のあることを源氏が見て取ったからでもある。それが特別のことであったことは、女三宮が琴《きん》の琴を源氏から教はることを知った明石女御が、「などて我に伝へ給はり

ざりけむ」と不満に思ったといふことから知られるのである。

その後、女三宮との密事が露顕したことに苦しみ通して柏木が病死した時、宮は柏木との間の子を出産してゐて、絶えず罪の意識にさいなまれ続けてゐた。やがてそれらの苦悩に耐へられない宮は、受戒して出家の身となった。しかし源氏は宮が山寺に籠ることを許さず、宮がそのまま六条院で生活することに変はりはなかったから、源氏は生まれたばかりの薫や尼姿の宮と会ふことは出来た。

出家することは出来たものの、閑静な寺院での修行三昧といふ訳にはいかなかった宮のために、源氏は六条院で宮の持仏の開眼供養を盛大にしてその発心に応へようとした。参列者は親王を初めとして数多く、「ことごとしく装束きたる女房五、六十人ばかり集ひたり」とあるから、如何に立派な法要であったかを、源氏の尼宮に対する誠意として知ることが出来る。奉仕した僧は七人で、法要後にはそれぞれ立派な法衣が紫上の志として贈られもした。

この時の講師の説教の様子を記した次の記述の解釈においても、諸書は大変な誤読をしてゐる。

講師のいと尊く事の心を申して、この世にすぐれ給へる盛りを厭ひ離れ給ひて、長き世々に絶ゆまじき御契りを法華経に結び給ふ、尊く深きさまをあらはして、ただ今の世に、才もすぐれ、ゆたけきさきらを、いとど心して言ひつづけたる、いと尊ければ、皆人しほたれ給ふ。（「鈴虫」巻）

誤読は、「才もすぐれ、ゆたけきさきらを、いとど心して言ひつづけたる」の部分が、次のやうに学僧の弁舌を賞賛したものであると解釈されてゐることである。

『新釈』「当代随一の学僧が豊かな弁舌を注意深く振ひ続ける」
『全書』「今の世に学才弁舌共にすぐれた学僧ぶりを一層発揮して述べ続ける」
『評釈』「現在のところ才学弁舌ともに他を圧しているのに、いっそう気をつけて言ひ続ける」

『全集』「当代の世にすぐれ、弁舌もさわやかなのを、ひときわ念を入れて滔々と述べたててゆく」
『集成』「この講師は当代では、学才もすぐれ、ゆたかな文才の持主であるのに、一層心をこめて言い続ける」

何故これらの解釈が間違ってゐると言へるのであるか。

抑々、「この世にすぐれ給へる盛りを厭ひ離れ給ひて、長き世々に絶ゆまじき御契りを法華経に結び給ふ」といふのは、出家した女三宮を講師が賞賛してゐるのであるから、従って、「才もすぐれ、ゆたけきさきら」といふのも出家した宮のことを讃へてゐるのだと読まねばならないのであって、講師の「言ひつづけたる」弁舌のことを修飾したものではないのである。このことは「ゆたけきさきらを」「(僧が)言ひつづけたる」とあって「を」が目的格の助詞である以上、語法上からして疑ひないのである。

ただ、このやうな誤読が生じてゐる背景には、『湖月抄』が、

ざえは才也。ゆたけきはおほいなる也。さきらは弁説なり。

といふ『孟津抄』(九条稙通著　一五七五年成立)の説明を引いた上に、北村季吟が師の箕形如庵の説として、

講師の才覚すぐれたるを云ふ也。

と記し、「ざえ」は「講師の事也」と傍注してゐるのに盲従したためであらう。しかし古注釈と雖も誤読を犯してゐることはあり、『湖月抄』だからといってその説が正しいとは限らない。

尤も、北山谿太著『源氏物語辞典』にも「さきら」は「才気の、物にあらはれたるもの(弁舌又ハ筆勢ナドニイフ)」とあり、また『岩波古語辞典』も「弁舌・筆勢などの端に現れる才気」とし、『角川古語大辞典』も「弁舌や筆勢。才気の外に現れたもの」としてゐるのであるから、諸書のこれらの解釈に

何の問題もない、との反論もあるであらう。だがこれらの辞書が説明してゐる語義自体が、右の『湖月抄』などの古注釈の注解に拠ったものであらうから、反論の論拠にはならない。

この「さきら」といふ古語は平安時代の典籍にその用例が容易に見当らず、各種の古語辞典を見てもその用例はこの「鈴虫」巻の一例を示すだけであるために、その意味を帰納的に明らかにすることに私は難渋してゐたのであるが、さうかうしてゐるうちに、鎌倉時代の仏教説話集の『撰集抄』に次のやうな用例のあることを見出した。

①「姿を迹門にしなしてさきらを研ぐ人だにも」
②「况や、道心堅固にして、心も賢くさきらあらむ人の、なじかは心も清まで侍るべき」
③「知恵のさきらいみじくて、また道心堅固に侍り」
④「さしも道心もこもり、さきらありし人とは覚えずありき」
⑤「深き御法を知るまでのさきらは侍らずとも」

すなはちこれらの『撰集抄』の用例に拠って見れば、「さきら」は「欣求浄土の仏心」を言ふものであることが明らかであり、今の女三宮を讃へた学僧の言葉に実によく適合するのである。然も平安後期の歌謡を集めた『梁塵秘抄』にも

戯れ遊びのうちにしも、さきらに学びん人をして、未来の罪を尽くすまで、法華に縁を結ばせん

とあるのを参考にすれば、「さきら」の意味が仏教の道心に関する言葉であることに間違ひはない。(2) また、「ゆたけきさきら」の「ゆたけし」も「若菜上」巻に、

最勝王経、金剛般若、寿命経など、いとゆたけき御祈りなり。

とあり、「ゆたけきさきら」は仏教に関連した言葉であることに疑ひはないのである。

以上のやうな用例に基づいて考へれば、「ゆたけきさきら」は女三宮の仏道に帰依する気持の篤いことを讃へてゐるのだと解すべきことに帰するであらう。つまり、法要の講師は、女三宮が「盛り」の若さを「厭ひ離れ給ひ」、法華経に帰依する「尊く深き」「ゆたけきさきら」――欣求浄土の仏心を賞賛してゐるのである。つまりここでは講師の僧侶が宮を讃へてゐるのである。なほ、宮が「才もすぐれ」というふのは、琴の「才」のことと解すれば何の問題もないのである。

## 「憂し」の心情と「もののあはれ」

右の持仏の開眼供養の催しがあってから数箇月経った中秋の名月の夜、源氏が尼宮の御座所に行き、若い尼僧たちと唱和するやうにお経を唱へてゐると、「はなやかに」鈴虫が鳴き出した。それを聞いた源氏が宮と歌を交はす情景が次のやうに記されてゐる。

「秋の虫の声いづれとなき中に、松虫なむすぐれたるとて、中宮（秋好中宮）の、遙けき野辺を分けて、いとわざと尋ねとりつつ放たせ給へる、しるく鳴き伝ふるこそ少なかなれ。名には違ひて、命のほどはかなき虫にぞあるべき。心にまかせて、人聞かぬ奥山、遙けき野の松原に声惜しまぬも、いと隔て心ある虫になむありける。鈴虫は心やすく、いまめいたるこそらうたけれ」など宣へば、宮（三宮）、

　大方の秋をば憂しと知りにしをふり捨てがたき鈴虫の声

と忍びやかに宣ふ。いとなまめいて、あてにおほどかなり。「いかにとかや。いで思ひの外なる御言にこそ」とて、

　心もて草の宿りを厭へどもなほ鈴虫の声ぞふりせぬ

など聞え給ひて、琴《きん》の御琴召して、めづらしく弾き給ふ。宮の、御数珠引き怠り給ひて、御琴にな
ほ心入れ給へり。(「鈴虫」巻)

ところがここでもまた誤読がなされてゐる。それは尼宮の歌の上の句「大方の秋をば憂しと知りにしを」の解釈で、諸書は次のやうに訳出してゐることである。

『全書』「一体に秋は侘しいものと分りましたが」(秋に「飽き」を響かす)

『大系』「一般の秋を、私はつらいものと承知してしまっておりまするけれども」(下には「源氏が私を飽き(秋)なされたと知ってしまった」と恨む心である)

『全集』「秋といえばだいたいつらいものと知ってしまった私ですのに」(「秋」に「飽き」をかける)

『集成』「秋という季節はつらいものと、よく分ったのですが」(「秋」に「飽き」を掛け、源氏に嫌われたのを怨む気持をこめる)

すなはち諸書は全て「秋」は「飽き」の掛け言葉であるとし、尼宮が「源氏に嫌われたのを怨む気持をこめる」(『集成』)と解釈してゐるのである。だがこの宮の歌に応じた源氏の歌の内容といひ、またその後に「琴《きん》の御琴召して、めづらしく」弾いた源氏の様子からすると、諸書が解釈してゐるやうな恨み言は宮の歌には詠み込まれてゐないと考へるべきであらう。尼宮は数珠を引く手を休めて源氏の演奏に聞き入ってゐるのであり、然も四囲の情景は、

月さし出でて、いと華やかなるほどもあはれなるに、空をうちながめて、世の中さまざまにつけて、はかなく移り変はるありさまも思しつづけられて、例よりもあはれなる音に掻き鳴らし給ふ。

と記述されてゐて、ここには嘗てない源氏と女三宮との仲睦まじい姿が描き出されてゐる。宮は「大方の秋をば憂しと知りにし」ために出家をしたのであるが、ここに来て世を「ふり捨てがたき」思ひがし

てゐると本心を表白してゐるのである。だからこそ、源氏は「いで思ひの外なる御言にこそ」(いやもう、意外なことを仰るのですね)と感動的に言ったのであり、「世の中」(夫婦の仲)が「さまざまにつけて、はかなく移り変はるありさま」を感慨深く回顧してゐるのである。今奏でてゐる「例よりもあはれなる音」は、柏木との一件など「さまざまにつけて」、宮が尼姿になるといふ「はかなく移り変はるありさま」を経て、初めて弾くことが出来、耳にすることが出来る、といふ感慨である。これは、源氏が朱雀院の負託を引き受けて以来、様々《さまざま》の「憂きこと」を経てやうやく抱き得た充足感の「あはれ」なのであり、そしてそれは紫上との間には感じることのなかった源氏の格別な感慨であることを、『物語』は読者に伝へようとしてゐるのである。

このやうに、いま源氏と女三宮とに共有されてゐる感慨は「例よりもあはれなる」ものであるのに、何故、宮が源氏に飽きられた「恨む心」を歌に詠んだのだといふ間違った解釈が生まれるのかと言へば、その原因は三つある。

先づ第一には、尼となった宮と源氏との間の今の複雑な感情が理解出来てゐないといふことがある。学者たちはとにかく源氏は柏木との一件以来、女三宮を憎んでゐるとしか考へることが出来ないのであるが、『物語』の中には源氏の心情はそのやうには書かれてゐない。このことは第3章第三節の「女三宮と柏木との事件」の節で改めて説明しよう。

第二には、「大方の秋」の「秋」は「飽き」の掛け言葉であるといふ思ひ込みである。この「大方の秋」といふ句を用ひた歌は「賢木」巻にも見られ、それは六条御息所が伊勢に下向することを決意したために源氏が別れを惜しんで御息所を野宮に訪れ、歌を交はした場面に次のやうにある。

やうやう明けゆく空の景色、殊更に作り出でたらむやうなり。

あかつきの別れはいつも露けきをこは世に知らぬ秋の空かな

出でがてに、御手をとらへてやすらひ給へる、いみじうなつかし。風いと冷やかに吹きて、松虫の鳴きからしたる声も、折知り顔なるを、さして思ふことなきだに、聞き過ぐし難げなるに、ましてわりなき御心惑ひどもに、なかなか事ゆかぬにや。

大方の秋の別れも悲しきに鳴く音な添へそ野辺の松虫

悔しき事いと多かれど、甲斐なければ、明けゆく空もはしたなくて、出で給ふ。道のほどいと露けし。

この時、御息所は源氏との別れを悲しんでゐるのであるから、この「大方の秋」に「飽き」を掛け言葉として用ひてゐることは金輪際あり得ない。無闇やたらに「秋」が「飽き」の掛け言葉であると解釈するのは正しくないのである。

第三は「憂し」の意味を諸書が一様に「つらい」と間違って解してゐる点である。この「憂し」については第2章第三節の「思慮深い玉鬘」で「心憂し」と関連して触れておいたところであるが、ここでも「憂し」の本来の意味について述べておくことにしよう。

抑々「憂し」といふ古語は『源氏物語』の「もののあはれ」の情趣や情感を読み味はふ上で枢要な言葉であり、この言葉の表す感情が実に複雑で微妙だったことは、既述のやうにこの感情が現代に残ることを得ず、古語の「憂し」が「憂い」といふ口語として残り得なかったことで明らかである。[3] つまり古語の「憂し」の意味は口語で簡単に言ひ換へることが出来ない複雑な感情であるといふことである。

尤も『岩波古語辞典』が「憂し」の語義について

① 憂鬱だ。いやだ。

② （自分に対する憂い思いをさせる意から）恋愛の相手の態度が無情だ。つれない。

と説き、『角川古語大辞典』が、

自分にとって思いのままにならない周囲の事情や人物（時には自分自身）に対する否定的な感情をいう語。いやだ、気に入らない、情ない、心外だ、苦しい、憎らしいなど、場合に応じて少しずつ違う色調を帯びて用いられる。

と説明してゐるのを見れば、学者諸氏が「憂し」を「つらい」「いやだ」「情ない」などの言葉で置き換へてゐるのは止むを得ないところがある。だがかうした辞書の記述とても、元を正せば源氏学者たちの誤訳がその原因となってゐるやも知れないのである。

思ふに「憂し」の本来の語義は『角川古語大辞典』が説くやうな「周囲の事情や人物に対する否定的な感情」ではなくて、「思いのままにならない周囲の事情」にどのやうに対応したらよいかを「苦慮」し「困惑」するところから生じる「哀しみ」や「寂しさ」の感情であると私は思ふ。この違ひを正しく理解することは「もののあはれ」の真情を知る上で実に重要なことである。

『源氏物語』の主題であるとされる「もののあはれ」の心情とは、このやうな複雑で微妙な心理を『物語』の展開に沿って感受し得る心と表裏一体であり、紫式部が描かうとしたものを正しく理解し味読することによって、読む者が保有してゐるところの「もののあはれ」の心情がより一層磨かれて行くのである。紫式部がこの大長編を書かうとした意図と意義は概ねそこにあり、従ってまたこの『物語』を読む意味もそこにあるとしなければならないのである。

（1）当時の琴は、六弦の「和琴」、七弦の「琴《きん》の琴」、十三弦の「箏の琴」の三種があったが、支那から渡来した「琴《きん》の琴」は奏法が最も難しいもので、『源氏物語』の中では光源氏がその第一人者とされてゐる外、蛍兵部卿宮・末摘花・八宮・女三宮などだけが奏でることが出来たことになってをり、実際の歴史上においても一条天皇の頃にはその奏法が途絶えたとされてゐる。

（2）この『梁塵秘抄』の「さきら」の意味についても、小学館の『全集』は「才気鋭く、才気の現れをいう」と注解し、岩波書店の『新日』は「才気鋭く仏法を学ぶ人」と注をし、更に巻末の付録注でも「弁舌や筆勢などに現れた鋭い才気」と説明をしてゐる。しかしこれらの語注も『湖月抄』などの古注釈や、あるいは『大言海』などの辞典の記述に従ってゐるだけで、「さきら」の語義の正しい説明ではないことは縷述した通りである。

（3）『日本国語大辞典』には一応「憂い」が口語として掲げられてゐるが、用例は尾崎紅葉『多情多恨』の「何を為るのも憂いのである」だけであり、現在この「憂い」が日常的に口語として用ひられてゐる例は見当らない。

# 第3章　「憂きこと」多き光源氏

## 一　藤壺宮への思慕

### 義母の藤壺を慕ふ光源氏

桐壺更衣のことが忘れられない桐壺帝は源氏を手元で養育したくて、祖母の手元から引き離された幼い源氏は宮中で暮すことになった。源氏が五歳の時のことである。帝を初め周囲の人々は源氏が「いとどこの世のものならず、きよらにおよすけ給ふ」容姿に目を見張った。「きよら」は「第一流の気品ある美、華麗さ、贅美をいう」（『岩波古語辞典』）のであり、「およすけ」は年齢以上に成長してゐる感じを言ふのである。

世の人が「光る君」と讃へる源氏を、自分の手元で充分に世話をすることの出来ない悲しみを「かへすがへす」嘆いてゐた祖母も一年後に亡くなり、源氏は「内裏《うち》にのみ候ひ給ふ」生活を送ることになった。

宮中での生活は皇子としての教養を身につけることが中心となり、学問を初めとして音楽や書道などあらゆる教育によって、光源氏の才能はいよいよ磨かれていった。桐壺帝には弘徽殿女御との間に源氏の兄に当る皇子があったが、源氏が余りに優秀であったために次の帝位についての人々の憶測が飛び交ふやうになったため、相人の運勢判断に従って、帝は熟慮の末に光源氏を「源氏」の姓を称する臣下として待遇することにした。

その一方で、「年月にそへて、御息所の御ことを思し忘るる折」のない生活が続いてゐた桐壺帝に、先代の帝の后の姫宮が桐壺更衣によく似てをられるといふ情報をもたらした者がゐて、その姫宮は帝の懇願により入内することになったが、実際に「御容貌《かたち》」や「ありさま」は「あやしきまで」(不思議なくらゐ)更衣によく似てゐた。局が飛香舎だったので藤壺宮と申し上げた。

新しく入内した藤壺宮は「いと若ううつくしげ」である上に、母の桐壺更衣のことを知ってゐる典侍《ないしのすけ》が「母君によく似ておいでです」と言ふので、光源氏は「幼き御心地に、いとあはれ」と思ひ慕ひ、「常に見奉らまほしく、なづさひ近う参らばや」と思はずにはゐられなかった。その上、父帝も藤壺宮に、源氏が宮に「なづさひ」纏ふのを「な疎み給ひそ」と仰せになり、「不作法なことだとは思はないで、光源氏を可愛がってやって下さい」と頼んだりされたから、愈々その藤壺宮を源氏は慕った。

やがて十二歳となって元服を迎へた源氏を、東宮に劣らず「きよらを尽して」儀式を執り行はれた父帝は、成人した源氏の姿を「母の更衣が見たならばどんなにか」と思ふと涙が溢れさうになるのを「心づよく念じかへ」て耐へられた。

元服した源氏の添臥しには左大臣の姫が選ばれた。葵上である。ところが父帝は結婚後も源氏を内裏で「常に召しまつはせ」たため、源氏は里住みが間遠になって一向に葵上に親愛の情が湧かなかった。その一方、数年に亘る藤壺宮への思慕の気持は一層募るばかりで、「いと苦しきまで」になってしまった。しかし幼少の頃と違って宮は源氏を「御簾の内にも入れ給はず」、ただ管弦の遊びの時に藤壺宮が弾く琴に合せて源氏が笛を吹き、「ほのかなる御声」を聞くことだけを慰めにするしかなかった。かくて宮中での生活を五・六日し、里での生活は二・三日といふのが源氏の新婚生活であった。

それから数年経って源氏は十七歳で中将に任ぜられたが、やはり「内裏にのみ候ひ給ひて」、葵上の住む里には「絶え絶えまかで給ふ」といふ生活が続いてゐたから、左大臣家では「忍ぶの乱れや」など女房たちの間でひそひそ話がないでもなかった。「うち乱れ、目馴れたるうちつけの好き」(世間によくある軽々しい色好みの行為)は本来好むところではなかった源氏も、「稀には、あながちに引き違へ、心づくしなる事を思しとどむる癖」もあって、「さるまじき御振舞」もないではなかったと記されてゐるが、この源氏の「さるまじき御振舞もうちまじりける」といふ記述は、この後に長々と展開される所謂《いはゆる》「雨夜の品定め」の後日譚の空蟬との一件を暗示するもので、さうした「さるまじき」経験を経て行くうちに、源氏の女性に対する関心度は次第に深くなっていった。藤壺宮に対する思慕の情が制御出来なくなるのもかうした事と関係があるのである。

『源氏物語』の「帚木」「空蟬」「夕顔」の三つの巻は源氏が十七歳の時の一年間のことが記述されてゐるのであるが、この間に源氏が親しくなった女性は朝顔の姫君、空蟬、六条御息所、夕顔等であったが、夕顔は急死してしまひ、空蟬は夫と共に任国の伊予に下り、朝顔の姫君との関係や六条御息所との仲は、今少し微妙であった。

翌年、十八歳になった源氏は末摘花といふ女性の噂を聞いてその邸に出掛けた。しかし彼女は一言も物言はず、すべてお付きの命婦が応対をするので源氏は物足りなかった。そんな頃、瘧《おこり》に罹った源氏が療養のために出掛けた鞍馬山で少女(若紫)を見掛け、やがて二条の自邸に引き取った。源氏が藤壺宮と密かに逢ふことの出来たのはその頃のことである。

## 源氏と藤壺との密会

その密かな逢瀬が可能になったのは、藤壺宮が病気になって里の三条邸で療養することになったためで、源氏は「かかる折だにと、心にもあくがれ惑ひて」、どの女君の所へも出掛けず、「内裏にても里にても、昼にはつくづくとながめ暮し」、夕方になると宮にお付きの王命婦といふ女房に、密かに宮と会ふことが出来るやう取り計らふことを責め立てて、漸く「いとわりなき様にて（無理矢理の様子で）」会ふことが出来た。原文にはその後のことが次のやうに記述されてゐる。

いかがたばかりけむ、いとわりなくて見奉りほどさへ、現《うつつ》とはおぼえぬぞわびしきや。宮もあさましかりしを思し出づるだに、世とともの御もの思ひなるを、さてだにやみなむ、と深う思したるに、いと憂くて、いみじき御気色なるものから、なつかしうらうたげに、さりとてうち解けず、心深う恥づかしげなる御もてなしなどの、なほ人に似させ給はぬを、などかなのめなる事だにうちまじり給はざりけむと、つらうさへぞ思さるる。（「若紫」巻）

右の記述に「あさましかりしを思し出づる」とあることで明らかなやうに、過去にも源氏は密かに藤壺宮と逢ってゐたのであり、それはまた宮が「さてだにやみなむ、と深う思したる」とあることによっても一層明白である。そして宮の「なつかしうらうたげに」といふ様子から、源氏に対する藤壺自身の愛情が滲み出てゐることも知られるのである。つまり二人は相逢ふことが出来ない間も相思相愛の情を交はしてゐたのである。

ところが、この『源氏物語』の中でも最高の悲恋の場面とも言ふべきこの情趣が学者諸氏に誤読され

てゐるのである。すなはち右の記述の終はりの源氏の思ひが述べられてゐるところの、
なほ人に似させ給はぬを、などかなのめなる事だにうちまじり給はざりけむと、つらうさへぞ思さるる。

といふ部分を諸書は次のやうに解釈してゐる。

『新釈』「他の女と違ってゐるので、どうして藤壺には一とほりと思はれる所さへ無いのかと恨めしくさへ思はれた」

『全書』「(なほ人に似させ給はぬを)何故少しでも欠点と思はれるところが藤壺にはおありなさらぬのか、と怨めしくさへ思はれなさる」

『大系』「藤壺はやっぱり、他の女に似ておられない(ずっと勝れておられる)のに対しても、(などか)せめて平凡な事でも、交りなさらぬのであろう(多少でも欠点がおありならば、こんなに恋に焦れはしまいものを)と、藤壺のお立派なのが却って、源氏にはつらい」

『全釈』「やはりふつうの人とは違っておいであそばすのを、『どうして、せめてここが平凡だというような事なりとも交っていらっしゃらなかったのだろう』と、自然つらいとまでもお思いになります」

『評釈』「やはり似る者もない御様子ゆえ、どうして欠点一つおありでないのだろうかと、恨めしくさえお思いである」

『全集』「やはり普通の人とは違っていらっしゃるのを、君はなぜこのように、ここは不足だというような点さえおありにならなかったのだろうと、そんなことまでつい恨めしくお思いになられる」

これら諸書の大変な誤読は「人に似させ給はぬ」の「人」は葵上のことであるのに、これを「普通の人」と読み誤り、また「などかなのめなる事だにうちまじり給はざりけむ」と「つらく」思ってゐる対象は葵上であるのに、これを藤壺のことであると誤読してゐることである。

抑々、「なつかしうらうたげ」な藤壺を「見奉り」ながら、「何故少しでも欠点と思はれるところが藤壺にはおありになさらぬのか」などと源氏が「怨めしく」思ふはずがないではないか。それは一般論として考へてみても理屈に合はぬことである。

その点、この場面の少し前の『物語』の記述に葵上の「御心の隔て」のことが記され、源氏が「夜の御座に入り給」うても「女君、ふとも入り給はず」とあるのであるから、「いみじき御気色」の藤壺と比較しながら、せめて葵上が「なのめ」（普通）の女性であってくれたらと、源氏が嘆いてゐるのである。

思ふに、かうした諸書の誤読の一因は『湖月抄』の註にあるのであらう。すなはち『湖月抄』は「などかなのめなる事だに」の注解に『花鳥余情』（一条兼良著　一四七二年成立）の説の、

源氏の御心に、藤壺をなどかすこしなほざりなる所もまじり給はで、かうとりあつめ世にすぐれ給ひて、人の心をのみつくさせ給ふらんと、せめての事に思ひ給へる也。

を引いて誤った解釈を広めてゐるのである。古註釈と雖も間違った解釈をしてゐることの好例であるが、本居宣長の『玉の小櫛』にもこの『湖月抄』の間違った註釈について何の言及も見られない。と言ふことは宣長ほどの学者でもこの場面を誤読してゐたのであらうか。

## 藤壺と源氏の辛い心情

やがて藤壺は懐妊して身心ともに耐へ難い日々を過ごし、源氏もまた「人知れぬ物思ひ」のうちに「春夏も過ぎ」たが、その間、何の事情もご存じない桐壺帝は相変らず源氏を「御いとまなく召しまつはせ給ひて」、琴や笛を奏でさせられた。それを帝の側で聴く藤壺は、源氏の「忍び難き気色の折々漏り出づる」のをも見ながら、「人知れずさすがなる事」を思ひ続けるのであった。

「紅葉賀」巻の冒頭は、朱雀院の御幸の盛儀の一つとして演じられる試楽が清涼殿の前庭で行はれたことが記され、源氏は青海波を見事に舞ひ、父帝は余りの「おもしろくあはれなる」に涙を流されるほどであったと記されてゐる。そして、藤壺も「おほけなき心のなからましかば、ましてめでたく見えまし」と思ったと記されてゐるから、宮は平常心で源氏の舞を見てゐることが出来なかったのである。

やがて藤壺と源氏の間に生れた皇子が東宮となり、源氏は大将に任ぜられて東宮の後見を務めることとなったが、源氏と六条御息所との間の噂を聞かれた桐壺院が、源氏に「好きわざするは、いと世のもどき負ひぬべき事なり」と小言を言はれたのはこの頃のことである。(「葵」巻)

その後「いかなる折にか」、源氏が藤壺宮に「近づき参り給」うたことから一騒動あったことが「賢木」巻に次のやうに記されてゐる。

かねて藤壺は「わが身をばさるものにて、東宮の御ため、必ずよからぬこと出で来なむ」と心配をし、源氏の懸想心を鎮めるための祈禱をしてゐたほどであったから、源氏の不意の訪れを藤壺は「いとこよなくもて離れ」たが、しかし俄かに「御胸をいたう悩み給」ふ有様――極度の心労となってしまった。女房たちは藤壺宮の急病に驚き騒ぎ、多くの者が駆けつけて来たので、源氏は慌てて塗籠《ぬりごめ》の部屋に閉ぢ籠って成り行きを心配するだけであった。そのやうにして一日が過ぎ、夕方になった頃に、藤壺の病状もやうやく治まり、部屋の様子も静かになった。

塗籠の部屋に閉ぢ籠ったままであった源氏は、「塗籠の戸を細目に開きたるを、やをら押し開けて、御屏風のはざまに伝ひ入り」、藤壺が「世の中をいたう思し悩めるさまにて、のどかにながめ」てゐる様子を陰から覗き見してゐるうちに、改めて藤壺が姪に当る紫上と同様に「気高う心恥づかしき」人柄であることに感慨を催し、その「心惑ひ」に耐へられず到頭御几帳の中に入ってしまった。

しかしこの時ばかりは、いくら源氏が「よろづの事を泣く泣く恨み聞え給へど」、藤壺は「東宮の御ため」を思ふが故に源氏を拒み通し、「いとよく宣ひのがれて」、「今宵も明け」て行ったのであったが、「いとよく宣ひのがれ」たのが「今宵も」と記されてゐるところに意味の深長なるものがある。

夜も明けきってしまひ、逢瀬を取り計らった王命婦たちも源氏の退去を催促するので、源氏は「やがて亡せ侍りなん」（このまま死んでしまひさうです）と辛い気持を訴へながら、

逢ふことの難きを今日に限らずは今いく世をか嘆きつつ経む

と詠んで立ち去らうとした時、藤壺は、

長き世の恨みを人に残してもかつは心をあだと知らなむ

と「はかなく」答へた。

ところがこの藤壺の歌の「心をあだと知らなむ」の句の意味について、諸書は、

『新釈』「あなたの浮気故だと思し召して下さい」

『全釈』「御自身のお心を浮いたものと知って下さい」

『新日』「あなた自身の心に誠実さがないからとわかってほしい」

などと解釈してゐる。だがしかし、これは藤壺の源氏に対する本当の心情が分ってゐない間違った解釈

である。

正しく『物語』を精読して来れば、藤壺自らが源氏への深い愛情に苦しんでをり、そしてまた、宮が源氏を疎んじてゐるやうなことを言ふ女性ではないことは明らかである。それを右のやうに解釈するのは、「もののあはれ」の心情がよく理解出来てゐないと言はざるを得ない。かてて加へて、「あだ」の意味を「浮気」だとか「無体」などと解してゐるのも間違ってゐる。確かに『岩波古語辞典』を見れば「あだ」について「実意・誠意のないこと。浮気」とか「いい加減なこと。粗末にすること。おろそか」などと説明されてをり、学者諸氏の解釈は正しいやうにも見える。だが「あだ」には「もろく、はかないさま。かいのないさま」といふ意味もあるのである（『角川古語大辞典』）。

すなはちこの「心」は源氏「自身の心」のことではなく、「人の心といふものは」といふ意味なのである。「河内本」[1]によればここは「かつは心のあだと知らなむ」と表記されてゐて、「心」が源氏の「心」に限定したものではなく、一般的に「心といふものははかないものである」といふことを言ったものであることがより明らかとなる。

改めて藤壺の歌の真意を説明すればかうである。源氏が「逢ふことの難きを」の歌によって「あなたへのこの辛い思ひはいつまで続くことでせうか」と苦衷を訴へたのに対して、藤壺は「人の心といふものははかないものですから、いつかはあなたの辛さも消えるといふことを知って頂きたいのです」と言ひ、今までのやうな源氏との関係を断ち切る決意を表明したのである。

これに続く次の文章はこの後の源氏の辛い心情を描写して余すところがない。

> いづこを面にてかはまたも見え奉らむ。いとほしと思し知るばかり、と思して、御文も聞え給はず。うち絶えて内裏、春宮《とうぐう》にも参り給はず。籠りおはして、起き臥し、いみじかりける人の御心かなと、

人わろく恋しう悲しきに、心魂も失せにけるにや、悩ましうさへ思さる。物心細く、なぞや、世に経れば憂さこそまされと思し立つには、この女君のいとらうたげにて、あはれにうち頼み聞え給へるを、振り捨てむこと、いと難し。

源氏は宮中に参内する気力も失せ、挙句の果てには出家までも考へるほどになったのである（右に「なぞや、世に経れば憂さこそまされと思し立つ」とあるのは源氏の出家への意思のことである）。しかし「らうたげ」な女君（紫上）を「振り捨てむこと」を思ふとその決心も鈍るのであった。

一方、藤壺も春宮の将来を考へると源氏の後盾は絶対に必要であるから、源氏が「世をあぢきなきもの」に思って出家されるかも知れないことを危惧し、自らが出家してしまふ意思を強くした。

さうした藤壺の強い意思を知る由もない源氏は、自分の辛い気持を紛れさせようといふこともあって、雲林院といふお寺に詣でた。その時の源氏の心情が次のやうに記されてゐる。

大将の君は、宮をいと恋しう思ひ聞え給へど、あさましき御心のほどを、時々は、思ひ知るさまにも見せ奉らむと、念じつつ過ぐし給ふに、人わるくつれづれに思さるれば、秋の野も見給ひがてら、雲林院に詣で給へり。（「賢木」巻）

ここで、「時々は、思ひ知るさまにも見せ奉らむ」の句は次のやうに解釈されてゐる。

『全書』「時には反省なさるやうな目におあはせしよう」
『大系』「時々は藤壺自身が思い知る様にまあ、藤壺に見せ申そう」
『全釈』「時々は御自身思い悟るような目にもお合わせ申し上げよう」
『評釈』「時々は、御自身お悟りになるようにおしむけ申そう」
『全集』「ときどきは宮ご自身に思い知らせてあげよう」

『集成』「(時々は藤壺も) 思い知るように見せつけてさし上げよう」
『新日』「時には (藤壺自身) 思い知るようにお見せ申そう」

これらは「思ひ知る」の主語を藤壺だと解し、源氏が中宮に対して「思い知るように見せつけて」などと敬語を欠いた無礼な考へを抱いてゐるやうに解釈してゐる。しかし、万に一つも源氏がそのやうな無礼な考へを抱くことはない。それは『物語』全般にわたる源氏の人柄の描かれ方に合はない (『全書』と『評釈』が敬意を加へて訳してゐるのは恣意による改変である)。つまりこの「思ひ知る」(心に悟る・身にしみる) の主語は源氏なのであって、源氏が藤壺の「あさましき御心のほど」を痛切な思ひで身に染みてをります、といふ意味なのである。

この場合の「あさましき御心」を「あまりなつれなさ」(『新釈』)・「あきれるほどの無情さ」(『全書』) などと解釈をしてゐるのも誤読で、これでは藤壺の対応に源氏が不平や憤懣を抱いてゐることになる。「あさまし」の本義は『角川古語大辞典』が説明してゐるやうに、「予期しない事態に遭遇してあきれるさま。本来、善悪ともに用いる語である」のであって、源氏は嘗てない藤壺の対応に驚き戸惑ってゐるのである。藤壺は源氏に対して決して「あきれるばかりにつれないお心」(『全集』) を見せたのではないことは、あの逢瀬の夜の藤壺の対応が「なつかしきものから、いとよく宣ひ逃れて」と記されてゐることで明らかである。「なつかし」とは「相手が気に入って密着していたいと思う意」(『岩波古語辞典』) なのである。

しばらく雲林院に参籠して二条の邸に帰った源氏は、紅葉を山からの土産として持ち帰ったが、あまりに見事な紅葉だったので、「ただおほかた」の挨拶のやうにして藤壺にお付きの女房の王命婦に送り、「中宮にも折りを見てご覧に入れて下さい」と言ひ添へた。ところが枝には「いささかなるもの (手紙）」が結びつけてあったので、藤壺は思慮のある源氏が「人もあやしと見る」やうなことをするのを「心づきなく」思った。

その頃は桐壺院は既に崩御になってをり、その一周忌の法会の最終日に藤壺は突然に出家の意思を参会の人々に伝へて、落飾してしまった。藤壺はそれまでそのやうな素振りを全く見せたことがなかったので、人々は皆驚き、源氏も申し上げる言葉さへもなかった。

やうやく人々も退去して人目がなくなった時を見計らって源氏は御簾の近くに寄り、「どうしてこんな御決意を」と問うたのに対して、藤壺は「今初めて思ひついたことではありません」といふやうなことを命婦を通して答へた。その時、折しも春宮からの御使が参上したが、藤壺は御返りの挨拶もしなかったので、源氏が代りに「言加へて」応答した。そんなこんなで誰もが黙ったままで気詰まりだったこともあって、春宮のことを慮るであらう藤壺の気持を察して、源氏は、

月のすむ雲居をかけて慕ふともこの世の闇になほや惑はむ

と詠んだ。それに対して、藤壺は、

大方の憂きにつけては厭へどもいつかこの世を背き果つべき

と詠んで答へてゐる。源氏の歌の「世の闇」云々の言葉は親が子を思ふ気持を表現する時の常套句で、藤壺がそれを受けて「この世を背き果」てることが出来ないと詠んだのは、春宮のことがいつまでも心に掛かると言ってゐるのである。たとへ出家して世俗の縁を絶ったとしても、藤壺は春宮のことが心に懸かる限り、源氏との縁を絶ち切ることは出来ないのであり、藤壺がこの歌のあとに「かつ濁りつつ」と言ったのはその心のうちの苦しさを洩らしたのである。その言葉を聞くにつけても源氏は「胸苦しうて」退出した。

その後、源氏が須磨や明石での流謫の生活を経て帰京した後のある年のこと、「大方の世も騒がしく、公にも物のさとし静かならず、天つ空にも例に違ふ月日星の光見え、雲のたたずまひなど、世人おどろく」やうな異変が多く続いたことがあり、葵上の父の太政大臣が死去したり、藤壺も春の初めから病気になって三月には重態となったことがあった。冷泉帝が見舞ひに行幸されたのにつけても、藤壺は帝の出生の秘密に心を痛めた。そして見舞に訪れた源氏に藤壺は最後の力をふり絞るやうにして、

院の御遺言にかなひて、内裏の御後見を仕うまつり給ふこと、年ごろ思ひ知り侍ること多かれど、何につけてかはその心寄せ殊なるさまをも漏らし聞えむとのみ、のどかに思ひ聞え侍りけるを、今なむあはれに口惜しく。(「薄雲」巻)

と「ほのかに」宣ひ、その藤壺の声が几帳を隔ててわずかに聞えて来るのに対して、源氏は「御答へも聞えやり給はず、泣き給ふ」だけであった。そして辛うじて「よろづに心乱れ侍りて、世に侍らむことも残りなき心地なむし侍る」と言ふ間に、藤壺は「燈火などの消え入るやうに」息を引き取った。三十七歳であった。

(1) 源光行・親行の父子が二十一種の古写本を集め、校合の上で定本としたものを言ひ、藤原定家が定めた「青表紙本」よりは文法的にも正しく、文意もよく通じる箇所が多く、鎌倉時代から吉野朝時代にかけては権威ある写本とされてゐた。

## 二　須磨・明石での流謫生活

### 朧月夜との事件

誕生したばかりの光源氏があまりにも「世になくきよら」であったために、父の桐壺帝はこの上なく「私ものに思ほしかしづき給ふ」のであったが、第一皇子の母の弘徽殿女御側の人々はこれを妬ましく思った。この光源氏に対する嫉妬心は源氏が成人になるとともに、愈々才学ともに抜きんでることに対しても向けられ、隙あらば源氏やその岳父の左大臣の勢力を失墜させようとする者たちの冷たい目は絶えず光ってゐたが、源氏にこれといった失点もなく、政治家としての盛名も上がるばかりであった。

ところがその源氏を失脚せしめる絶好の出来事が起った。朧月夜との密会の現場を事もあらうに、彼女の父の右大臣に見つかってしまったのである。もともとこの朧月夜と源氏とは数年前から既に親しくなってをり、葵上が亡くなった時には源氏と結婚させようといふ動きもあったほどであるが、弘徽殿女御の反対で陽の目を見なかったといふ経緯もある間柄であった。朧月夜といふ女性は源氏をめぐる女君の中では最も「好き心」のある人として描かれてをり、源氏との忍び逢ひの場面はいくつか記述されてゐる。

なぜ源氏と朧月夜との密会が露見をし、源氏が政界から身を引かねばならない事態を招いたのか。その事情は次の如くである。

もともと源氏を取り巻く政界は、桐壺帝を父に持つ源氏を中心とする左大臣側の勢力と、何かにつけて源氏の映え映えしさを憎らしく思ってゐた右大臣側とによって二分されてゐたのであるが、とりわけ右大臣の娘で桐壺帝の女御となってゐた弘徽殿は性格も強く、源氏の母の桐壺更衣も藤壺中宮も、後宮での生活は気詰まりなものがあった。この弘徽殿女御の威勢は、桐壺帝が崩御され、実子の朱雀帝が皇位に即かれてからは、一段と目に余るものとなって行った。朧月夜はその右大臣の娘、つまり弘徽殿女御とは姉妹であったのである。

この朧月夜と源氏の出会は「花宴」といふ華やいだ巻名の冒頭に記述されてゐるやうに、宮中での桜の花見の宴が催されたある夜、源氏が酔心地のままに「さりぬべき隙《ひま》もやある」と思ひながら、藤壺の局の辺りを「わりなう忍びて」ゐるうちに、

照りもせず曇りも果てぬ春の夜の朧月夜にしくものぞなき

といふ歌を口ずさみながら女性がやって来たので、源氏は「いとうれしくて、ふと袖をとらへ」たところから二人の深い交際は始まったのであった。

朧月夜といふ女性は源氏が愛した女君たちの中では珍しく積極的な性格の人であった。源氏が密かに女君と逢ふのは概して女房の配慮や手引きによるものであって、女君が自ら積極的に源氏を導き入れるといふことは先づない。ところが朧月夜は自分の方から「忍び書き」した歌を寄越して、源氏を「驚かし聞ゆるたぐひ」が多かったから、源氏は彼女のもとを訪ねることも度重なった。（「賢木」巻）

やがて朧月夜は尚侍として朱雀帝に仕へるやうになるが、それでも二人の親交はなほも続いた。朧月夜は「思ひの外なりし事どもを、忘れ難く嘆き給ふ」ほどであったから、自ら機会を窺っては源氏を誘ったりしたが、ある時、そんな彼女の局を出て行く源氏の姿を右大臣側の者に見られてしまったことがあった。原文に「もどき聞ゆるやうもありなんかし」とあるのは、源氏を非難する声が囁かれるやうになるであらうといふ意味である。とりわけ源氏と朧月夜にとって致命的であったのは、密会の場面を

右大臣に見つかってしまったことであった。普通には考へられない朧月夜との密会の場面が父の右大臣に見つけられるといふ出来事はなぜ起ったのか。

朧月夜が瘧病《わらはやみ》に罹ったために右大臣邸に下ってゐた時のことである。宮中に居る時とは違って彼女には「めづらしき隙《ひま》」があったから、二人はお互ひに連絡を取り合って「わりなきさまにて夜な夜な対面」してゐた。その邸の内には弘徽殿女御も住んでゐたのであるから、用心をしながらの逢瀬であり、女房の中にはその様子に気付く者もあるにはあったが、「わづらはしうて」弘徽殿女御に注進に及ぶ者はゐなかった。さうした薄氷を踏む思ひの中で密会を重ねてゐたある夜のこと、「雨にはかにおどろおどろしう降りて、雷いたう鳴りさわぐ暁」となり、邸内の君達などが立ち騒ぎ、「女房どもも怖ぢまどひて」、朧月夜の部屋の辺りに集まって来てしまったために、源氏は御簾の中に身を潜めてゐた。そこに右大臣が朧月夜を見舞にやって来て御簾を引き上げたりしたので、「いとわびしう」思ひながら朧月夜が「やをらゐざり出」たところ、男物の帯が彼女の「御衣にまつはれて」ゐるのが見つかってしまったのである。

右大臣は几帳の奥に隠れてゐる源氏を「見入れ」、側にあった男手の畳紙を取って弘徽殿女御の所に行った。そしてこの源氏に対して如何に対処すべきかについて腹立ちながらに二人で相談し、「このついでに、さるべき事ども構へ出でむに、よき便りなり」と話し合った。

源氏は今後身辺に降りかかるであらう罪科に先んじて、自ら進んで政界から身を引き、須磨へ退去することを決意した。しかし、若い紫上を都に残したままで別れるのは堪へ難いことであり、しかも或いはこのまま「別るべき門出」になってしまふかも知れないと思ふと、「忍びて諸共にもや」——密かに須磨に連れて行かうかとも思ふほどであったが、「心細からん海づらの波風よりほかに立ちまじる人」

は誰もゐないことを思ふと、決断がつかなかった。(「須磨」巻)

## 「かたじけなう」といふ心境

須磨での流寓生活の様子は有名な名文で始まる。

須磨には、いとど心づくしの秋風に、海は少し遠けれど、行平の中納言の、関吹き越ゆると言ひけん浦波、夜々はげにいと近く聞えて、またなくあはれなるものは、かかる所の秋なりけり。お前にいと人少なにて、うち休みわたれるに、独り目をさまして、枕をそばだてて四方の嵐を聞き給ふに、波ただここもとに立ち来る心地して、涙落つともおぼえぬに、枕浮くばかりになりにけり。(「須磨」巻)

この須磨での源氏の生活は、概ねお供の者を相手に「昼は何くれと戯《たはぶ》れ言うち宣ひ紛らはし」て過ごし、あとは「手習ひをし」、「さまざまの絵」などを書いて過ごすのであった。とりわけ噂に聞いてゐた「海山の有様」に源氏は目を見張り、海岸の風景を「二なく書き集め」た。この源氏の絵師顔負けの筆捌きにお供の者たちは驚き、その「めでたき」源氏に近く侍る生活に「世の物思ひ」を忘れるのであった。

この時に描き溜めた絵が、帰京後の宮廷での絵合せの催しの際に人々を驚かせた話は、既に第1章に記述したところであるが、この源氏の画家としての才能が流謫生活の中で磨かれたといふことにも、紫式部のメッセージがあるのであらう。

須磨での謫居生活が数箇月たった晩秋の頃の侘しい生活の様子や心境などについて、『物語』には次のやうに叙述されてゐる。

かの御住まひには、久しくなるままに、え念じ過ぐすまじくおぼえ給へど、我が身だにあさましき宿世と覚ゆる住まひに、いかでかはうち具して、つきなからむさまを思ひ返し給ふ。所につけて、よろづのこと様変り、見給へ知らぬ下人《しもびと》の上をも、見給ひならはぬ御心地に、めざましう、かたじけなくみづから思さる。煙のいと近く時々立ち来るを、これや海人《あま》の塩焼くならむと思しわたるは、おはします背後《うしろ》の山に、柴といふものふすぶるなりけり。(「須磨」巻)

ところで、右の「めざましう、かたじけなくみづから思さる」といふ部分を諸書は次のやうに解釈してゐる。(『全書』と『大系』の二例を示すが、他も大体同じ)

『全書』「御自分の身の上を心外とも勿体ないとも自らお思ひになる」

『大系』「意外に浅ましい(あきれた無作法だ)とおぼされ、かつ又、源氏はこんな所に住む御自分を、勿体ない(恥ずかしい)と、自然にお考えになる」

これらの解釈は、夙に吉澤博士が『新釈』で「めざましう」について、

「めざましう御覧ず」とあるべきを省略したものである。下賤が御前近くうろつくのを見て無作法なけしからぬと思はれるのである。さういふ下賤に近しく暮す今の自分を我ながら勿体なく思召す。

と説いてゐるのに従ったものであらうが、しかしこれでは紫式部の叙述の真意を理解し得てゐない。何故ならこの「下賤に近しく暮す今の自分を我ながら勿体なく思召す」といふ解釈は、例へて言へば、極めて粗末な食卓で食事をすることを余儀無くされた者が「自分とした者がこんな物を食べるなどとは情ない」と思ってゐるやうな心情であって、それは傲り高ぶった者の思ふことである。だがその逆に、貧しい生活の中で生きて行くことを宿命としてゐる者たちの様子を見て、「この人たちに比べて自分は何といふ恵まれた者なのだ」といふ感謝の気持になる人もゐる。この場面での光源氏はそのやうに思っ

てゐると理解するのが紫式部の真意に叶ふのであらう。

学者諸氏がこの場面での源氏の心情を傲慢な風《ふう》に解釈したのは、古語の意味を正しく理解してゐないことにもよる。

先に示した諸書は「めざまし」を「無作法」「心外」などと解してゐる。しかし、本来この古語は、「目・覚まし」であることから明らかなやうに、何かに改めて気付いた驚きの気持を根底に持つ言葉であるから、「褒貶いずれにも用いる」（『角川古語大辞典』）のが原義である。

また「かたじけなし」については『古語大辞典』（小学館）が、

① 容貌が醜い。

② 高貴な人、または相手に対して、自分の対しようがその身分に相応しないことを恐れ困惑する気持ち、また、高貴な人の厚志恩恵が自分の分に過ぎて恐れ困惑する気持ちを表す。恐れ多い。もったいない。恐縮である。

③ 高貴な人、または相手に対して、またその厚志恩恵に対して、自分の対しようが相応しないことを恥ずかしく思う気持ちを表す。恥ずかしい。面目ない。

④ 高貴な人などの、過分な厚志恩恵を感謝する気持ちを表す。ありがたくうれしい。

としてゐるのが行き届いた説明である。すなはち②③④に共通して見られるやうに、「かたじけなし」は「高貴な人」からの「厚志恩恵」に対する恐縮や感謝の気持を表す言葉なのである。いま源氏が「かたじけなく」と「厚志恩恵」に感謝し恐縮してゐる対象の「高貴な人」と言ふのはすなはち神仏なのである。源氏は京では思ひも及ばなかった海辺の下人の貧しい生活を目にして、改めて恵まれてゐる自分の貴族としての境遇を「めざましく、かたじけなく」神仏に感謝してゐるのである。

## 明石君との出会

須磨での源氏の生活が一年経った頃、「世は尽きぬべきにや」と思ふほどの荒れた天候が続き、源氏は怪異な夢を屢々見るやうになったが、ある夜に桐壺院が夢に現れて「などかくあやしき所にはものするぞ」と仰せられ、「住吉の神の導き給ふままに、はや舟出してこの浦を去りね」と命ぜられた。

一方、その当時、須磨からほど近い明石の浦に、嘗て播磨守としてこの地を治めてゐた者が役目を終へた後もそのまま暮してゐた。宮廷では近衛中将を務めた者であったが、思ふところがあって、播磨守を退隠後も明石に留まり、出家して入道となってゐた。この入道も暴風雨の折に不思議な夢を見てゐて、「雨風が止んだら須磨の浦に舟を寄せよ」と神のお告げがあったために、須磨の浦にやって来て、源氏の従者の良清に案内を乞ひ、「神のしるべ」で訪れた由を述べた。入道はかねてから源氏が須磨に退隠してゐることを聞き知ってをり、そして良清とは役人時代の知り合ひであったのである。源氏は良清の報告を聞き「まことの神の助けにもあらむ」と思ひ、明石に移ることを決心した。(「明石」巻)

このやうにして、明石入道の世話のもとでの源氏の新しい生活が始まったのであるが、紫式部はこの奇異な遭遇が神意によるものであることを読者に教へ諭さうとし、夢のお告げによって二人を結び付けたのは住吉の神の加護によってであることを力説してゐる。

この明石入道には最愛の娘(明石君)が一人あり、入道はこの娘を「いかにして都の貴き人に奉らん」といふ願ひのもとに、琴などの教養を身につけさせる一方で、住吉神社に願掛けをしてゐて、この十八年もの間、春秋の二回に必ず参詣してゐたのである。また源氏は暴風雨の際にひたすら「まことに迹を垂れ給ふ神ならば助け給へ」と住吉神社に向って祈願をしてゐたのであったし、また夢に現れた桐壺院の言葉の中にも「住吉の神の導き給ふままに、はや舟出してこの浦を去りね」とあったのであるから、源氏と入道との遭遇は住吉の神のお導き以外の何物でもなかったのである。住吉の神がさうした人々の誠に応報した霊験譚を紫式部は記してゐるのに、源氏学者がこの奇譚を「貴種流離譚」といふ観念の枠の中に閉ぢ込めてしまってゐるのは残念なことである[1]。

明石入道が琴の演奏には相当の心得があったために、やがて源氏と弾き比べなどをするやうになり、心安くなるままに娘のことを「問はず語り」に話すまでになった。入道は「心細き独り寝の慰めにも」と申し出て、源氏は娘との間に歌を詠み交してみると、「手のさま、書きたるさまなど、やむごとなき人にいたう劣るまじう」と思はれるほどの品位があり、都でのあれこれの女君たちとの間に文を通はしたことが思ひ出されて、源氏は手紙を「うちしきりて遣はさむ」とも思ったが、人目が気になって、二日三日の間隔を置きながら「つれづれなる夕暮れ」や「ものあはれなる曙」の情趣を分ち合ふ様子をつくろひながら手紙を交はした。その折々に、娘から返って来る手紙も源氏のそれに相応した立派なものであった。

源氏が入道の娘とのそのやうな手紙の遣り取りを通じての心境が次のやうに記されてゐる。

心深く思ひあがりたる気色も、見ではやまじと思すものから、良清が領じて言ひし気色も目ざましく、年ごろ心つけてあらむを、目の前に思ひ違へむもいとほしう思しめぐらされて、人進み参らばさる方にても紛らはしてんと思せど、女はた、なかなかやむごとなき際の人よりもいたう思ひあがりて、ねたげにもてなし聞えたれば、心くらべにてぞ過ぎける。（「明石」巻）

ところで右の記述の中に「思ひあがり」が二度用ひられ、また「心くらべ」といふ言葉も見えるが、これらの古語の意味はこれまで概ね次のやうに解釈されてゐる。

（原文）　「思ひあがりたる」　「思ひあがりて」　「心くらべ」

『全書』　「気位の高い」　「高く止まって」　「根気比べ」
『評釈』　「気位高くかまえて」　「高くとまって」　「根くらべ」
『集成』　「気位の高い」　「気位が高く」　「意地の張合い」

かうした諸書の解釈に従へば、源氏は入道の娘を「気位が高く意地を張った女だ」と見てゐることになる。しかし、少し考へれば分ることであるが、源氏がそのやうな女性に魅力を感じるはずはないし、また紫式部が明石君をそのやうな娘として描いてゐるはずもない。確かに口語の「思い上がる」は「高慢」とか「気位が高い」といふやうな意味であるが、古語の「思ひあがる」の意味は口語とは同じではない。

かうしたことを明らかにするために、原文に記されてゐる明石君の人柄の実態を見てみると、次のやうに記述されてゐる。それは明石入道が初めて源氏をその住まひに案内して娘に会はせた時の記述であるが、源氏との応接の仕方について父の入道から嚙んで含めるやうに言ひ聞かせてあるにも関《かか》はらず、娘は源氏が「うちやすらひ何かと宣ふ」のにも「うちとけぬ心ざま」であった。その娘の様子を見た時の源氏の心情について、

情なうおし立たむも、事のさまに違へり。心くらべに負けんこそ人わろけれ、など乱れ恨み給ふさま、げにもの思ひ知らむ人にこそ見せまほしけれ。（「明石」巻）

と記されてをり、またその娘の姿態については、

人ざまいとあてにそびえて、心恥づかしきけはひぞしたる。

とも記されてゐる。この女性が「思ひあがりて」、源氏と「心くらべ」してゐると叙述されてゐるのである。

明石君が一流の女性であることは、「(都の)やむごとなき際の人よりもいたう思ひあがりて」と書かれてゐることからでも明らかである。諸書はこの「思ひあがる」を単に「気位が高い」としか解してゐないが、ここでの「思ひあがる」は「人ざまいとあてにそびえて」に通じることである。「あて」は気品のある最高の賞賛の言葉であり、源氏が「心恥づかし」さを感じてゐるほどなのである。すなはち明石君は都の女君たちに引けをとらない第一流の女なのであり、「思ひあがる」や「心くらべ」はそれに相応した言葉であると知らなければならないのである。

思ふに古語の「思ひあがる」は漢語で言へば「自尊」「自重」に相当するのであらう。それは何も尊大に構へることではなくて、自分の品位を保つことを意味するのである。従って「心くらべ」もそれと関連した心理心情であって、相手と相対して事を運ばうとする時に、品位を落とさないための配慮と意思の持続を言ふのであらうと思はれる。先に引いた「情けなうおし立たむも、事のさまに違へり。心くらべに負けんこそ人わろけれ」といふ源氏の意識は正にそれを言ひ表してゐるのであって、明石君が毅然として源氏に対してゐるのに、自分が柔媚な言動をすることを慎まうといふ意思が、「心くらべ」なのである。それは「意地の張合い」といったやうな俗情ではない。

## 源氏の帰京と明石君への心遣ひ

このやうにして明石君と親しくなり初めた源氏ではあったが、しかし都の紫上が「風の伝《つて》にも漏り聞き給はむ」ことを危惧せずにはゐられなかったので、手紙の序《ついで》に「あやしくものはかなき夢」を見たといふことを書いた。さうしたら紫上からは、「忍びかねたる御夢語につけても、思ひあはせらるること多かるを」といふ文面につけて、

うらなくも思ひけるかな契りしを松より波は越えじものぞと

といふ歌が送られて来た。何気なく装ひながら「ただならずかすめ給へる」紫上の心中を思ひやって、源氏は「いとあはれに」思ひ、手紙をいつまでも手にして、数日間は明石君の所への「忍びの旅寝」には行かなかった。

さうした源氏の、都の人を意識した僅かばかりの対応の変化にも、明石君は敏感に感じるところがあった。その様子が次の文章によって知られる。

女、思ひしもしるきに、今ぞまことに身も投げつべき心地する。行く末短かげなる親ばかりを頼もしきものにて、何時の世に人なみなみになるべき身とは思はざりしかど、ただそこはかとなくて過ぐしつる年月は、何ごとをか心をも悩ましけむ。かういみじう物思はしき世にこそありけれと、かねて推しはかり思ひしよりもよろづに悲しけれど、なだらかにもてなして、憎からぬさまに見え奉る。(「明石」巻)

都に正妻の紫上がおいでである以上、いつかはこのやうな状況になるであらうことは明石君は覚悟してゐたのではあるが、しかし一旦「人なみなみになるべき身」となってしまった今から思へば、昔は何も心を悩ますこともなかったのに、「何ごとをか心をも悩ましけむ」と、現在の「いみじう物思はしき世」の悲しさが辛いのである。だが聡明な彼女は源氏に対しては「なだらかにもてなして」、「憎からぬさま」にお相手をした。一方の源氏は明石君を「あはれ」とは思ふものの、紫上のことを思ふと、止むなく「独り臥しがちにて」夜を過ごすのであった。

明石君の辛さもさることながら、普通の男性であれば遠い都の紫上にそんなに気遣ふことはあるまいと思ふところであらうが、そこが「もののあはれ」を知り尽くした源氏の源氏たる所以であり、多くの女君に囲まれながらも、それぞれの人々に大きな不満を抱かしめない源氏の誠意があると読まねばならないのである。

さてこの明石君の人柄を愛した源氏は、入道と共に音楽を楽しんだりして、いつしか流謫の生活に在ることを忘れるやうになったが、都では弘徽殿の大后の父の太政大臣が死去したり、朱雀帝が病気のために譲位を考へられるなど、政界の状況が変はって来たために、俄に源氏の召還の宣旨が下り、思ひもかけず源氏は早く帰京することになった。ただ既に源氏の子を身籠ってゐる明石君をこのまま この地に残して去るのは耐へ難く、それは入道一家とても同様であった。

複雑な思ひで帰京した源氏は、やがて生れて来る子どものために乳母を明石に遣はしたりして、誠意を表したが、しかし紫上には明石でのさうした事情を告げることは躊躇《ためら》ってゐた。その後、少しづつ明石君の「人柄のをかしかりし」ことや「琴の音のなまめきたりし」ことなどを語って聞かせるのだったが、それを聞く紫上の心には辛いものがあった。

やがて明石の君には女の子が生れ、源氏はその五十日目の祝ひに使ひを遣はすなどして「まめまめしき御とぶらひ」を怠らなかったから、入道は「喜び泣き」をし、明石君も帰京した後の源氏の「世にかしづかれ給へる御おぼえのほど」を聞いたりして慰められるのであったが、源氏と遠く離れたままの今後の生活のことを考へると、「たまさかの御慰めにかけ侍る命のほども、はかなくなむ」と思はずにはゐられなかった。

さうした思ひを書き綴った手紙が明石君から届いた時、源氏がそれを「うち返し」見ながら「あはれ」と独言のやうに呟くのを尻目に見て、紫上は「浦よりをちに漕ぐ舟の」と「いと忍びやかに」呟いた。それを聞いた源氏は、まことはなどてかくまで取りなし給ふよ。こはただかばかりのあはれぞや。所のさまなどうち思ひやる時々、来し方のこと忘れ難き独り言を、よくこそ聞き過ぐし給はね。（「澪標」巻）

と言って「上包みばかり」を紫上に見せた。

紫上が「浦よりをちに」と呟いた言葉は、

み熊野の浦よりをちに漕ぐ舟の我をばよそに隔てつるかな

といふ『伊勢集』にある歌の一部で、「み熊野の浦」を明石の浦に準《なぞら》へたのである。

ここで、これを聞いた時に源氏が「取りなし給ふ」と言った言葉の意味を、『全書』『評釈』『全集』など概ね諸書は「邪推なさる」としてゐる。しかし、「取りなす」といふ言葉の意味は「思ひ違ひ」とか「考へ違ひ」なのであって「邪推」ではない。

この「取りなす」には「葵」巻に好例がある。それは葵上が亡くなった時に女房達が源氏に向って、「もうこちらへはお出でにはならないでせうね」と泣きながら言ったのに対して、源氏は「名残りなくはいかが。いと心浅くもとりなし給ふかな」と答へた場面である。葵上が亡くなった後の源氏の訪れの途絶えを心配して嘆く女房たちに、「それは思ひ違ひだよ」と言って慰めてゐるのである。

確かに紫上は嫉妬心から自分が「よそに隔て」られたかのやうに不満を口にしたのであるが、源氏が「あはれ」と溜め息を漏らさずにはゐられないのは、須磨や明石の「所のさま」など「来し方のこと」を思ひ出しての「独言」であって、何も明石君を紫上と比べて慨嘆してゐる訳ではないのであるから、紫上が自分が「よそに隔て」られてゐるやうに思ふのは「取りなし」である、と源氏が言ったその気持は「葵」巻の用例と全く同じで、源氏は「それは貴方の思ひ違ひだよ」と言ったのであり、「それは邪推だ」と言ってはゐないのである。

（1）「日本の古い文学は『貴種流離譚』といふ一つの類型を持ってゐる」といふ提言をしたのは折口信夫で、この民俗学的提言を国文学の立場から阿部秋生氏が、
貴種流離譚としての典型的な形をもってゐるといはれる須磨・明石の物語は作者自身も貴種流離譚として組み立てたものであったのであらうといふ説を国文学の側からも認めて然るべきではあるまいか。（『源氏物語研究序説』）
と述べて以来、『日本古典文学大辞典』（岩波書店）なども、
主人公光源氏の須磨・明石の謫居の経験を語る『源氏物語』は貴種流離譚としてもっとも完成度の高い文学として注目される。
としてゐる。だがある個別的な事象を類型の中に嵌め込んで理解しようとする態度は一見学問的のやうに見えるが、実はその個別的事象の個としての価値や意味を見失ふ惧れがある。

## 三　女三宮と柏木との事件

### 契り心憂き御身

柏木が女三宮と密かに通じた事件は、『源氏物語』の様々《さまざま》な物語の中でも一際読者の興味を引き関心をよぶ出来事である。だがこの出来事の中に紫式部が織り込めようとした真意は必ずしも正しく理解されてゐないやうに私には思はれる。

恐らく一般の読者は、この柏木と女三宮の密事《みそかごと》といふ出来事に作者の深意などといふものを考へることもなく、この事件の展開を興味深く読むだけであらう。その一方で源氏学者の中でも「歴史社会学派」と呼ばれる今井源衛氏などは、

この柏木・女三宮事件の本質は、基本的に、いわば社会悲劇の要素が強い。理由の第一は、この悲劇が世代の相剋の問題として提出されていることである。（『紫林照径』）

と述べて、これが柏木と女三宮との事件を書いた紫式部の意図であると論じてゐる。しかしかうした考へで得られる「結果論的裁断」（今井源衛著『源氏物語の研究』）は、紫式部の真意ではあるまい。何故なら真に『源氏物語』を読むといふことは、『物語』の中の柏木や女三宮と共に、どれだけ深く「もののあはれ」の感慨の中に浸ることが出来るかといふことであり、観念的な論断を恣にすることではないからである。

柏木が女三宮に惹きつけられて密会を重ね、その果てに密事が露顕するといふ出来事に至るまでにはいくつかの避けられない事情があった。

その一つは、父帝の朱雀帝が宮の婿の候補を考へられた中に、蛍宮などとともに柏木も選定されてゐて、柏木にとって女三宮は特別な意識で以て思慕される女性であったといふ点がある。

院は柏木がかねて姫宮の婿になりたいと思ってゐることをご存じで、「才なども事なく、遂には世の固めとなるべき人なれば、行く末も頼もし」い者であると思はれたが、「思ひ果てむには限りあるぞや」と判断され、最終的には柏木は候補者の選から漏れたのであった。

元々、柏木は結婚相手には「皇女たちならずは得じ」といふ強い願望を持ってゐたので、父の太政大臣も柏木の願ひを叶へてやりたいと、妻の四君の妹で尚侍として出仕してゐる朧月夜を介してその意思を奏上したが、朱雀院の皇子の春宮の意向は源氏がよいとのことだったので、院は源氏に女三宮の後見になってくれることを強引に依頼された。源氏は一旦は辞退したものの、出家のご意志がある院のお気持に配慮して、源氏は後見を承諾せざるを得なかった。柏木が女三宮に対して強い思ひ入れがあるのには、かうした積年の様々《さまざま》な事情があったのである。

女三宮との結婚を諦め、止むなく柏木が結婚した女二宮（落葉宮）は、「なべての人に思ひなずらふれば、けはひこよなくておはす」方ではあったが、「下臈の更衣腹」であって、女三宮が「幼くおはしまししし時より」「いと清ら」であったことなどを聞くにつけても、柏木の女三宮を慕ふ気持は強くなって行くばかりであった。特にその気持を増幅させたのが、六条院での蹴鞠の催しの際に宮の姿を垣間見たことであったのはよく知られてゐる話である。

柏木が如何に女三宮を恋慕してゐたかは、小侍従といふ宮の女房との会話で詳細に語られてゐる（「若菜下」巻）。小侍従の伯母は柏木の乳母であったから、柏木とは親しい間柄にあった。

柏木は嘗ては自分も女三宮の婿の候補者であったことや、源氏と結婚後の宮が六条院では「独り大殿籠る夜な夜な」が多いことを朱雀院も後悔しておいでの様子であることなどを語った上で、小侍従に「この心のうちに思ふことの端、少し聞えさせつべくたばかり給へ」と懇願した。小侍従は初めこそ「これよりおほけなき心は、いかがあらん」と驚き呆れて拒んでゐたが、最後には「如何なる折をかは隙《ひま》を見つけ侍らむ」と言った。この時、小侍従は、この世には「御宿世といふもの侍る」と言って諦めるべきことを勧めたのに対して、柏木は「世はいと定めなきもの」と言ってその考へを否定したが、紫式部は二人の遣り取りを通じてこの世はその両方が綯《な》ひ交ぜになってゐるものであると説いてゐるのである。

小侍従が柏木に「日々の責められ困じて」やうやく事を運んだのは、賀茂祭の御禊の準備のために多くの女房たちが出掛けてしまひ、女三宮の御座の辺りに人目がなくなった折のことであった。宮は近づいて来た者が源氏かと思ってゐたところ、「あらぬ人」であることに気付き、女房を呼んだものの聞きつけて参る者はをらず、宮はただ「わななき」「水のやうに汗も流れ」「物おぼえぬ気色」であった。

思ひがけぬ闖入《ちんにゅう》者が、この数年の間、宮を「口惜しくも、つらくも、むくつけくも、あはれにも」思ひつづけて来たことを綿々と訴へたので、宮はこの男が柏木であることにやうやく気付いたが、「いとめざましく、恐ろしくて」言葉を発することが出来なかった。

柏木の抑々の願望は、「ただ、一言、物越しにて聞え知らすばかり」の機会が得られればよいといふのであり、いま実際に女三宮の寝所近くに忍び寄った時も、「あはれ、とだに宣はせば、それを承りてまかでなむ」と言った。だが近くで見る宮の「なつかしげにらうたげに、やはやはとのみ見え給ふ御けはひ」が「あてにいみじく」思はれ、余りにも落葉宮とは「似させ給はざりける」と思ふにつけても、自制しようとする「さかしく思ひしづむる心」も失せてしまった。

この時、女三宮は「いとあさましく、現《うつつ》とも覚え給はぬに、胸ふたがりて思しおぼるる」だけであったが、柏木は「いささかまどろむともなき夢」に猫の夢を見て、その話を宮に語った。猫の話といふのは数年前に宮が飼ってゐた猫を柏木が貰ひ受けて愛玩してゐた猫のことで、六条院での蹴鞠の催しの際にその猫が女三宮の部屋の「御簾のつま」を引き上げ、その時に宮の姿を垣間見たために宮を恋ひ慕ふ端緒となったことなどを柏木は語ったのである。だが女三宮はただ「口惜しく契り心憂き御身なりけり」と思ふばかりで、「いとをさなげに泣き給ふ」のであった。

ところでこの女三宮の「口惜しく契り心憂き御身なりけり」といふ嘆きには実に意味深いものが寓せられてゐるのに、諸書はこの「契り心憂き御身」を、

『新釈』「なさけない運命を持った御身」

『全集』「前世の因縁のつたない御身の上」

『新日』「因縁がつらく思われる、御身」

などと解釈してゐる。しかしこの解釈は間違ってゐる。

確かに「契り」には「因縁」「宿縁」の意味があり「宿世」の意味に類した言葉であるから、諸書は「契り」と「宿世」を同義語のやうに考へて訳出してゐるのである。しかし、これは女三宮の心情についての粗雑な解釈に依るものであって、この二つの言葉が相違する意味を識別することを疎かにしてはならないのである。

「契り」はその語源から言って「誓約」の意味があることは『角川古語大辞典』が説明するところであり、従って「宿世」が広く一般的に「因縁」「宿縁」を指す言葉であるのに対して、「契り」は特定の人間との関係についての言葉で、とりわけ特別な関係を結ぶことになった異性との「因縁」的な関係を指す言葉なのである。つまり女三宮が「契り心憂き御身」であると思ってゐるのは、柏木と特別な関係を結ぶことになったことを述べてゐるのであって、一般的な「前世の因縁」と言ったやうな意味ではない。然も注意すべきことは、古語辞典が「契り」の意味として「男女の交はり」を説くのはよいとしても、それは三世を誓ふ関係の場合のことであると考へなければいけないといふことである。つまり女三宮が「契り心憂き御身」であるといふのは、嘗ての婿の候補の一人であった柏木との「男女の関係」が「宿縁」として「心憂き御身」を繋縛することを改めて思ひ知ったことを意味するのである。

また、この時の女三宮の思ひの「心憂し」を「情けない」「つたない」などと解釈してゐるのも大変な誤読で、本書で屢々説くやうに、「心憂し」は「我が心をどのやうに制御すればよいかに苦慮する心情」を指すのである。多くの学者がこの「心憂し」を単に「情ない」とか「つらい」とか解釈してゐるのは、一つには宮は柏木を疎んじてゐるといふ先入観に捉はれてゐる誤読の連鎖反応のためであって、女三宮は心の底から柏木を厭ってゐるのではない。このことは、この後も柏木は宮の寝所を訪れてゐることで明らかである。もしも宮に断固として柏木を拒む意思があれば、小侍従などの女房が柏木を導き入れることは不可能なのである。

すなはち女三宮はこの後も柏木との密会を「わりなきことに思し」ながらも逢瀬を重ねてゐたのである。この「わりなき」葛藤が「心憂し」といふことであって、単に「情けない」「つたない」「つらい」などといふ意味ではないのである。「わりなし」といふ言葉は『岩波古語辞典』には「物事をうまく処理し打開しようにも、筋道がつかず、どうにもならない状態である意」とある。さういふ思慮に余る苦悩のために我と我が心をコントロール出来ない状態が「心憂し」なのである。(1)

## 源氏の苦悩

柏木は宿願が叶ったものの「さてもいみじき過ちしつる身かな」と思ふと、「世にもあらむこと」も「恐ろしくそら恥づかしき心地」がして、その後は邸内に閉ぢ籠るばかりであった。また女三宮も「ひたおもむきにもの怖ぢ」して「明かき所だにえゐざり出で給はず」、御簾の中に臥してゐるばかりであった。

その頃は紫上が病気であったために、源氏はそちらに詰めてゐることが多かったが、宮の引き籠りの様子を聞いて、「久しくなりぬる絶え間を恨めしく思すにや」と「いとほしく」思って宮の元を訪れ、紫上の病状などを話し、「このほど過ぎば、見なほしてむ」などと語ったので、女三宮は源氏が紫上に掛かりきりの気苦労の上に更に自分のことにまで気を遣ふその心情を「心苦しく」思って、人知れず涙ぐむのであった。

一方の柏木も葵祭にも物見に出掛けることをせず、病気のやうに「ながめ臥して」ゐたので、夫人の女二宮も気を遣って出掛けず、「箏の琴なつかしく弾きまさぐりおはする」のであったが、柏木はその

「けはひ」を女三宮と比べながら、「いま一際及ばざりける宿世よ」と嘆き、女三宮への思慕を愈々募らせるのであった。

その後、紫上の病気が重くなったこともあって、源氏が宮のもとを訪ふことが途絶えた隙に、柏木は「わりなく思ひあまる時々」に宮のもとに忍び入ったが、宮は今更のやうに源氏と柏木とを比べて「有様も人のほども等しくだにやはある」と源氏の素晴らしさを改めて思はずにはゐられなかった。その女三宮が柏木の子を宿して「悩みわたり給ふ」やうになったのは、正に「あはれなる御宿世」であった。

女三宮の「悩みわたり給ふ」様子が懐妊と聞いた源氏は、「不定なる御事もや」と不審にも思ったまま、しばらく宮のもとで日を送り、病床の紫上のところへは「御文のみ書き尽し給ふ」のであった。

源氏が宮のところに滞在してゐると聞いて、柏木は「いみじきことどもを書きつづけて」密かに手紙を寄越して来たので、(2)小侍従は源氏の姿の見えない時に宮に「忍びて見せ奉」り、「このはし書きのいとほしげなるに侍るぞや」と言ひながら共に広げて見てゐた。するとそこに源氏が帰って来たために、慌てた小侍従が立ち去った後、宮はその手紙を「えよくも隠し給はで、御褥の下に差し挟」んだままにした。

その夕方、源氏は紫上のところに帰らうとして「道たどたどしからぬほどに」と言って身支度を整へてゐると、宮が「月待ちて、とも言ふなるを」と「若やかなる様《さま》」して言った。宮が「月待ちて」と言ったのは、源氏が「夕やみは道たどたどし月待ちて帰れ我が背子《せこ》その間にも見む」といふ古歌を踏まへて「道たどたどしからぬ」と言ったのを受けてゐるのである。

この時源氏は、宮がかうした応答を即座に返したことを「憎からず」（古語の「憎からず」は『角川古語大辞典』が説明してゐるやうに賞賛の言葉である）思った。宮が「お帰りは月が出てからでよいではないですか」と古歌の句を引いて甘えたからである。

然も女三宮は、

夕露に袖濡らせとや蜩《ひぐらし》の鳴くを聞く聞く起きて行くらむ

とも詠み掛けた。まだ「片なり」であると思ってゐた宮が、かうした応接が出来ることを源氏は「らうたく」思ひ、「情なからむも、心苦しければ」その夜は宮の所で過ごすことにしたのであった。かうして源氏が紫上の二条の邸に帰らなかったために、柏木と女三宮の最大の不幸が出来《しゅったい》したのである。

柏木から宮に宛てた手紙が見つかってしまったのは、その翌朝のことであった。

紫上の二条院に帰るはずだった源氏が、予定を変更して女三宮のところに泊まったのは、宮が嘗てないほどの愛慕の情を示したからであったが、その翌朝、源氏は涼しい間に二条院に帰らうと身支度をする際に、愛用の蝙蝠扇《かはほりあふぎ》が見つからないので辺りを見回した。すると昨夜の褥《しとね》の少し乱れた端から「浅緑の薄様なる文の押し巻きたる端」が見えたので、何気なく引き出して見てみると、「紙の香などいと艶《えん》に、ことさらめきたる書きざま」の男からの手紙で、「こまごまと書きたる」内容から差出人は柏木であると判ったため、その手紙を源氏は持ち帰ってしまった。後でそのことを知った女三宮は「ただ泣きにのみぞ泣き給ふ」より術《すべ》がなかった。

この後の源氏の苦悩を初めとするところの、女三宮や柏木の自責や心痛の様子は委曲を尽くして描き出されてをり、その紫式部の筆の見事さを読み味はふことこそが『源氏物語』を読むことに他ならない。残念なことに、この肝心な場面での源氏たちの心情がここでも誤読されてゐるから、丁寧に読み解いてみよう。

先づ源氏が柏木の手紙を「人見ぬ方にて、うち返しつつ」見た時に最初に思ったことは、「かの中納言の手に似たる手して書きたるか」といふことであった。誰かが柏木に見せ掛けながらの仕業かと思ったのである。だがその「言葉づかひきらきらと紛ふべくもあらぬことども」が記されてゐる内容によって、柏木の自筆であると判断せざるを得なかった。「きらきらと」といふ言葉は「物事・態度などの、きらめくばかりに立派なさま」(『角川古語大辞典』)といふ意味であるから、源氏は柏木の手紙の書き振りに感心しながら見てゐるのである。これは現代人の俗情からは到底想像することの出来ない余裕である。しかも「たまさかに本意かなひて、心やすからぬ筋を書き尽したる言葉」を源氏は「いと見どころありてあはれ」と、柏木の心情に同情を寄せてゐるのである。これもまた俗情では窺ひ知ることの出来ない懐の大きさであり寛大な心情である。

ただ源氏はこの「見どころありてあはれ」な手紙にも「深き用意」の足りないところがあると思った。それは手紙は人の手に「落ち散ること」もあるかも知れないから、「いとかくさやかに」書くといふことは控へねばならないといふ配慮が欠けてゐたといふ点である。源氏はその点、自分は「かやうにこまかなるべき折節にも、言《こと》そぎつつこそ書き紛らはし」たものだったと青春時代を回想してゐる。つまり源氏は柏木の「好き心」自体を咎め立てする考へは毛頭なく、それに伴ふべき「深き用意」の欠けてゐたことだけを問題にしてゐるのである。

このやうに源氏は柏木の手紙については冷静に客観的な目で見てはゐたが、女三宮に対してはどのやうに対応すべきか考へると、「いであな心憂きや」と途方に暮れるのであった。

その源氏の気持は次のやうに記されてゐる。

さてもこの人(女三宮)をばいかがもてなし聞こゆべき。珍しきさまの御心地も、かかる事のまぎれにてなりけり、いであな心憂や。かく人づてならず憂きことを知る知る、ありしながら見奉らむよ。

この女三宮を今後いかにもてなすかといふ苦悩の果てに源氏が辿り着いた結論は、「いと心づきなけれど、また気色に出だすべきことにもあらず」といふことであった。全てを心の奥に収めてしまはうと考へたのである。勿論それも容易なことではなく「思し乱るる」ことではあったが、自分と藤壺とのことを桐壺帝が「御心には知ろしめし」ながら「知らず顔」で通されたのではあるまいかと思ふにつけても、改めて「恋の山路はえもどくまじき」ことであると自分に言ひ聞かせるのであった。（「もどく」とは「他を非難する」といふ意味である）

後年、夕霧が落葉宮との「恋の山路」に踏み迷った時も源氏はこの考へを貫いて、意見がましいことは口にしなかった。

## 自責の念に駆られる柏木

このやうに源氏は、柏木と女三宮との「ものの紛れ」の一件に関して気持を整理したのであるが、源氏と柏木との関係について大変誤解されてゐることがある。それは柏木は源氏に「睨み殺された」といふ通説である。その通説は次のやうな場面に関してである。

柏木と女三宮との一件が源氏に露顕してから半年ほど経った時、朱雀院の五十の御賀を迎へるに当ってその試楽の催しが行はれた。かういふ催しの際には柏木は必ず召されて舞人たちの指導に当るのが常のことであったから、源氏は柏木に「参り給ふべきよし」を命じたが、柏木は病気を理由に参上しなかった。源氏は柏木の心中を察し、「とり分きて」格別に「御消息」を遣はした上に、柏木の父も「重い病でもないのだから無理にでも参上しなさい」と勧めたので、柏木は重い腰を上げた。源氏は久し振りに会ふ柏木に平常心ではあり得なかったが、それでも「さりげなく、いとなつかしく」応対をし、柏木に舞楽の「拍子ととのへむこと」の依頼をした。源氏の「御気色」には何の隔心もなかったが、柏木は「いといと恥づかしきに、顔の色違ふらむ」と思ふほどであった。それでも柏木の対面の挨拶を聞いた源氏は「労あり」（行き届いてゐる）と思ひ、そして柏木に「舞の童の用意、心ばへ」を指導してくれるやうにと「いとなつかしく」懇願した。

源氏から懇々と依頼を受けた柏木は「あるべき限り」を尽して舞楽の指導をし、試楽は立派に演じられて成功裏に終った。その時に舞を務めた童の祖父たちは、殊の外「いとうつくしき御孫の君たちの容貌《かたち》姿」に感動して「みな涙落し」たのであったが、それと言ふのも「御師ども」が「おのおの手の限りを教へ」た上に、更に柏木が「深きかどかどしさを加へた」結果の見事な出来映えであったからであった。

柏木が源氏に「睨み殺された」といふ問題の誤読がなされる場面は次の描写の中にある。

主《あるじ》の院、「過ぐる齢にそへては、酔ひ泣きこそとどめ難きわざなりけれ。衛門の督《かみ》、心とどめてほほ笑まるる、いと心恥づかしや。さりとも今しばしならむ。さかさまの行かぬ年月よ。老いはえのがれぬわざなり」とて、うち見やり給ふに、人よりけに、まめだち屈して、誠に心地もいと悩ましければ、いみじき事も目もとまらぬ心地する人をしも、さしわきて空酔ひをしつつかく宣ふ、たはぶれのやうなれど、いとど胸つぶれて、盃のめぐり来るも頭いたくおぼゆれば、けしきばかりにて紛らはすを、御覧じとがめて、持たせながらたびたび強ひ給へば、はしたなくてもて煩ふさま、なべての人に似ず、をかし。（「若菜下」巻）

右に記述されてゐる場面は試楽が終った後の小宴の席での様子で、見事であった「御孫の君たち」の「舞のさま」に涙を流してゐる式部卿宮たちを代表して、源氏が柏木に謝辞を述べてゐるのである。万座の中で柏木を「衛門の督」と名指して言ったのは、孫たちが「めづらかに舞ひ給ふ」たのが柏木の指導の賜物だったからであって、原文の表記を読む限り源氏に他意があったことは何一つ書かれてはゐない。

ところが「衛門の督、心とどめてほほ笑まるる、いと心恥づかしや」と源氏が言ったのは「柏木に対する皮肉である」と『新釈』が注解して以来、『評釈』なども「たはぶれのやうなれど」を解釈して「源氏を馬鹿にしたな、とのお叱りであろう」とし、『全集』に至っては、

「ほほ笑む」は、いわゆる微笑よりも嘲笑・冷笑・苦笑の意に用いられることが多い。しかし源氏を畏怖する柏木が嘲笑するはずがない。それを知りつつも、わざわざ、柏木が老醜の自分を蔑視している、の気持をこめて言って、皮肉に転ずるのである。

などとして源氏の心情を歪めてしまってゐる。

確かに柏木はこの源氏の言葉によって「いとど胸つぶれ」、「頭いたく」なり、「めぐり来る盃」が苦痛になったが、しかしそれは柏木の自責の思ひが自分を苦しめてゐるのであって、源氏の言葉が刺を含んでゐたのではない。これは先に記したやうに源氏が柏木に試楽の指導の依頼をした時に「さりげなく、いとなつかしく」、「うらなきやうに」応対したのにも関《かか》はらず、柏木は「いといと恥づかしきに、顔の色違ふらむ」とあったことや、また源氏が懇々と「舞の童の用意、心ばへ」の指導を「よく加へ給へ」と頼んだ時も源氏は「いとなつかしく」言ったのであるが、柏木は「うれしきものから、苦しくつつましく」、「御前をとく立ちなむ」と思って「すべり出でぬ」と記述されてゐることと併せて考へれば、この場面だけが「皮肉」であるといふ解釈は成り立たないのである。

このやうな誤った解釈は『湖月抄』の注解に原因がある。すなはち『湖月抄』は「衛門の督、心とどめてほほ笑まるる」の句について、『細流抄』（三条西実隆著　一五三四年成立）が、

すこし心ありてのたまふ也。

としてゐて、源氏が柏木に声を掛けたのは含むところがあったのだと説いてゐることを引いてゐるのに諸書は従ってゐるのであらう。だが、古い注解が誤った解釈をしてゐることは一再ならずあることは本書で屢々論ずるところであって、その注解の当否は絶えず検証する必要があるのである。(3)

然るに池田亀鑑編『源氏物語事典』(東京堂)の「作中人物解説」はかうした古注釈や諸書の誤った解釈をもとに、「源氏から酔いにまぎれて皮肉をあびせられ」などと解説をしてしまってゐる。これでは、『物語』の原文に記述されてゐる、桐壺院が自分と藤壺とが密かに通じてゐたことをご存じでありながら「知らず顔」で通されたであらうことに鑑みて、「恋の山路」を「もどく」ことはすまいといふ源氏の決意や、辛いながらも寛裕な態度で二人に対応しようとしたその心情が、歪められてしまふのである。すなはちこの時の源氏の心境について、原文には

いと心つきなけれど、また気色に出だすべきことにもあらずなど思し乱るるにつけて、「故院の上も、かく、御心には知ろしめしてや、知らず顔をつくらせ給ひけむ。思へば、その世の事こそは、いと恐ろしくてあるまじき過ちなりけれ」と、近き例を思すにぞ、恋の山路はえもどくまじき御心まじりける。

と記されてゐるのであって、源氏は辛い覚悟をしたのである。

光源氏は理想的な男性として描かれてゐると解説されるのが一般である。だがそれは単に美貌とか聡明とかいったやうな言葉の上だけで評されてゐるのみで、特にその「聡明」さについては具体的に解説された文章は諸書に見当らない。しかしこの柏木と女三宮との一件を知った後の源氏の思慮と行為は正に「聡明」そのものであり、紫式部が源氏といふ人物を造型する上での苦心の存するところは、かういふ場面にあるのである。

ところがこの紫式部の苦心が誤読されてゐる原因の一つには、作者の表現上の妙趣に由るところがあると私は思ふ。森銑三翁が紫式部の妙筆を賞賛して「墨を惜むこと金の如し」と言はれたやうに、作者は敢へて説明的な表現を弄さないのである。

（1）朱雀院は宮の婿選びの際に柏木のことを「いたくしづまり、思ひ上がれる気色、人には抜けて、才なども事なく、遂には世の固めとなるべき人」であると評価してをられたのであるから、その当時から柏木は女三宮の意識の中にあったと言ふべきである。だからこそ「契り心憂き御身なりけり」といふ嘆きが「口惜しく」といふ思ひと重なってゐるのである。この「口惜し」といふ古語も正しく理解されてゐない言葉で、諸書は単に「くやしく」とか「残念」と訳してゐるのであるが、この「口惜し」の本義は「期待や夢が目の前で崩れ去るのを惜しむ気持」（『岩波古語辞典』）なのであるから、宮は今更のやうに柏木が夫となる可能性もあったことを悲しく思ってゐるのである。

（2）源氏が女三宮のところに「渡り給へりと聞くと」柏木が「いみじきことどもを書きつづけて」宮のもとに送ったといふ行為を、『物語』では「おほけなく心あやまりして」と評してゐる。「おほけなし」は「身分不相応」といふ意味であり、「心あやまり」は「心得違ひ」のことである。つまりこの頃は柏木と女三宮との間はかなり親密になってゐたことを思はせる記述であり、従ってまた文面の「いみじきことども」の内容もさうした親密さを示すものであったことを思はせるものである。

（3）源氏が柏木に対して「たはぶれのやうに」言ったのは含むところがあったのだとする古注釈の解釈は、『無名草子』がこの場面について、

　とかく言ひまさぐり、果てには睨み殺し給へる程、むげに怪しからぬ御心なりかし。

と評してゐるのに影響されてゐるのであらう。『無名草子』は藤原俊成の女の著作と伝へられてゐるもので、正治二年（一二〇〇）頃の成立と考へられてゐる。

## 四 夕霧と二人の女君

### 雲居雁の婿候補としての夕霧

平安王朝時代の少年少女の初恋の実態とも言ふべき事情が、「少女」巻に叙述されてゐる。それは源氏の息子の夕霧と内大臣（元の頭中将）の姫の雲居雁との恋物語で、従兄妹《いとこ》の二人が共通の祖母である大宮の邸内で暮す環境の中でその恋は芽生えた。『物語』はその発端を次のやうに記してゐる。

二人は幼い頃は兄妹のやうに育てられてゐたのであるが、十歳を過ぎた頃からは内大臣が「睦ましき人なれど、男子にはうちとくまじくものなり」と言って、二人の居室を遠ざけた。しかし二人は花紅葉の季節や雛遊びの折などには「ねむごろにまつはれ歩きて、心ざしを見え奉り給へば、いみじう思ひかはして」過ごしてゐた。

内大臣は時折、大宮の邸を訪れて雲居雁が箏の琴を奏でるのを聴いて楽しんだり、夕霧を呼び寄せて横笛を与へたり、一緒に食事を摂ったりしたが、その一方で雲居雁を「あなたに渡し奉り」、二人の間を「こよなく隔て」たりするので、大宮の女房たちは「いとほしき事ありぬべき世なるこそ」などとひそひそ話をするのであった。

かうして次第に夕霧と雲居雁は同じ邸内に暮しながら会ふことも出来ず、手紙を交はし合ふことも出来ない日々を過ごすことになったが、やがて雲居雁は父の邸に引き取られることとなってしまひ、大宮の女房たちは夕霧に同情した。

引き裂かれた恰好になった二人ではあったが、なほも相思ふ関係は続き、二人は晴れやらぬ思ひのままに数年が経った。気位の高い内大臣は、源氏の方から頭を下げて結婚を願ひ出てくれば応じようと考へるに至ったが、夕霧も源氏もまた「心くらべ」の品位を保ったままの状態が続いた。

その後、夕霧に右大臣の娘や中務宮の娘との縁談が持ち上がったが、一向に夕霧が心を動かさないので、源氏は到頭夕霧に結婚について次のやうな説教をした。

源氏は自分が結婚について父の桐壺帝から意見をされた時に、それに従ふ気持になれなかったから、自分が意見がましいことを言っても仕方がないかもしれないが、と断った上で、しかし「今思ひあはするに、かの御教へこそ長きためしにはありけれ」と言ひ、自分の意見といふよりも父の帝の訓戒であるといふ体裁のもとに次のやうに語った。

つれづれとものすれば、思ふ心あるにやと、世人も推しはかるらむを、宿世の引く方にて、なほなほしきことに、ありありて靡く、いとしりびに人わろき事ぞや。いみじう思ひのぼれど、心にしもかなはず、限りあるものから、すきずきしき心使はるな。いはけなくより宮の内に生ひ出でて、身を心にまかせず、所せく、いささかの事のあやまりもあらば、軽々しき謗りをや負はんとつつしみだに、なほすきずきしき咎を負ひて、世にはしたなめられき。（「梅枝」巻）

源氏は、「軽々しき謗りをや負はん」と自戒をして来たつもりだったけれども、それでも「すきずきしき咎」を人々から批判され誹謗されて来たことを話し、女性との問題は「なほなほしき（品のよくない）ことに、ありありて靡く」といふやうなことではいけない——しっかりした判断と意思で以て自覚的に行動しなければいけないと諭したのである。そして、更に、

位浅く何となき身のほど、うちとけ、心のままなる振舞ひなどものせらるな。心おのづから驕りぬれば、思ひしづむべきくさはひなき時、女のことにてなむ、賢き人の昔も乱るる例《ためし》ありける。さ

るまじき事に心をつけて、人の名をも立て、みづからも恨み負ふなむ、つひの絆《ほだし》となりける。とりあやまりつつ見む人の、わが心にかなはず、見忍ばむこと難きふしありとも、なほ思ひ返さむ心をならひて、もしは親の心にゆづり、もしは親なくて世の中かたほにありとも、人がら心苦しうなどあらむ人をば、それを片かどに思ひ寄せても見給へ。わがため人のため、つひによかるべき心ぞ、深うあるべき。

とも言ひ聞かせた。

右の源氏の訓戒で強調されてゐることは、女性関係は「さるまじき事に心をつけて、人の名をも立て、みづからも恨み負ふ」といふことになってはならないといふことで、所謂「恋は盲目」と言はれる状態に陥ってはならないと諭してゐるのである。

一方、内大臣は流石《さすが》に「心強がり」に過ごしてゐたものの、夕霧以外にこれと言ってよい婿の候補がある訳ではなく、大宮の法要の際に夕霧と一緒になった時、「罪ゆるし給ひてよとや」と自分の方から言葉を掛け、夕霧は「ゆるしなき御気色に憚りつつなむ」と答へておいてその日は辞去したことがあった。(「藤裏葉」巻)

### 藤の花の宴

それから十日ほど経って、内大臣は邸内の藤の花が「おもしろう咲き乱れ」たので花見の遊宴を催し、夕霧を招いた。夕霧がその由を源氏に報告したところ、源氏は内大臣の心中を推しはかって「早うものし給へ」と出席を勧め、着て行くお召物の指示をもした。源氏もこの日を待ってゐたのである。

この日の藤の花見の遊宴の様子について、『物語』には、七日の夕月夜、影ほのかなるに、池の鏡のどかに霞みわたれり。げに、まだほのかなる梢どものさうざうしきころなるに、いたうけしきばみ横たはれる松の、木高きほどにはあらぬに、かかれる花のさま、世の常ならずおもしろし。（「藤裏葉」巻）

と記されてをり、内大臣一家の藤の花見の催しが夕霧を迎へるために、殊の外華やいでゐる様子であったことが象徴的に描写されてゐる。

酒宴が進み、内大臣は「空酔ひ」をして夕霧に「齢経《ふ》りぬる人、思ひ捨て給ふなむ、つらかりける」と言ひ掛け、夕霧が雲居雁への結婚を申し出ないことの不満を匂はせたので、それに対して夕霧は「もとよりおろかなる心の怠りにこそ」と答へ、自分の配慮の足らないことを詫びた。やがて内大臣は『後撰集』の古歌、

春日さす藤の裏葉のうらとけて君し思はば我も頼まむ

を口ずさみ、夕霧に盃を取らせた。雲居雁との結婚を許可するといふことを表明したのである。内大臣は更に、

紫にかごとはかけむ藤の花まつよりすぎてうれたけれども

といふ歌を詠み掛けた。庭の松に藤の花が懸ってゐる情景を素材にしながら、今まで結婚の申し出を待ってゐた「うれたさ」（不満）は「紫」（雲居雁）のせゐにしませう、といふ意味である。夕霧は即座に、

いくかへり露けき春を過ぐし来て花のひもとく折にあふらん

と応じて謝意を表し、盃を内大臣の長男である柏木に回した。柏木は、

たをやめの袖にまがへる藤の花見る人からや色もまさらむ

と、「見る人」（夕霧）には今宵の「藤の花」（雲居雁）は一段と美しく見えることでせうと詠んだ。何とも言へない風流な応酬である。

夜も更け、酒も相当入った夕霧は「空悩み」をし、「乱り心地いと堪へ難うて」と言って休息する所を柏木に求めた。折しも内大臣は「翁もいたう酔ひ進みて」と言ひ捨てて家の中に入ってしまひ、後の一切を柏木に任せた。その後の二人の様子を『物語』は次のやうに記してゐる。

中将（柏木）、「花の陰の旅寝よ。いかにぞや、苦しきしるべにぞ侍るや」と言へば、「松に契れるは、あだなる花かは。ゆゆしや」と責め給ふ。中将は心のうちに「ねたのわざや」と思ふところあれど、人ざまの思ふさまのめでたきに、「かうもあり果てなむ」と心寄せわたることなれば、うしろやすく導きつ。（「藤裏葉」巻）

右の場面における夕霧の心情の複雑な喜びと、それとはまた別な複雑な柏木の心理の描写は正に「もののあはれ」の交歓の最高の場面の一つである。しかしながらここでも、『物語』に漂ふ情趣や情感が理解されてゐないことが多い。

誤解の発端は、金子元臣氏が『新解』で「苦しきしるべ」を「つらい案内役」と解して「あだなる花」を「浮気の沙汰」とし、「ねたのわざやと思ふ」を「折れて出たのが癪だ」と解釈したのを、『新釈』が踏襲したところにある。かうした解釈を受けて『大系』は「ねたのわざやと思ふ」といふ句を、「（柏木の）心中には、夕霧に負けて折れて出た事を「憎らしく残念な事であるよ」と、考える事」と説き、『全訳』も「癪なことだ、とうとうこちらが負けてしまったと、釈然としない」と解釈した。

とりわけ玉上氏は、「花の陰の旅寝よ」云々と言った柏木の気持を説明して、

「そんな一時の戯れなら、この案内はどうしよう、しないでおこうか」と夕霧をじらすのである。

（『評釈』）

とし、柏木は「妬ける気持」であると説き、これに対して夕霧が「松に契れるは、あだなる花かは」と言ったのは、「威張った言い方」で、「勝ち誇った夕霧のことば」であるとさへ解説してゐる。

しかし抑々、内大臣はこの藤の花見の遊宴を雲居雁と夕霧との婚約成立の祝祭にしようと計画してゐたのである。当然それは長男の柏木にもよく通じてゐたはずの事柄であり、夕霧が「宿直所を」と願った時、内大臣が柏木に「御休み所求めよ」と言って入ってしまったのは、この後の事の進行の一切を柏木に任せてしまったことを意味してゐるのである。その責任の重さは柏木には充分に認識されてゐたことは言ふまでもないことであるから、その柏木が、縁談が成立するか否かの局面で、妹の婿の候補である夕霧に対して「迷惑」だの「憎らしい」だの「癪だ」などと思ふはずはないのである。

紫式部がこの場面で描かうとした夕霧と柏木の心情はかうである。

夕霧が「空悩み」して「宿直所ゆづり給ひてんや」と言ったのは、固より雲居雁が住む邸内で一夜を過ごすことの様々の期待感があるからなのであるが、しかし夕霧がそのことを口にしたのは内大臣の配慮を察してのことでもあったことは言ふまでもない。従って柏木が「花の陰の旅寝よ」云々と言ったのは、「雲居雁の居る邸内での寝所はどこにしたものだらうか、弱ったな」といふやうな意味なのであり、その案内役を「苦しきしるべ」と言ったのは冗談のやうな軽口なのである。夕霧を雲居雁の寝所に案内することは父内大臣の指示ですらあったと思はれるのが原文の記述であり、第一、当夜の藤の花見の主旨もそこにあったのであるから、柏木が案内役を心底から「苦しい」と思ってゐるはずはない。

この時、柏木が戯談っぽく「苦しきしるべにこそ侍るや」と言ったのに対して、夕霧が「松に契れるは、あだなる花かは。ゆゆしや」と答へたのは実に味はひ深い言ひ返しで、同じ部屋で私と一夜を過ごしたいのはむしろ彼女の真意でもあるのですよ、と夕霧は言ってゐるのである。すなはち「花」は雲居雁のことを指してゐるのであり、「松」は庭の実景を踏まへながら自分の事を譬喩し、その「松」に契り掛かってゐる「花」（雲居雁）の気持は「あだなる」ものではなく真情である、と夕霧は雲居雁の気持を代弁してゐるのである。

この場面で柏木が「ねたのわざや」と思った心理について、『全集』は「憎らしいしぐさ」と解し、『全書』は「癪に障る」とし、『評釈』や『集成』も「しゃくなことだ」と解釈してゐて、柏木が夕霧の言葉に腹を立ててゐるかのやうに誤読してゐる。だが、光源氏を初め当時の王朝人が品位を重んじ、「心くらべ」に負けまいとする様子は『物語』の随所に見ることが出来ることであり、ここで柏木が夕霧の返事を「ねたのわざや」と思ってゐるのもさうした心理なのである。

先に柏木が戯談っぽく「苦しきしるべにこそ侍るや」と言ったのは、一つには夕霧がどのやうに言ふかを試してゐるのである。平凡な男なら「意地悪を言はないで雲居雁の部屋に泊めて下さい」と懇願するのが関の山である。ところが夕霧は自分の気持を言はずに、衾《ふすま》を同じくすることは雲居雁の意思であるとやり返した。然も夕霧はそれをストレートに言ふのではなくして、内大臣が「紫にかごとはかけむ藤の花」とか「まつよりすぎて」と歌ってゐる言葉を用ひて巧みに応答したから、柏木は「ねたし」（うまく言ひ返された）と思ったのである。

『源氏物語』を読むといふことは、紫式部が委曲を尽くして書かうとした「もののあはれ」の深意と真意を感銘深く読み味はひ、自分の実生活では思ひ知ることのない多種多様で奥深い人間や人世の実相を知るところにある。つまり『源氏物語』を読むに当っては、紫式部に人生の何たるかを教へ諭してもらふ気持で以て相対するくらゐでなければならないのである。

右に夕霧と雲居雁の相思相愛の次第について長々と記したのも、このやうにして長年に亘る「諸恋《もろごひ》」（相思相愛）の果てにやうやく望み通りに結婚出来、やがて多くの子宝に恵まれた二人でありながら、その十年後にはすっかり冷え切った関係になってしまふ夕霧夫妻の姿に、紫式部は人生の縮図を象徴的に描かうとしてゐると思はれるからである。

すなはち結婚十年後の夕霧たちの様子が「柏木」巻以下に次のやうに記述されてゐる。

## 夕霧と落葉宮

相思相愛の仲であった夕霧と雲居雁とが漸く結婚出来、子宝にも恵まれた生活を送ってゐたのに、二人の間に秋風が吹くやうになったのは、夕霧が柏木の未亡人の落葉宮に恋心を抱くやうになったためである。

「まめ人」と評されるほどの誠実な夕霧が落葉宮を意識するやうになったのは、病気の柏木を見舞った時に死後のことを懇々と依頼された中で、

一条に物し給ふ宮（落葉宮）、ことにふれて、とぶらひ聞え給へ。心苦しきさまにて、院などにも聞こし召され給はむを、つくろひ給へ。（「柏木」巻）

と柏木に遺言されたからであった。真面目な夕霧がその遺言を誠実に実行しようとしたところから、夕霧の苦悩が始まったのである。

夕霧の心が次第に落葉宮に傾いて行く様子については「夕霧」巻の冒頭に次のやうに説明されてゐる。

大将（夕霧）、この一条宮の御ありさまを、なほあらまほしと心にとどめて、おほかたの人目には昔を忘れぬ用意と見せつつ、いとねむごろにとぶらひ聞え給ふ。下の心には、かくてはやむまじく

なむ月日に添へて思ひまさり給ひける。御息所も、あはれにあり難き御心にもあるかなと、今はいよいよものさびしき御つれづれを、絶えず訪れ給ふに慰め給ふ事ども多かり。

やがてそのうちに宮の母の御息所が物怪に取り憑かれて病気となり、小野の山荘で療養することになった。そのために夕霧は車の用意などを初めとして、修法の布施など僧侶への心遣ひも仕切ったから、落葉宮の礼状に「なつかしきところ書き添へ」たりされてゐて、夕霧はその手紙を「いよいよ見まほしう目とまり」、頻繁に手紙を「聞え通ひ給ふ」やうになった。だがその様子に感づいた雲居雁の目が「わづらはしくて」、山荘に「参うでまほしう」思ひながらも夕霧は容易には出掛けることの出来ない日々が続いた。

さうした中、夕霧は御息所の見舞ひを口実に小野の山荘に出掛けた。そして落葉宮の辺りに人少なになった時、折しも霧が立ち籠めたのを幸ひに、

山里のあはれを添ふる夕霧に立ち出でん空もなき心地して

と詠み、今日こそは「思ひわたる様をだに知らせ奉らん」と心に決め、山荘で一夜を過ごす決心をした。しかしその夕霧の気持を察した落葉宮は却って頑なとなり、打ち解けようともしないままに夜も更けて行った。

夕霧は「世の中をむげに思し知らぬにしもあらじを」（男女の仲の機微をご存じない訳ではないでせうに）と言ひ迫ったりするうちに、宮は「あはれげに泣き給うて」、

われのみや憂き世を知れるためしにて濡れ添ふ袖の名をくたすべき

と詠み、夕霧は、

おほかたはわれ濡れ衣を着せずとも朽ちにし袖の名やはかくるる

と詠み交はしたりしてゐるうちに、明け方近くになった。その時の月影の下の宮の様子について「紛らはし給へるもてなしなど、言はむ方なくなまめき給へり」と記されてゐるから、落葉宮が心底から夕霧を拒んでゐた訳ではなかったことが知られるのである。

だが落葉宮は「大殿（源氏）などの聞え思ひ給はむこと」や「院（父の朱雀院）にもいかに聞こしめし思されん」といふことを初めとして、「人（女房たち）の物言ひいかならん」といふことを心配したりするうちに、到頭その日は「明かさでだに出で給へ」（夜が明けないうちにお帰り下さい）と言って、夕霧を立ち去らせた。夕霧は「ゆくりかにあざれたる事」（軽はずみで無作法な振舞）が出来ない人柄であったから、「霧に立ち隠れて」帰って行くのであったが、その時夕霧は、

荻原や軒端の露にそぼちつつ八重立つ霧を分けぞ行くべき

と詠み、「濡れ衣はなほえ干させ給はじ」と宮に言ひ掛けた。それに対して落葉宮は、

分け行かむ草葉の露をかごとにてなほ濡れ衣を掛けんとや思ふ

と応じた歌を詠み、「めづらかなることかな」と「あはめ」た様子で言ったが、宮のその素振りは「いとをかしう恥づかしげ」であったと記述されてゐる。この時の落葉宮の心情は実に複雑微妙で、意味深長なものがその言動には寓されてをり、この宮の真情の「あはれ」を正しく読み取ることは『物語』を味読する上で欠くべからざることである。

## 「濡れ衣」の意味

この時に二人の間に交はされた「濡れ衣」といふ言葉の意味について、諸書は単に「浮き名」といふやうに解してゐるが、実はこれは室町時代の源氏学者の三条西実枝が説いてゐるやうに、「実事のなけ

れば、ぬれぎぬとは言ふなり」といふことなのである。つまり夜が明けるまで一緒に過ごしたとなれば、二人の間に「実事」があったと女房たちは思ふであらう。それが「濡れ衣」といふ意味なのであり、夕霧が帰って行かうとしながら「濡れ衣はなほえ干させ給はじ」と言ったのは「実事のないままで私をお帰しになるのですか」といふ意味なのである。それを受けて落葉宮がその夕霧に「なほ濡れ衣を掛けんとや思ふ」と返したのは、「濡れ衣を干すこと」すなはち「実事」への決意を表明したのである。この時の宮がそのことを積極的に考へてゐたことは、帰って行かうとする夕霧に向って「めづらかなることかな」と「あはめ」た様子で言ひ掛けたことで明らかである。「めづらかなることかな」と「あはめる」様子で言ったのは、「いつものやうに意思が強くありませんね」と揶揄するやうに言ったといふことである。これは落葉宮が初めて夕霧に見せた女としての真情だった。だからこそ宮は「いとをかしう恥づかしげ」であったのである。

ところが、この落葉宮が嘗て見せたことのない「女」としての真情が読み解けず、「濡れ衣」といふ言葉が「実事はないのにあったやうに思はれること」といふ意味であることに気付かないで、単なる「汚名」の意や「朝露に濡れた衣」の意味と諸書は解釈してしまってゐる。従ってまた落葉宮が見せた「いとをかしう恥づかしげなり」の意味も、

『評釈』「見事で気恥ずかしくなる」
『全集』「まことに美しく、大将もきまりがわるくなるほどである」
『集成』「とても風情があり犯しがたい気品がある」

などと解釈されてゐるのであるが、これがまた大変な読み誤りなのである。

## 落葉宮の女性としての真情

間違ひのもとは、「恥づかしげ」の意味を落葉宮の「さま」が「きまりが悪い程奥ゆかしげ」であると夕霧が見てゐると読んでゐるところにある。だがしかし、もしも夕霧が宮に対して「気恥ずかしくなる」ほどの「犯しがたい気品がある」と感じてゐるのであれば、「恥づかしげ」の「げなり」は不要なはずである。つまり「恥づかしげ」とあるのは、落葉宮が夕霧を「あはめ」たその様子が夕霧から見て「恥づかしげ」な様子だったのであり、「恥づかし」と思って「気恥ずかしく」「きまりがわるく」してゐるのは夕霧ではなく落葉宮なのである。

この「恥づかしげ」の真意に関連して正しく読む必要があるのは「をかしう」の意味である。諸書はこの「をかし」を「御立派」とか「見事」とか解釈してゐるのであるが、『岩波古語辞典』がこの「をかし」の意味は「好意をもって招き寄せたい気がする」が原義であるとしてゐるのがカギである。すなはち落葉宮は夕霧を「好意を持って招き寄せ」てもよいとの気持を「恥づかしげ」に表したのである。

先に宮は夕霧に向って「明かさでだに出で給へ」と言った。だがそれは本心からではなく、夕霧と一夜を明かしたことが女房たちの間の噂に上ることなどを気にしての敢へての強がりだったのである。ところが夕霧が宮の言葉に従って「心地そら」(虚脱)の様子で帰って行かうとする姿を見て、落葉宮は夕霧を引き止めて「めづらかなることかな」と言はずにはをれなかった。それは宮の「女」としての偽らない心情であって、その様子が「いとをかしう恥づかしげ」に夕霧には見えたのである。

夕霧はこの落葉宮の「恥づかしげ」な様子に心を動かされたものの、「後をこがましくや」と「さまざまに思ひ乱れつつ」辞去した。帰途の「道の露けさもいとところせし」と記されてゐるのは夕霧が涙ながらに帰って行ったことを暗示してゐる。

もしもこの後、格別のことがなければ二人の間の親密な関係は深くなって行くはずであったが、夕霧が「霧に立ち隠れて」山荘を去って行く姿を御息所の修法のために来てゐた僧侶に見られてしまったところから、二人の苦しみが始まった。この僧侶が御息所に「大将はいつよりここに参り通ひ給ふぞ」と話した上に、夕霧には「本妻強く物し給ふ」ことや「若君たちは七、八人になり給ひぬ」だのと言はずもがなのことを御息所に言ひ立てたのである。その上この僧は、「女人」が「長夜の闇にまどふ」のは「かやうの罪」によってであると言ひ、二人の関係は仏教上「承け引かず」(承知出来ない)とまで「ただ言ひに言ひ放っ」たから、御息所は平静ではゐられなくなり、落葉宮を招いて事情を聴かうとしたが、宮の「いと恥づかしとのみ思す」様子が「いとほしく」て何も問ひ質すことはしないでしまった。さうかうしてゐるところに夕霧からの手紙が届き、御息所もそれを読んだところから事情は一層紛糾することになった。

夕霧と落葉宮との間に「実事」があったと信じてゐる御息所にとって、当然に続けて宮を訪ひ来るべき夕霧の夜の訪れのないことが理解出来ない上に、夕霧からの手紙の文面にも得心が行かず、しかも「今宵つれなき」様子であることに不審といふよりは不信を抱いたため、御息所は宮に代って手紙を書き、夕霧の本心を質さうとした。

ところがその御息所からの手紙が夕霧のもとに届いた時、雲居雁は「這ひ寄りて、御背後より」その手紙を奪ひ取ってしまった。夕霧はその手紙は花散里からのものであると言って取り返さうとしたが、雲居雁は一向に返さうともしないので、夕霧は敢へて抗ふこともせず、そのままにしておいた。

やうやく夕方になってその手紙を見つけた夕霧は、それが御息所から「一夜ばかりの宿を借りけむ」といふお咎めの歌が書かれてゐることに驚き、昨夜落葉宮のもとを再訪しなかったことを改めて後悔し、

「昨夜は六条院に伺候しましたので」云々といふ詫びの手紙を送った。「実事」があったと信じてゐる御息所はその文面はもとより、訪れのない夕霧の無礼に「あさましう心もくだけて」、病状が悪化した。落葉宮は落葉宮で本当の事情を母に「明らめ聞え給ふ」ことをせず、「例よりももの恥ぢし給へる気色」をしてゐるだけであったので、御息所は「少しよろしくなりぬる女の、人二人と見る例《ためし》は心憂くあはつけきわざ」であると言って再婚は好ましくないことを述べ、「よろづに聞きにくかりぬべきことの出で来添ひぬべき」ことを嘆き、「こよなう情なき人の御心にもあるかな」と宮の不心得を悲しんでゐるうちに、病勢が一変して息が絶えてしまった。

夕霧は御息所の葬儀を心を込めて奉仕したが、落葉宮の心は御息所の死を契機として頑なになってしまった。夕霧は、落葉宮が御息所の小野の山荘で過ごしてゐる間に荒れてしまった一条の邸の手入れをしたりして宮の帰邸を促したが、宮は一向にその気になる様子はなかった。雲居雁は雲居雁で、夕霧がそのやうに落葉宮のために誠意を尽くしてゐることが疎ましく、夜も「背《そむ》き背きに嘆き明か」すやうな有様であった。

さうした夕霧の様子を耳にした源氏は、自分が若い頃に「あだなる名」を流してゐたのに比べて、「まめ人」の夕霧は立派だと自慢にさへ思って来てゐたことを振り返りながら、

いとほしう、いづ方にも心苦しきことのあるべきこと。さし離れたる仲らひにてだにあらで、大臣などもいかに思ひ給はむ。さばかりの事たどらぬにはあらじ。宿世といふもののがれわびぬる事なり。（「夕霧」巻）

と思ひ、「ともかくも口入るべき事ならず」と判断した。「いづ方」といふのは雲居雁と落葉宮のことで、源氏は先づこの二人の女君に対して同情し、そして柏木の父であり雲居雁の父でもある内大臣の心中を

察した上で、しかし夕霧が「さばかりの事」を思慮し配慮してゐないはずはないと理解を示し、その結果としてこのやうになったのであれば、それは「宿世」としか言ひやうがないと考へたのである。

## 「もののあはれ」の真髄は恋愛の情趣

この時、源氏は夫を亡くした後の落葉宮の生き方に関連して、自分の亡き後の紫上の生き方について「うしろめたう思ひ聞こゆるさま」について話したところ、紫上は「御顔うち赤めて」次のやうに思った。

> 女ばかり、身をもてなす様も所せく、あはれなるべきものはなし。もののあはれ、折りをかしき事をも、見知らぬ様に引き入り、沈みなどすれば、何につけてか、世に経るはえばえしさも、常なき世のつれづれをも慰むべきぞは。おほかた物の心を知らず、言ふ甲斐なき者にならひたらむも、生《お》ほし立てけむ親も、いと口惜しかるべきものにはあらずや。（「夕霧」巻）

紫上がこのやうに「思しめぐらした」内容には当時の未亡人たちの生き方はもとより、一般に深窓の女君たちの生き方が述べられてゐて、実に心して読むべきところである。

すなはち女は男と違って生きて行く世界が狭いから（「身をもてなす様も所せく」）、折角の「物のあはれ、折りをかしき事をも、見知らぬ様に引き入り」、ただ単に物静かに暮らしてゐるだけでは、この世に生きてゐる「はえばえしさ」もなく、また「つれづれをも慰むべき」こともない、と紫上は考へてゐるのである。要するにこの紫上の考へは、女の人生の最大の幸福は良い恋愛をすること――良い男女の関係に恵まれること――にあるといふのである。

次いでこの紫上の女の生き方論で重要なことは、「もののあはれ、折りをかしき事をも」といふ句の解釈である。紫上は「もののあはれ、折りをかしき事をも、見知らぬ様」に過ごすのでは女がこの世に生きてゐる甲斐がないとまで言ってゐるのであるから、この「もののあはれ、折りをかしき事をも」の内容が女性の生き方にとって極めて重要なものであると理解されなければならない。ところがこの句を諸書は、

『新釈』「風流韻事」
『大系』「何かの風流の、その場合場合の趣ある事」
『評釈』「感ずべきことおもしろいこと」
『集成』「ものの情趣も折にふさわしい風雅なことども」

などと解釈してゐる。

しかし、かうした解釈が正しくないことは、花や月をその折々に愛でたり管弦の催しを楽しむやうな「風流韻事」とか「情趣あることや、時宜にかなったこと風流なこと」（『新日』）などは、『物語』には日常的に描かれてゐることからして明らかである。もしも「もののあはれ、折りをかしき事をも」といふ句の意味が単に「風流韻事」や「感ずべきことおもしろいこと」などであるならば、深窓の女君のみならず女房たちでさへも日常的に楽しんでゐることであって、何も「見知らぬ」ことなどではなく、紫上が概嘆するに及ばぬことである。

すなはち、私の理解では、この紫上の言った「もののあはれ、折りをかしき事をも」といふ句は恋愛の情趣を表現した慣用句であって、しかも、『物語』の「もののあはれ」を読み解く上で極めて重要な慣用句と解すべきなのである。

このことを『物語』の中から類似の例を取り上げて説明しようと思ふ。

「あはれ」と「をかし」が『物語』の中に並列されてゐるのは、右の例以外に次の五例などがある。

①「さしあたりて、をかしともあはれとも心に入らむ人の」(「帚木」巻)

②「その折々、をかしくもあはれにも、深く見え給ひし御心ばへ」(「朝顔」巻)

③「あはれにもをかしくも、思ひ出で聞え給ふ事なきにしもあらねば」(「若菜上」巻)

④「言の葉多く、あはれにもをかしうも聞え尽くし給へど」(「夕霧」巻)

⑤「下の心漏りて見ゆるもあるを、様々にをかしくもあはれにもあるかなと、立ちても居ても、ただ常なき有様を思ひありき給ふ」(「総角」巻)

諸書は全てこれらの例において「あはれ」と「をかし」を個々に訳し、①「すぐれているとも、いとしいとも」(『全集』)、②「やさしかったり、せつなげだったり」(『評釈』)、③「悲しくもあったり又面白くもあったり」(『新釈』)、④「或はしみじみと、或は興味深く」(『全書』)、⑤「おもしろくもありいとおしくもある」(『集成』)などとしてゐる。言はば適当に言葉をただ並べてゐるといった感じである。

だがそれぞれの場面をよく読めば、①は「雨夜の品定め」の場面で左馬頭が妻とするに相応しい女性について長々と述べたのを受けて、頭中将が愛情を感じた女性と遭遇した時の心得を言ったものであり、②は源氏が斎院の任務を終へた朝顔の姫君と久し振りに会った場面で、姫君が「世づかぬ有様」のままの対応なので源氏が「うち嘆きて立ち給ふ」のを、女房たちが数年前の源氏と姫君との間の仲睦まじかった様子の「をかしくもあはれにも、深く見え給ひし御心ばへ」を懐かしく回想してゐる場面である。また③は源氏が四十の賀を催した時、尚侍となってゐる玉鬘が早く内裏に帰って行くので、思ふやうに「対面」出来なかったことを源氏が残念がってゐる場面で、嘗て恋人同士だったやうな時のことを回想してゐるのである。④は夕霧がやうやくにして落葉宮と一つ部屋に夜を過ごすことが出来た時の様子を記した場面であり、⑤は薫が明石中宮のところに参上した時の女房たちの様子について述べた場面で、女房たちが「上べこそ心ばかりもてしづめ」てはゐるものの、薫に対して「いろめかしげ」な内心が見え隠れしてゐる様子が記されてゐるのである。

右の例で分るやうに、「をかしともあはれとも」や「あはれにもをかしくも」などの「あはれ」と「をかし」を併用した句は、異性に対する恋慕の情や親愛の情を強く表す慣用句だと解すべきなのである。従ってこの句を二つの単語に分けて「すぐれているとも、いとしいとも」とか「やさしかったり、せつなげであったり」などと解釈してゐるのでは、その場面でのその男女の恋愛の情趣を理解することが出来ないのである。その点、この「をかしともあはれとも」「あはれにもをかしくも」などの慣用句を現代の口語の単一な語句の組合せで訳すことは困難であらうと私には思はれる。何故なら、この慣用句に込められた恋愛の心情は、円地文子氏の言ふ「快い恍惚と麻痺のうちに」「眩暈」を伴ふものであり、また「美しい紗膜」に包まれたものであって、円地氏は時としてこの高揚した恋愛の感情を口語に訳すに当って、原文にはない説明的文章を十行も二十行も費やしてゐるほどなのであるからである。

（第5章第二節「作家による『源氏物語』の口語訳」参照）

このやうに考へて来れば、「もののあはれ、折りをかしき事をも、見知らぬ様に引き入り」、ただ単に深窓で物静かに暮してゐるのでは、女としてこの世に生きてゐる甲斐がないと紫上が思ってゐるといふことは、好ましい男君との間に愛情を交はし合ふやうなことがなければ女は「常なき世のつれづれをも慰むべき」こともない、と言ってゐるのであるといふことが明らかとなるであろう。つまり落葉宮に対する夕霧の行為を弁護してゐるのである。

このことを裏返して言へば、男君たる者は心ばへある女君に対して「世に経るはえばえしさ」を経験させる務めがあるといふことである。この観点から言へば、夕霧が寂寥をかこつ落葉宮に対して手を差し伸べてゐることは咎め立てされるべきことではない。だからこそ源氏は、夕霧が挨拶に参上した時に何の忠告めいたことを言はなかったのである。

勿論、夕霧とて二人の女君に対する自分の持てなしが完璧であるとは思ってゐない訳で、六条院の花散里のもとを訪れた時も、彼女の性格が穏和で、かつ夕霧の養母のやうな間柄であったこともあって、花散里に意見を求めてゐる。その時、花散里は「みな世の常のことなれど」と言ひながら、「三条の姫君（雲居雁）の思すらむ事こそいとほしけれ。のどやかにならひ給ひて」との考へを述べ、それに対して夕霧は「自分も努力はしてゐるのですが、一旦気まづくなるとお互ひに気持が治まらなくなるものでして」と言ひ、その点、紫上や花散里の「御心もちゐ」や「御もてなし」が行き届いたものであると賞賛した。

夕霧は次いで源氏のところに参上したが、源氏は格別に落葉宮のことなどについて問ひ質すこともせず、目の前の夕霧について次のやうに思ったとだけ記されてゐる。

いとめでたく清らに、このごろこそねびまさり給へる御盛りなめれ。さるさまの好きをし給ふとも、人のもどくべきさまもし給はず。鬼神も罪許しつべく、あざやかに物清げに、若う盛りに匂ひを散らし給へり。物思ひ知らぬ若人のほどに、はた、おはせず、かたほなるところなくねびととのほり給へる、ことわりぞかし。女にて、などかめでざらむ。鏡を見ても、などか驕らざらむ。（「夕霧」巻）

尤も、源氏が手放しで夕霧の所行を容認してゐたのではないことは「鬼神も罪許しつべく」とあることで明らかであり、また花散里が「（夕霧の）いささかあだあだしき御心づかひもあらむを大事と思して、

（源氏が）いましめ申し給ふ」と夕霧に忠告してゐたことで知ることが出来る。源氏も陰では夕霧の女性問題を気遣ってゐるのである。

源氏が夕霧の女性問題に関して考へてゐたことは、男たるものが一人前に「めでたく清ら」に成長し「かたほなるところ」が無ければ、仮に「さかさま」の「あやしき好き」をすることがあったとしても、それは「女にて、などかめでざらむ」といふ事情の中で生じることであるのであるから、「人のもどくべきさま」さへなければ「鬼神も罪許しつべき」ことであると思ってゐるのである。

この源氏の考へを現代の通俗的な通念で「いい気なものだ」などと思ってはいけないのである。源氏のこの考へ方の前提には、男性たるものは「かたほなるところなく」「いとめでたく清らに」成人して、女性に「世に経る」幸福を経験させるべきことが要求されてゐるのであり、源氏はそのことを夕霧に要求しつづけて来てゐたのである。

# 第4章　源氏亡き後の物語
## ――「宇治十帖」――

### 一　薫と宇治の姉妹

#### 八宮の「心苦しきさま」

源氏が亡くなってから後も、薫は源氏と女三宮との間に生れた御子として冷泉帝などにも寵愛されて来たが、元服を迎へる頃には自分の出生に疑念を抱くやうになり、その気持を、

　おぼつかな誰に問はましいかにして初めも果ても知らぬわが身ぞ

といふ歌に詠んだこともあった。そしてまた母がなぜ早くに出家したのかといふことにも疑問を抱いたりして、自然と仏道への帰依の心が深くなるのであった。（「匂宮」巻）

十九歳で三位の宰相に中将を兼ねた薫は、やがて宇治に八宮《はちのみや》といふ道心の厚い人が籠り住んでゐることを知り、文通を交はしたりした後、宇治を訪れるやうになった。八宮は桐壺院の第八皇子で源氏の異母弟に当るのである。（「橋姫」巻）

八宮は経文の意味などを説くのにも、殊更に「さかしげ」な様子はなく「いとよく」教へてくれ、世

の「宿徳《しうとく》の僧都僧正」は「こはごはしう、け遠げ」である上に、一般の僧侶は「けはひ卑しく」「いとものしくて」、法話を語らひ合ふにもしっくりしないのに比べると、薫はこの八宮に「常に見奉らまほしう」思ふのであった。その八宮の立派さについて、次のやうに記されてゐる。

いとあてに心苦しきさまして、宣ひ出づる言の葉も、同じ仏の御教をも、耳近きたとひに引き交ぜ、いとこよなく深き悟りにはあらねど、よき人はものの心を得給ふ方のいと殊にものし給ひければ、やうやう見馴れ奉り給ふたびごとに、常に見奉らまほしうて、暇なくなどしてほど経る時は、恋しくおぼえ給ふ。(「橋姫」巻)

物の道理といふものをよく心得た八宮の、道を説く様子が実に的確に述べられた文章である。ところが右の「いとあてに心苦しきさまして」の句について、『新釈』が「心苦しき」を「いたいたしい」としたのを初めとして、『全書』や『集成』も「痛々しい」とし、『大系』『全集』『新日』などが「いたわしい」としてゐるのは、これは誤読である。

抑々《そもそも》右の記述は八宮が仏の道をよく理解してゐて、その教へを「耳近き」譬へを引きながら説き明かす「あて」なる様を表現してゐるのであるから、その八宮の様子が「痛々しい」とか「いたわしい」などといふ形容では適合しないことは明らかである。

思ふにこれは、「心苦し」といふ古語は本来「心くるし」と澄んで読むべきなのに学者諸氏は「心ぐるし」と濁って訓み、口語の「心苦しい」と同じやうな意味で解釈してゐるからであらう。もっとも各種の古語辞典の見出しは全て「こころぐるし」としてをり、その意味も例へば『古語大辞典』(小学館)が、

① 悲しみや気掛かりなことで、心が痛むさま。せつない。苦痛だ。
② 他人の上を思いやって、心が痛むさま。気の毒だ。いたわしい。痛々しい。

③　気遣わしい。気掛かりだ。

としてゐるのといづれも大同小異であるから、「心苦しきさま」を諸々の古語辞典に従って右のやうに解釈しても当然だと思はれるであらう。だがどう考へても八宮が仏教について「いとあてに」（非常に上品に）語る「心苦しきさま」が「痛々しい」とか「いたわしい」様子であるとは考へられない。

## 「心苦し」は「深い感動」

では古語の「心苦し」はどのやうに解すべきなのか。

『源氏物語』には「心苦し」は約二百六十例ほど用ひられてをり、この「橋姫」巻には八例見えるが、その中に次のやうな用例がある。

場面は宇治の八宮の邸を訪れるやうになった薫が、姫の大君《おほいきみ》に、

あさぼらけ家路も見えずたづね来し槇の尾山は霧こめてけり

といふ歌を詠み掛けたのに対して、大君が初めて薫に歌を返したところで、通常なら控へ目な大君が男性に返歌することなどは殆どあり得ないのであるが、この日は八宮が留守であったために止むなく応対をしたのである。この時の大君の応対の様子と薫の心情が次のやうに記されてゐる。

御返り聞こえ伝へにくく思ひたれば、例のいとつつましげにて、

雲のゐる峰のかけ路を秋霧のいとど隔つるころにもあるかな

少しうち嘆き給へる気色、浅からずあはれなり。何ばかりをかしきふしは見えぬあたりなれど、げに心苦しきこと多かるにも、明かうなりゆけば、さすがに直面《ひたおもて》なる心地して、（中略）宿直人がしつらひたる西面におはしてながめ給ふ。

諸書は右の「心苦しき」をも、『新釈』が「気の毒な」、『全書』が「わびしい」、あるいは『評釈』が「いたわしい」などと訳出してゐる。だがこの解釈も先の八宮の「心苦しきさま」の解釈と同様に誤読である。

この頃の薫の心はひたすら仏道修行にのみ傾いてゐた。ただこの日はたまたま八宮が留守であったために大君が薫と応対をしたのであって、二人の間にはまだ「好き心」が動くやうな関係は何もなかったのである。言はば無防備の大君が自《おの》づから女性としての自然な心情と姿態を「つつましげに」、「少しうち嘆き給へる気色」を見せたために、道心の篤い薫もさすがに「心」が「苦しく」なったのである。つまり古語の「心苦し」は口語のやうな「心ぐるしい」といふ複合語ではなく、「心・苦し」といふ二語として読むべき言葉であり、従って古語の「心苦し」は対象に対する同情や憐愍ではなくて、ある事態を目の前にした時の自分自身の「心」の「苦しさ」を言ひ表すものであると理解すべきなのである。

このやうに言へば「同情」や「憐愍」も「ある事態を目の前にした時の感情」ではないか、といふ疑問もあるかも知れないが、口語の「心苦《ぐる》しい」といふ感情の重点は対象の方にあるのに対して、古語の「心・苦し」の感情の重点は自分の心の方にある。従って「苦し」の意味する内容が口語の「心ぐるし」の場合は軽いのに対して、古語の場合は「苦し」の意味する内容が重いのである。

このやうに考へて来て、改めて「苦し」といふ古語の意味を確認すれば、『岩波古語辞典』が「痛みの耐え難きに心身の安定を失うのが原義」として「心も狂いそうに感じられる」を第一に挙げてゐるのが参考になる。つまり今の場面で言へば、薫が大君の「いとつつましげ」で「少しうち嘆き給へる気色」を見て、未だ経験をしたことのない異性への思ひの「耐難きに心身の安定」を失ひ、「心も狂いそう」な心情を表現した言葉であると理解すべきなのである。

では先の八宮の「いとあてに心苦しきさま」の「心苦し」はどのやうに解すればよいのかと言へば、「あてに」も「心苦し」もどちらも八宮が仏の御教を説いてゐる様子について述べてゐるのであるから、「心苦し」は「あてなり」（気品がある、優美だ）といふ言葉と相関連した内容を言ひ表すものであるはずである。

すなはち八宮の仏教についての講話の仕方が「こはごはしい」ものではなく、「耳近きたとひ」を引きながら、「いと殊にものし給」ふものであったのであるから、薫はその説話に心を引かれ、熱心に耳を傾けた。しかもその八宮の態度は「宿徳の僧都僧正」などに見られるやうな「生直《きすぐ》」さはなく、一方またその弟子筋の僧侶たちのやうに「けはひ卑しく、言葉たみて」といった様子もなく、桐壺院の皇子としての気品（「あてなり」）を感じさせるものであった。その八宮の仏の教へを説く説き方が、薫にとって「心苦しきさま」として感銘深く聴講されたのである。

つまり古語の「心苦《くる》し」は、本来は「心身の安定を失う」ほどの感銘の深さを言ひ表したものとして読むべきであって、口語のやうに「心苦《ぐる》しい」と濁って発音し、「痛々しい」とか「いたわしい」などといふ意味は後に派生したものと解さねばならないのである。

## 大君の複雑な心情

この時、宇治の姉妹の「いみじうあてに、みやびかなる」挙措を薫が目撃し得たのは、この日は偶々《たまたま》八宮が留守で、姉妹が寛いで合奏を楽しんでゐたからであった。それは宇治に通ふこと三年にして初めて見ることの出来た女君たちの姿であった。

薫にとって更に幸ひであったのは、八宮が留守であったために挨拶も姉妹がしなければならず、大君の「いとよしあり、あてなる声して、引き入りながらほのかに宣ふ」応答をも薫は聞くことが出来た。とは言ふものの、女君たちは長時間の応接には「答へにくくて」、事慣れた弁といふ老女房に薫との対応を委ねた。弁の母が柏木の乳母だったことから二人の会話は殊のほか弾み、弁が女三宮との「あはれなる昔の御物語」の「片はしをもほのめかし知ろしめさせむ」と思ひ続けて来てゐたことなどを語ったりして、薫はかねがね「あはれに思しわたることの筋」——自分の出生の秘密に関することも聞けるのではないかと思ったが、「古物語にかかづらひて夜を明かし果てむ」ことも遠慮されて、一旦は辞去することにした。

次に薫が宇治を訪れて八宮と懇談した時、八宮は阿闍梨を招いて経文についての講義をさせたりして夜を明かし、そして姫たちのことにも言ひ及んだ。そして更に、宮が自分の死後の姉妹のことが気に掛かると言ったのに対して、薫は不十分ながら姫君たちの後見は「違へ侍るまじくなむ」と誓ったので、八宮は「いとうれしきこと」と言った。

かうした背景を考へると、姉妹に対する薫の思ひ入れの気持には、恋愛的な心情に加へて八宮から託された後見の責任感があったことを読者は知っておかなければならないのである。

この薫が匂宮にこの宇治の姉妹のことを話したのは、「好き人」である宮に対する好意もあったが、姉妹のうちどちらかを匂宮が「後見」するやうになることを願ったからでもあった。匂宮は今上帝と明石中宮との間に生れた御子で、世間的には薫の甥に当り、薫より一歳年上であった。もしも薫が願ったやうに大君が薫の女君となり、その上、中君《なかのきみ》が匂宮と結婚することにでもなれば、八宮としても願ったり叶ったりであったからである。ところが大君が容易に薫に靡かなかったところから、事情が紛らはしいことになってしまった。

翌年二十三歳の薫は秋に中納言になった。その薫の久し振りの訪問を喜び迎へた八宮は、姫たちのことを「思ひ棄てぬものに数まへ給へ」と懇々と依頼をし、薫は力の及ぶ限りお世話を致しますと言った。（「椎本」巻）

秋が深まって、八宮は山のお堂に籠って「念仏をも紛れなくせむ」と思って出掛けるに際して、姫たちに「人の言にうちなびき、この山里をあくがれ給ふな」と言ひ、また「何ごとも思ふにえかなふまじき世を、な思し入れそ」とも言ひ聞かせておいて山寺に籠り、やがて間もなく病死してしまった。

薫は弔ひの行事はもとより、「後の御わざ」などについても心を尽くして姫君たちを援助し、匂宮からも弔ひの見舞ひは度々贈られ、その忌みが果てると手紙も屢々届けられるやうになった。薫は自ら宇治に出掛けて大君と話を交はすことを重ねたが、大君の応対は相変はらず控へ目であった。

八宮の一周忌が近づいた頃、宇治を訪れた薫は大君に、

総角《あげまき》に長き契りを結び籠め同じところに縒《よ》りもあはなむ

と詠み与へたが、大君は八宮が「世づきたる方を思ひ絶ゆべく思しおきてける」といふことを口実に薫の気持を容易に受け入れようとはしなかったので、薫は仕方なく女房の弁と長々と話し込んだ。弁は大君が自分の結婚のことは考へないで、中君のことだけを「いかで人めかしくも扱ひなし奉らむ」といふ考へであることを語り、薫は自分には「よるべ」とする女人は京にはゐないといふことなどを弁に話した。（「総角」巻）

## 「思ひいらるる」の意味

薫はその日は宇治に泊り、大君と「物語などのどやかに聞えまほしくて」、のんびりと刻を過ごした。

大君は「うちとけて」薫と語り合ふことは辛かったが、薫の「あり難くあはれなる人の御心」のことを思って「対面」することにした。その時の様子を『物語』は次のやうに記してゐる。

この御前は人げ遠くもてなして、しめじめと物語聞え給ふ。うちとくべくもあらぬものから、なつかしげに愛敬づきて、もの宣へるさまのなのめならず心に入りて、思ひいらるるもはかなし。

大君が薫との結婚に積極的ではないことは『物語』に記述されてゐることではあるが、しかし薫といふ人に対してどのやうな気持を抱いてゐるかは、右の文章に明らかである。すなはち大君の姿態は「なつかしげに愛敬づきて」をり、話を交す様子も心にしみ入るものであったために、薫は「思ひいらるる」のであったと記されてゐる。

ところが諸書は「思ひいらるるもはかなし」の解釈を、

『新釈』「いらいらした気持になられるのもわけないものだ」
『全書』「焦々されるのも、考へればはかないことだ」
『新日』「切なく焦らだつのも、たわいないことだ」

などとしてゐる。

果してこれは、薫が大君と「のどかに、しめじめと」話を交すことが出来た時の心理や心情として適切な解釈であらうか。屏風越しとは言へ大君の話しぶりは「なつかしげに愛敬づきて」ゐるので、薫の心は「なのめならず心に入る」のである。古語の「なつかし」は口語とは違って「相手が気に入って、密着していたいと思う意」(『岩波古語辞典』)なのであり、「なのめならず心に入る」は「甚だ心にしみ入る」の意味である。

長年の間、薫は大君を慕はしく思ひつづけて来てゐた。それが今やうやく大君の側近くで、夜を通して「物語」することが出来たのである。然も大君の応対には「なつかしげ」な様子や、「愛敬」（相手に好感を与へる魅力）をも感じたのである。その薫の心理状態が「思ひいらるる」である。

実は、諸書の誤読は「思ひいらるる」を「思ひ焦らるる」と解してゐることによる。正しくは「思ひ入らるる」（恋情が心に深く入り込まずにはゐられない）の意味として読まなければならないのである。「思ひ入らるる」は「思ひ入る」（一途に思ふ）の未然形に自発の助動詞「る」の連体形が接続した形であり、このやうに解すれば大君が「なつかしげに愛嬌づきて、もの宣へるさま」を目前にしてゐる薫の心理状態としてよく理解出来るであらう。

確かに「思ひ焦らる」の用例を、『源氏物語大成』（索引篇）が四例、木之下正雄著『源氏物語用語索引』も四例（但し両者間には異同があり、両書では六例）取り上げてゐる。だがこれらは結局、諸書のかうした誤読に従った集計に過ぎない。実際のところ、『源氏物語』の古写本に「思ひ焦らる」と漢字を充てたものは皆無であり、また『源氏物語』の中に見える「思ひいらる」を「苛々する」といふ意味で解釈しなければならない場面は、私が調べた限りではこれまた皆無なのである。

尤も「心焦られ」といふ言葉はある。「心」が「苛々する」場合はあるからである。例へば、この「総角」巻で、大君が薫に匂宮の対応についての不満を告げた時、薫は「心焦られして、な恨み聞え給ひそ」と忠告してゐる。だが「思ひ」が「苛々する」ことはない。これは我とわが心理や心情を内省すれば分ることである。それなのに、学者諸氏は「心焦られ」と「思ひ入らる」とが類語のやうに思ってゐるのである。

源氏学者たちのこの誤読は「思ひ焦らる」といふ存在しなかった古語を創作してしまった。恐らくそのためであらう、北山谿太氏の『源氏物語辞典』や『角川古語大辞典』や『古語大辞典』（小学館）はこの「思ひ焦らる」といふ言葉を見出し語に採用してゐる。これらの記述が訂正されなければ、後世の学者は「思ひいらる」を誤読しつづけるであらう。

なほ、前述の「思ひいらるるもはかなし」の「はかなし」を『評釈』や『全集』や『集成』は「たわいもない」と解釈してゐる。しかしこの「はかなし」が薫の大君に対する恋情に関することであるのは疑ひないことで、その薫の気持を「たわいもない」と軽蔑的に解釈するのは適切ではない。「好き心」（恋愛の情趣）を軽蔑するかのやうな解釈では『源氏物語』を味読することは不可能である。すなはちこの「はかなし」といふ草子地（著者の評語）は、薫の恋情を「たわいない」などと評してゐるのではなく、大君の「さま」が心に染み入って惚れ込まずにはゐられない薫の恋が、現実には実ることのない「不確実性」を言ってゐるのである。

### その後の薫と大君

八宮の喪が明けた後、薫は女房の弁の手引で大君の部屋に忍び入ったことがあった。しかしその気配を察した大君は「やをら起き出で」て、「いととく這ひ隠れ」てしまった。さうとは知らぬ薫は中君に寄り臥して一夜を明かし、事の意外さに「ゆかしげなく、心憂くもあるかな」と「思ひ乱れた」のであったが、この時、薫が「心憂くもあるかな」と思ひ乱れた気持を、学者諸氏はここでもやはり単に「情けない」と解釈してゐるのは看過出来ない誤読である。第2章で説明した通り「心憂く」は自分の心の惑乱を治めることの出来ない辛さを表す言葉なのである。

恐らく普通の男性ならばこの大君とは絶縁状態になるところであらうが、八宮の負託を思ふ「まめ人」の薫は翌日、紅葉した枝に青い枝の付いた楓に添へて、

同じ枝をわきて染めける山姫にいづれか深き色と問はばや

といふ歌を大君に贈った。これに対して大君は、

山姫の染むる心は分かねども移ろふ方や深きなるらん

といふ返歌を返して来たので、薫はそのさりげなさの中になほも捨て難い「をかしさ」を感じ、「怨じ果つまじく」と思はれた。

この頃、匂宮が中君と屢々手紙を通はし合ってゐたこともあったので、薫は宮を訪れて今後の姫君たちとの「後のあるべきさま」を互ひに語り合った。その時、宮は薫に宇治への案内を「必ず後《おく》らかし給ふな」と依頼したので、薫はためらふ気持もあったが、匂宮を密かに宇治に案内することにした。姉妹には匂宮が同道することは伏せたままであった。

薫を迎へた姫たちの心中はそれぞれで、大君は先夜のことがあったからには薫の心は中君に傾いてゐるであらうと察し、一方の中君の心は複雑であった。しかし当の薫の心はなほも大君にあったため、大君と話し込んでゐるうち、薫は大君に近づいて「障子を引き破りつべき気色」となったが、大君が「心地もさらにかきくらすやうにて、いと悩ましきを」と、気分のすぐれないことを訴へたので、薫は「うちもまどろまず」にむなしく夜を明かした。

一方、その夜の匂宮と中君との様子については『物語』には何の記述もなく、ただ翌朝に宮から、

世のつねに思ひやすらむ露深き道の笹原分けて来つるも

といふ「墨つきなどの殊更に艶なる」後朝《きぬぎぬ》の歌が送られて来、やがて宮と中君との三日目の夜の婚儀が行はれたことだけが記されてゐる。これも紫式部の省筆の妙とも言ふべきところである。

これに対して、言はば空籤を引いたやうな思ひの薫は、それでも祝ひの品々を贈った。そして贈物の

「単衣の御衣」に付けて、

小夜衣《さよごろも》きてなれきとは言はずとも託宣《かごと》ばかりはかけずもあらじ

といふ歌を大君に送ったが、その時の薫の気持が「おとし聞え給へり」と記されてゐる。ところが『湖月抄』がこの「おとし」を「おどし」と濁点を付けて訓んで以来、諸書はみな「おどし」（脅し）と訓んでゐるが、これは「落とし」と澄んで訓むべきであらう。何故なら「脅す」は「相手を怖がらせる」の意味であり、薫の歌にそのやうな脅迫めいた気持が歌はれてゐる訳ではなく、薫は先夜の大君の処置に対して不満を述べてゐるだけなのであるから、「落とす」すなはち「ことさらに価値を低めて言いなしたり思いなしたりする」（『角川古語大辞典』）の意味なのである。

この薫の歌に対して大君は、

へだてなき心ばかりは通ふともなれし袖とはかけじとぞ思ふ

と返した。やはり大君には薫と結婚する意思は見えないのである。

中君と結婚した匂宮であったが、宮は宇治に出掛けることが思ふに任せず、姉妹はその「おぼつかなき日数のつもる」のを嘆いたが、十日ほど経ってやうやく宮は薫と同行のもとに宇治に赴いた。山荘では匂宮をば「いと殊にかしづき入れ奉り」、薫は「客人居《まらうど》のかりそめなる方」で応対され、薫は「いとからし」と思はずにはゐられなかった。

その薫にとって不運ことが重なった。先づその一つは、折角、仲をとりもって中君を匂宮と結婚させたものの、行動のままならぬ匂宮の宇治への訪れが間遠であったことが姉妹の不満となったことである。加へて、宮が宇治川の網代や紅葉見物に出掛けた際に、密かに中君の山荘を「中宿」として立寄る予定であったのに、匂宮の宇治での遊山を聞き知った殿上人が大勢でやって来てしまひ、宮は急遽、姫君たちへの隠密の行動が出来ずに帰京せねばならなくなったことであった。久方振りの匂宮の訪れを心待ちにしてゐた姫君たちの落胆はこの上なく、とりわけ大君は「男といふものは、空言《そらごと》をこそよくすなれ」と思った。

更にこの匂宮や薫にとって困ったことは、匂宮の「山里の御歩き」を母宮の明石中宮に告げ口をした者がゐて、匂宮の宇治へのお出掛けが思ふに任せぬやうになってしまったことであった。当然のこと宇治の姫君たちは「心細くながめ給ふ」日々が続くこととなった。

さうした中、大君が「悩ましげにし給ふ」といふことを聞いた薫が宇治を訪問した。大君の病が心労によるものであると思った薫は、匂宮が「山里歩き」の折に立ち寄れなかった止むを得ぬ事情などを話したが、宮に対する大君の不信感は拭ひ去ることは出来なかった。看病かたがた宇治で夜を過ごした薫は、翌朝の大君の様子が何か気弱になってゐるのが気になりながら、阿闍梨に祈禱のことなどを依頼しておいて帰って行った。ところが薫のお供の者が、山荘の女房に、匂宮には夕霧の姫君との縁談が噂されてゐることなどを話し、それが大君の耳に入ったために、大君は「身の置き所なき心地」して「しをれ臥して」しまひ、病も重くなった。

その後も次第に病の重くなった大君を見舞った薫は、宇治に滞在して大君の看病に努めた。大君は「病にことつけて、かたちをも変へてむ」と出家することを願ったが、女房たちは「いとあるまじき御ことなり」と反対した。

死期の近くなった大君を看病しながら、薫は「いよいよあはれげにあたらしく、をかしき御ありさま」を見、「つやつやとめでたうをかしげなる」髪などを「こまかに見」るにつけても、「魂」の鎮まるすべがなかった。薫は大君亡き後は出家する覚悟だと言ふと、大君は自分の死後は中君を「同じことと思ひ給へ」と懇願した。

やがて大君は「ものの枯れゆくやうに」して息を引き取った。薫はこの機会に出家しようとも考へたが、母宮の悲しみや後に残された中君の世話のことを考へるとそれも叶はず、ただ七日七日の法要を「いと尊く」取り仕切った。

さて、このやうにして薫の大君との恋は実ることなく終ってしまったが、この大君といふ女性について、岡一男氏は『源氏物語事典』で、

その結婚拒否の原因としては、父宮の遺訓もあるが、子（浮舟）まで生ませた侍女中将を、いろいろな思惑から追い出した父宮の態度から、男性不信の念がコンプレックスとして根強くあったためと思われる。それゆえ、プラトニック・ラブの権化のような人間像となった。

と評してゐる。大君が薫の愛を受け入れなかったのは「男性不信の念」だといふのである。だがこのやうな単純な性格分析によって人間を把握しようとする手法は、『物語』に縹渺としてゐる「もののあはれ」の情趣を味読する上で障害にこそなれ、その読解を助けるものではない。大君が薫の愛を素直に受け入れることの出来なかったのには様々な理由があったのであって、亡き父宮の残した訓戒や薫より年上であるといふこと、そして何より「このかみ心」（姉として妹を思ひやる心）が大君を抑制させる理由であったであらう。

## 中君の苦悩と「御さいはひ」

大君の亡き後、匂宮は中君を京に引き取ることを決意し、中君は二条院に移ったが、侍女の弁は尼となって宇治に残った。薫は大君のためと思って準備してゐた三条の邸で暮らすことにし、中君を訪れる

ことが多くなった。匂宮は表向きには中君に「近やかにて、昔物語もうち語らひ給へかし」と言って薫との対面を勧めながらも、「さはありとも、あまり心ゆるびせんも、いかにぞや」と言ったりもするので、中君は「苦しう」思った。（「早蕨」巻）

続く「宿木」巻はその中君と薫との苦悩の多い様子について記述してゐるが、『物語』はその前提として、薫が今上帝の女二宮と結婚したことと、匂宮が夕霧の娘の六君《ろくのきみ》と結婚したといふ出来事を挿入してゐる。

匂宮が夕霧の姫の六君と結婚するといふことを聞いた中君は、覚悟しないでもなかったことなので「さればよ」と一応は納得したものの、「つひには山住み（宇治）に帰るべきなめり」と思はずにはゐられなかった。さうした中君の嘆きを伝へ聞いた薫は、「花心におはする宮なれば、あはれとも思すとも、いまめかしき方に必ず御心移ろひなむかし」と思ひ、中君に同情するのであった。事実、六君と結婚した匂宮は「すべて何ごとも足らひて容貌《かたち》よき人」の「あざやかに盛りの花」のやうな六君に心は傾き、中君の住む二条院には「え心やすく渡り給はず」、中君は「待ち遠なる折々」を辛く過ごすのであった。

さうした中、八宮の三回忌の法要を薫が阿闍梨に営ませたお礼を中君が言ひ送って来たので、薫は返事の手紙を返しておいた上で二条院に出掛けた。「人知れず思ふ心」のある薫は「なよよかなる御衣どもをいとど匂はし添へ」たりなどしたから、その姿は「たとへん方なく」見事であった。迎へる中君も「あやしかりし夜のことなど思ひ出で給ふ折々」もない訳ではなかったから、その日は薫を御簾の中に入れて対面した。

中君は法要の御礼などを述べた後、宇治の山里に連れて行って欲しいと頼んだが、薫はそれは匂宮の許しがなければならないことであるなどと言ひながら、「過ぎにし方の悔しさ」を語り、昔のやうな親しい関係を「取り返さまほしき」ことを「ほのめかしつつ」、「やうやう暗くなりゆくまで」ゐつづけてゐるので、中君は「いとうるさくおぼえて」、寝所に入らうとした。

ところで、この中君が「うるさく」思ったといふ「うるさし」の意味を、諸書は「煩わしく」（『新釈』『全集』『全訳』）とか「うるさく」（『評釈』）などと解釈してゐるが、これは誤読である。何故かと言へば、古語の「うるさし」を口語の「五月蠅《うるさ》い」の意味の「不快でたまらない」と同じ意味で読んでゐるからである。『源氏物語』にはこの「うるさし」が三十五例見えるが、「若菜下」巻の次のやうな例は明らかに口語の「うるさい」とか「煩わしく」の意味ではない。

これかれにも、うるさくわづらはしく、いとま入るわざなれば、教へ奉らぬを、院にも内裏にも「琴はさりとも習はし聞ゆらむ」と宣ふと聞きしがいとほしく、云々

これは朱雀院が源氏に女三宮の後見を依頼された時の希望の一つに、宮に琴《きん》の琴を教へて欲しいと願はれたことに関しての記述で、源氏は通常は琴《きん》の琴を教へるのは「いとま入るわざ」であるので「教へ奉らぬ」（教へることはしない）と言ってゐるのである。つまり「うるさくわづらはしく」はその琴を教へることが「いとま入るわざ」であることの理由を説明してゐるのである。ところが諸書はこの「うるさく」も「煩瑣で」（『新釈』『大系』）とか「面倒で」（『集成』）とか「厄介で」（『全集』『新日』）などと解釈してゐるのである。だが若しも本当に源氏が琴の奏法を人に教へることが「煩瑣で」とか「面倒で」「厄介で」などと思ってゐるとすれば、源氏は物臭な男に堕してしまふではないか。すなはち「うるさし」は単に「煩瑣」なことを言ふのではなくて、「委曲を尽すことが困難なこと」を表す言葉であると解すべきなのである。

このやうに見て来ると、先の中君が薫が居つづけることへの対応を「いとうるさく」思って部屋の奥に入らうとしたのは、単に「煩わしく」「迷惑な」と思ってゐるのではなく、薫が「過ぎにし方の悔《くや》しさ」を語り、昔のやうな関係を「取り返さまほしく」言ったりして長居をつづけることに対して、一々丁寧に応接することに困惑を覚えてゐることを意味してゐるのである。事実、この時の中君の「宣ふ声」は「いみじうらうたげ」（とても愛らしさう）であったと記されてをり、薫に対する好意の感情は声の表情に表れてゐたのである。

その時、薫は「人目のあいなき」を考慮して止むなく帰ったが、中君に宇治への案内を依頼されたことを思ふと「心もあくがれ」るのであった。帰宅後の薫は嘗ての宇治での日々を回想しながら

いたづらに分けつる道の露しげみ昔おぼゆる秋の空かな

といふ歌を中君に送った。そしてその時の女房たちの衣装が「萎えばみためりし」を思って、母宮から「女の装束ども」に加へて「ただなる絹綾など」の下賜を願ひ、これを中君に贈ったが、中君はむしろかうした薫の好意が却って負担となった。そして大君が生きておいでであれば、薫の「かかる心」が自分に向けられることもないであらうにと思ふのであった。

薫が中君を恋ふ気持は強くなるばかりであったが、やがて中君が懐妊し、薫も今上帝の姫の女二宮との縁談が纏まったりする中で、宇治にお堂を建てて大君のための供養をしようと考へるやうになった。その薫に中君が、自分たちには異母妹があり、その妹は大君にそっくりだといふことを話したため、薫は俄にその女性についての関心が高まった。その女性が浮舟である。

さて先に引いた岡氏の『源氏物語事典』は中君のことを、

大君から浮舟へと、物語を発展させるためのクサビのような役割を果しており、人物としても理性

的な大君と情熱的な浮舟をつきまぜたような、円満な健康な性格を与えられている。と解説してゐる。だが紫式部が『物語』の中で中君に果たさせようとした役割は、単に「クサビのような」ことにあるのではない。

中君は幼児の時に母を失ひ、父八宮の手によって養育された。その父は政界や社交界から身を引き、片田舎の宇治に隠遁してしまってゐたのであるから、普通であればこれといった身寄りもないままに一生を終っても不思議ではない宿世であった。それが当代の最高の男君——それも薫と匂宮といふ二人の男性に愛され、そして、匂宮と結婚することができたのはこの上ない幸福と言ふべきものである。勿論、当時の習慣から匂宮には夕霧の姫の六君といふ夫人もあって、中君はそれなりの苦悩もあったが、中君には若宮が誕生するといふ幸運が加はった。

このやうな中君の、女性としての最高に恵まれた人生を生きることが出来た「宿世」について、紫式部は右近といふ女房に次のやうなことを語らせてゐる。

宮の上（中君）こそ、いとめでたき御さいはひなれ。左の大殿（夕霧）のさばかりめでたき御勢ひにて、いかめしうののしり給ふなれど、若君生まれ給ひて後は、こよなくぞおはしますなる。（「浮舟」巻）

すなはち「若君生まれ給ひて後」の中君は、匂宮の正妻の六君の「めでたき御勢ひ」よりも「御さいはひ」であり、その幸福は中君の、

御心のどかに、かしこうもてなしておはします

といふ人柄によるものであると右近に言はせてゐる。これは読者である深窓の女君や女房たちに対する女性の幸福についての作者のメッセージに違ひないと、私には思はれるのである。

## 二　浮舟をめぐる薫と匂宮

### 匂宮は「気味がわるい」人か

浮舟は八宮と中将の君といふ女性との間に生れた姫君である。中将の君は八宮の北の方の姪で、北の方が中君を産んで間もなく死去した後に八宮との間に浮舟を出産したが、八宮から遠ざけられたため、陸奥守の妻となって東国で二十年ほど暮らしてゐた。その夫の任が果てて中将の君は浮舟たちと共に帰京した後、中将の君は中君の縁を頼って浮舟の良い結婚相手を求めてゐた。（「宿木」巻）

この浮舟は大君に非常によく似た「けはひ」の人だったので、中君は浮舟といふ妹の存在を薫に語った。薫はその時は必ずしも積極的に心が動いた訳ではなかったが、そのうち宇治に出掛け、弁の尼と会って話を交してゐるうちに浮舟のことを聞かされ、次第に薫は大君に似てゐるといふ浮舟を「見ばや」と思ふ気持が強くなった。弁の尼も「さやうのついでに、かかる仰言など伝へ侍らむ」と約束した。

その後、中君が出産したり、薫も女二宮（今上帝の姫君）との結婚のことがあったりして、薫の宇治への訪れは遠のいてゐた。

やうやく薫が宇治に出掛け、大君のために造立中のお堂についての指示をした後、弁の尼のところに立ち寄ってゐると、折しも長谷寺に詣でた浮舟の一行がやって来たので、薫は身を潜めて浮舟の様子を「障子の穴」から覗き、浮舟が大君に「頭つき様体、細やかにあてなるほど」が「いとよく」似てゐると思った。そして以前に浮舟を「見ばや」と弁の尼に依頼してゐたことを問ひ質すと、尼は薫の婚儀があったりしたために連絡が出来なかったことを詫びた。

その頃、浮舟には左近少将といふ者との縁談が持ち上がってゐたこともあって、中将君は弁の尼から薫の意中を聞いたものの、薫とは身分の隔たりのあることでもあり「まめやかに御心とまるべきこと」とも思はれなかった。その上に、婿の候補の左近少将が「人柄もめやすく」「人もあて」で、これ以上の婿はゐないと思ってゐたところだったので、薫とのことには余り熱心ではなかった。

ところが、左近少将が急に破約を申し出たために、中将君は中君を頼って浮舟の処遇について相談し、暫く浮舟を中君の二条院に預かってもらふことにした。折しも中君を訪れた薫の様子を垣間見た中将君は、薫の「なまめかしう、あてにきよげなる」立派な姿に目を見張った。薫は薫で浮舟のことを語る中君に、

見し人の形代《かたしろ》ならば身に添へて恋しき瀬々のなでものにせむ

と、浮舟を大君の身代りとしたい気持を詠んだりしてゐたが、夕刻になるのを気づかふ中君に「今宵はなほとく帰り給ひね」と言はれて、止むなく「客人《まらうど》によろしく」と言って立ち去った。その薫の様子を密かに見てゐた中将君は、「いとめでたく、思ふやうなる御さまかな」と感嘆した。中君は薫が浮舟に好意を寄せてゐることを中将君に話し、中将君は「かたじけなく、よろづに頼み聞えさせて」と喜び、浮舟を中君に託して帰って行った。(「東屋」巻)

折しも中将君が帰って行く車を内裏から帰宅した匂宮が見咎めた。その時の宮の心中について、『物語』には次のやうに記されてゐる。

「何ぞの車ぞ。暗きほどに急ぎ出づるは」と目とどめさせ給ふ。かやうにてぞ、忍びたる所には出づるかしと、御心ならひに思し寄るも、むくつけし。

この「むくつけし」といふ言葉は「事態がよく理解出来ず、予見が出来ない」といふやうな意味として解するのがよいと思はれるのであるが、『新釈』『大系』『全訳』『新日』は「気味がわるい」とし、『全集』『集成』は「恐ろしい」と解して、「むくつけし」を『物語』の語り手が匂宮の人柄を貶めてゐると解釈してゐる。このことは『全集』の頭注が

匂宮の気のまわし方に対する語り手の批評。何をしでかすかわからない、という気持。

としてゐるので明らかである。だが『物語』は匂宮を「きよら」で「めでたくあてに、なまめかしくおはする」人であると造形してゐるのであるから（「匂宮」巻）、匂宮が「気味がわるい」「恐ろしい」人だといふことはあり得ないことである。

玉上氏に至っては

薫が中の宮のところに忍んでやって来て、いま帰るのか、と思うのだ。「むくつけし」と作者はやっつける。（『評釈』）

などと解説してゐる。しかし、今帰らうとしてゐる中将君の車と薫の車とでは様式の格が全然違ふのであるから、匂宮がそれを見誤るはずはない。それなのに玉上氏は、紫式部が匂宮を「やっつける」ために「むくつけし」と評してゐるなどと言ってゐるのである。

このやうな誤読は、登場人物の人柄や心情や、そしてまたその場面を正しく理解出来てゐないことによるが、それに加へて「むくつけし」の意味を取り違へてゐるところにも原因がある。

尤も『岩波古語辞典』が「むくつけし」について、「鬼や物の怪などのように、形や性質・状態が異様で不気味である意」が原義であるとしてゐたり、『古語大辞典』（小学館）も「むくつけし」の意味を、

①　気味悪くて、ぞっとする。無気味である。

② おそるべきである。驚くべきである。

としてゐるのであって見れば、かうした解釈は仕方ないとも考へられよう。だが『物語』に記述されてゐる「むくつけし」の用例を精読し熟読すれば、古語辞典のこの説明が十全であるとは言ひ切れないのである。

例へばこの場面のすぐ後に、次のやうな「むくつけし」の用例がある。

匂宮は帰邸したその翌日の夕方、中君の部屋に行ったものの、中君は洗髪中であり、また「若君も寝給へりければ」、所在なさに殿の内を見回ってゐるうちに、偶然に見知らぬ女がゐるのを見つけた。中将君が中君に世話を依頼した浮舟である。匂宮は新参の女房であらうと思って近づき、その手をとらへて「誰ぞ。名のりこそゆかしけれ」と問ひ掛けたので、浮舟は「むくつけくなりぬ」と記されてゐる。

この「むくつけし」も『新釈』が「気味わるく」としたのを初めとして、『大系』なども「薄気味が悪い」と解釈し、『全集』は「正体不明の何者かに襲われた不気味な恐怖感」などといふ注をしてゐる。だが浮舟にはこの邸内を遠慮なく歩き回ることの出来る者は匂宮しかゐないことはよく分ってゐるはずであり、事実、浮舟は「香ばしきけはひ」などから中君から話を聞いてゐる薫ではないかと思ったと記されてゐる。つまり浮舟はこの男君は薫かそれとも匂宮ではないかと思ってゐるのであるから、「むくつけし」は「不気味な恐怖感」から「気味がわるい」の意味ではなく、「事態がよく理解出来ず、予見が出来ない」といふやうな意味として解するのが適切であらう。先の匂宮が中将君の車が出て行くのを見た時の心情についても、これと同じやうに「訝《いぶか》しく思ふ」と解釈することでよく通じるのである。

このやうに『物語』の場面における登場人物の心理や心情を正しく読み取れば、古語辞典が説明してゐる「むくつけし」の語義は訂正される必要があるといふことをここで力説しておかねばならない(1)。

### 浮舟は無教養ではない

中君にとって困ったことに、折角中将君から浮舟の身の振り方を任されてゐたのに、預かった早々にかうした思はぬことが出来《しゅったい》したのでは中将君に申し訳ないことであったから、浮舟を自分の部屋に呼び寄せて慰めたりもしたが、しかし事情を聞き知った中将君は浮舟を早々に引き取ってしまった。

中将君は浮舟を引き取ったものの、夫の常陸介は実の娘の方を可愛がってゐて浮舟に冷たかったから、浮舟を隠れ家に一人で住まはせた。だが弁の尼がその隠れ家を知るところとなり、そのことを弁の尼から聞いた薫は早速その隠れ家を訪ねた。

予想に違はず、浮舟は「人のさまいとらうたげ」であったから、薫は「いとあはれ」と思ふままに、浮舟を弁の尼と共に宇治に連れ出した。

間近に見る浮舟の容姿は期待通り大君と似てゐて、髪なども大君に劣らず「いみじくめでたきにも」感じられた。薫は八宮遺愛の琴を取り出して「いとなつかしくまさぐり」ながら、「昔、誰も誰もおはせし世に、ここに生ひ出で給へらましかば、いま少しあはれはまさりなまし」と言ひ、「などて、さる所には年ごろ経給ひしぞ」と尋ねたりした。浮舟は自分が父や姉たちと別れて東国で暮さねばならなかった事情を「恥づかしく」思ひながら、「白き扇をまさぐりつつ」薫に添ひ臥してをり、その「なまめいたる額髪の隙など」が大君とよく似てゐることが思ひ出されて、薫は浮舟の生活の面倒を見ながら「かやうのこと（琴など）もつきなからず教へなさばや」と思った。

その時の薫の言動やそれに対する浮舟や女房の侍従の反応が次のやうに記されてゐる。

琴は押しやりて、「楚王の台の上の夜の琴の声」と誦《ずん》じ給へるも、かの弓をのみ引く辺りにならひて、いとめでたく思ふやうなりと、侍従も聞きゐたりけり。さるは、扇の色も心おきつべき閨《ねや》の古へをば知らねば、ひとへに賞《め》で聞ゆるぞ、おくれたるなめるかし。事こそあれ、あやしくも言ひつるかな、と思す。（「東屋」巻）

右に記述されてゐることは次のやうなことである。

薫が早速に、都の上流の人たちと交はっても恥づかしくないやうな文雅の教養を浮舟に「つきなからず教へなさばや」と思ひ、その一端として、今の場に相応しい『和漢朗詠集』の一節の「楚王の台の…」を口ずさんだ。ところが、「弓をのみ引く辺り」の東国で育った浮舟や侍従は「ひとへに賞で聞ゆる」だけで、その場に相応しい応答が出来なかったので、その対応ぶりを薫は「おくれたるなめるかし」と思ったのであるが、だがそれと同時に、自分もまた「楚王の台の上の夜の琴の声」と口ずさんでしまったことは思慮に欠けてゐたことだったと気付いたといふことである。

恐らくこの『物語』の一節は、一流の教養人としての振舞の必要性を説きながら、その振舞が思慮を欠くものであってはならないことを読者に教へ示す深意があるのであらう。

ところがこの場面について例へば『全集』の頭注は、

粗野武辺の常陸介家で生い育った身には、詩句の意味は理解しがたいが、誦詠の美声がすばらしく感じられる。

とか、

浮舟も侍従も「楚王ガ…」の句の対である「班女ガ閨ノ中ノ…」の句を知らないので、ただ薫の朗誦を感にたえて聞いている。「班女ガ…」の句は、漢の成帝の愛妃の班婕妤《はんしょうよ》が趙飛燕のために寵を奪われ、その身を秋扇に比して怨んだという故事をふまえる。

と説いてゐる。しかし浮舟の母は一時的にせよ八宮の妻妾的立場にあった人であり、浮舟が都の貴公子に愛されるだけの資質や教養の持主として育てようとしたはずである。従って浮舟とて「楚王の台の上の夜の琴の声」の対の句が「班女の閨の中の秋の扇の色」であることくらゐは「知らない」はずはなく、楚王の琴と班女の扇の取り合はせが薫（琴）と浮舟（扇）のそれを巧みに譬喩してゐるその「意味」に気付いたから、「ひとへに賞で」たのである。

では浮舟が「扇の色も心おきつべき閨」の故事を知らないのを、「おくれたるなめるかし」と薫が思ったのはどういふことかと言へば、薫が口ずさんだ「楚王の台の上」といふ『和漢朗詠集』の詩句が、『文選』（巻二十七）の「怨歌行」といふ詩の、

新たに斉の紈素《がんそ》を裂けば　皎潔にして霜雪の如し
裁《た》ちて合歓の扇と為せば　団々として名月に似たり
君が懐袖に出入し　動揺して微風を発す
常に恐る秋節の至りて　涼風炎熱を奪ひ
篋笥《きょうし》の中に棄損せられ　恩情も中道に絶えんことを

をもとにして作られたことまでは浮舟が知らなかったことを指してゐるのである。つまり「心おきつべき閨」の故事といふのは、この『文選』の「怨歌行」に歌はれてゐる「合歓の扇」に関する漢の成帝や班女のことなのであって、もしも薫が口ずさんだ「楚王の台の上の夜の琴の声」が『文選』の「恩情も中道に絶えん」といふ詩句と関連してゐると浮舟が知ってゐたなら、薫には実意がないではないかとい

ふ皮肉の一つも言ったであらうのに、浮舟がそこまで言はなかったのは、むしろ幸ひに「おくれたるなめるかし」と胸を撫で下ろしてゐるのである。そして薫はそれと同時に「かやうのこともつきなからず教へなさばや」と思ふ余りの、勇み足を「あやしくも言ひつるかな」と反省してゐるのである。

この挿話は、薫が浮舟を教養のある女性に育てて行かうとする意図に関するものであるが、恐らく紫式部はこの話を挿入することによって文雅の教養の表出の仕方などについても読者に考へさせようとしてゐるのであらう。

## 匂宮はドン・ファンか

「浮舟」巻は、匂宮が浮舟との「かのほのかなりし夕べ」のことが忘れられない様子であることを中君は知りながら、浮舟のその後のことは宮には言はなかったことから始まり、一方の薫は宇治へは「かやすく通ふべき道」ではないので、京に浮舟を住まはせる邸を密かに用意させてはゐたが、中君への親愛の気持も薄らぐことはなく、匂宮と薫とはそれぞれに二人の女君に対する思ひが交錯してゐたことなどが記されてゐる。

ところが正月の贈り物が宇治の浮舟から中君に届いた時、その贈り物の中に浮舟からの手紙が入ってゐたのを匂宮に見られ、浮舟が宇治に住んでゐることが宮に知られてしまった。そこで匂宮は大内記《だいないき》といふ者の手引によってその浮舟の隠れ家に忍んで行き、夜になるのを待って薫を装って浮舟の寝所に入り、思ひのたけを涙ながらに訴へた。

夜が明けてお供の者が帰りを急き《せ》立てたが、匂宮は再度出掛けて来ることの難しさを思って「今日ばかりはかくてあらん」と滞在を決意した。この時の宮の決断が「何ごとも生ける限りのためこそあれ」

といふ覚悟のもとであったところに、「色好み」の人としての真骨頂がある。

一般に匂宮については、「ドン・ファン型」「刹那的、享楽的」「自己本位な恋愛」（岡一男『源氏物語事典』）といった言葉で評される場合が多いのであるが、かうした言葉が持つ軽薄な感じで匂宮の人柄を覆ってはいけないのである。匂宮は「少しも身の事を思ひ憚らむ人の、かかる歩きは思ひ立ちなむや」と言ひ切ってゐて、恋（好きごと）は人生の全てであるとは言はないまでも、一生を賭けるだけの価値のあるものとしての覚悟のもとに「色好み」の行動をしてゐるのである。ドン・ファンは「ヨーロッパの伝説上の人物で、次々と女性を征服しては捨てる色事師の典型」（『日本国語大辞典』）であり、匂宮がその程度の男と同じやうに解されてゐるのは誤解も甚だしいことである。

匂宮が滞在した翌日は、予《かね》て中将君が浮舟と石山寺に参詣しようと計画してゐた日なので、その迎への者どもが来たが、右近は上手に言ひ繕って追ひ返してしまった。その日の匂宮と浮舟との満ち足りた一日の様子が次のやうに記されてゐて、浮舟が匂宮によって嘗て経験したことのない幸福感に浸ってゐる様子が描かれてゐる。匂宮は単に「女性を征服しては捨てる」「自己本位」の「色事師」などではない。

　例は暮し難きのみ、霞める山際をながめわび給ふに、暮れ行くはわびしくのみ思しいらるる[2]人に惹《ひ》かれ奉りて、いとはかなう暮れぬ。紛るることなくのどけき春の日に、見れども見れども飽かず、そのことぞとおぼゆる隈なく、愛敬づき、なつかしくをかしげなり。（「浮舟」巻）

しかしその夜に宮の母の明石の中宮からの使が来て、中宮はもとより夕霧もまた「むつかり聞え給ふ」由を伝へたので、匂宮は「我にもあらで」二条院の邸に帰った。帰邸した匂宮に母宮からの呼び出しがあったものの、匂宮は仮病を使って自分の部屋に籠ってしまった。

匂宮が病気と聞いて見舞ひに駆けつけた薫と対面しながら、匂宮は心の中で「聖《ひじり》だつといひながら、こよなかりける山伏心かな。さばかりあはれなる人をさておきて、心のどかに月日を待ちわびさすらむよ」と思ってゐた。「あはれなる」浮舟を宇治に隠し置いたままで、彼女を「待ちわび」させてゐる薫を不可解に思ってゐるのである。そして次のやうに思った様子が記されてゐる。

例は、さしもあらぬことのついでにだに、我はまめ人ともてなし、名のり給ふをねたがり給ひて、よろづに宣ひ破るを、かかること見あらはしたるを、いかに宣はまし。

右の「宣ひ破る」は「言ひ破る」の敬語的表現であるが、用例の乏しい言葉で『源氏物語』には「言ひ破る」が「蜻蛉」巻に一例、「宣ひ破る」もこの一例があるだけである。この「言ひ破る」の意味を『岩波古語辞典』は、「(他人を)傷つけるように言う」ことであるとし、『角川古語大辞典』も、「中傷する」としてをり、諸書も「けちをおつけになる」(『全集』『集成』)などと訳出して、恰も匂宮が薫を露に非難するやうに解釈してゐる。しかしこの「言ひ破る」といふ古語は恐らく「心の中に思ってゐることを敢へて口に出して言ふ」といふ意味であって、古語辞典の解説は正しくないと思はれる。このことは次の第三節「蘇生した浮舟とその出家」で詳しく説明することにする。

このやうに、薫が「あはれなる人をさしおきて」宇治に出掛けることをしない間に、その目を盗むやうにして匂宮は浮舟を密かに訪ね、歌を交したりしてゐたが、薫がやうやく浮舟の住む山荘を訪れたのは半年後のことであった。その時の二人の様子が次のやうに記されてゐる。

大将殿、少しのどかになりぬるころ、例の、忍びておはしたり。寺に仏など拝み給ふ。御誦経せさせ給ふ僧に物賜ひなどして、夕つ方、ここには忍びたれど、これはわりなくもやつし給はず、烏帽子・直衣の姿いとあらまほしくきよげにて、歩み入り給ふより、恥づかしげに、用意殊なり。女、いかで見え奉らむとすらんと、そらさへ恥づかしく恐ろしきに、あながちなりし人の御ありさまうち思ひ出でらるるに、またこの人に見え奉らむを思ひやるなん、いみじう心憂き。

右には久し振りに会ふ二人のお互ひの気持の複雑さが実に濃やかに描かれてゐる。

## 「恥づかしげ」なのは誰か

ところが右の「恥づかしげ」について、諸書はこれが浮舟の薫に対する様子であると解釈して、

『全書』「気はづかしい程立派で」

『評釈』「こちら（浮舟）が恐れ入ってしまうほど」

などとしてゐる。

だが原文をよく読めば分るやうに、「恥づかしげ」な様子をしてゐるのは「歩み入り給ふ」薫のことであって、「女、いかで」以下に記述されてゐる「恥づかしく恐ろしきに」が浮舟の心中なのである。

つまり薫はあまりにも浮舟を長い間「さしおいた」ままにしてゐたことを申訳なささうに「恥づかしげ」にしてゐるのであって、薫が今、身形《みなり》を「いとあらまほしくきよげ」にしてゐるのも、「浮舟を大切にする気持は仇や疎かではない」といふ誠実さを示さうとする気持の現れなのである。その「用意」の格別な正装の薫に対して、いつぞやの夜の匂宮は「あやしきまでのやつれ姿」であったことを思ひ出しながら、浮舟の心は「いみじう心憂き」ものがあると記されてゐる。繰り返して説くやうに、「心憂し」は自分の心の治めやうのない複雑な苦悩を表す言葉なのである。すなはち、ここには薫と匂宮との間に挟まれた浮舟の苦渋や悩みの深さが描かれてゐるのである。

この薫の宇治訪問の十日ほど後に、宮中で「作文」の催しがあった。それはある題のもとに殿上人た

ちが漢詩を作り優劣を競ひ合ふものであるが、その会での匂宮の様子が次のやうに記されてゐる。

　二月の十日のほどに、内裏《うち》に文作らせ給ふとて、この宮も大将も参りあひ給へり。折に合ひたる物の調べどもに、宮の御声はいとめでたくて、「梅が枝」など唱ひ給ふ。何ごとも人よりはこよなう優り給へる御さまにて、すずろなること思しいらるる[3]のみなむ、罪深かりける。

この時の「宮の御文を、すぐれたり」と人々が褒めそやしたとも記されてゐるから、匂宮は「唱歌《しょうが》」のみならず、文藻においても秀でてゐたのである。ただ「すずろなること」に「思しいらるる」（夢中にならずにはゐられない）ことが欠点と言へば欠点だったと草子地は批評する。

## 「すずろなり」の語義は何か

この「すずろなること」といふ古語の意味を諸書は、「つまらぬ女色」（『新釈』）、「つまらぬ浮気」（『全書』）、「つまらぬ女のこと」（『全訳』『集成』）等々と軽蔑的な言葉で訳出してゐる。だが古語の「すずろなり」には「つまらぬ」といふ意味はない。

では「すずろなり」の語義は何であらうか。

『岩波古語辞典』によれば「すずろなり」の原義は、

　これという確かな根拠や原因も関係もない、とらえ所のない状態。人の気分や物事の事情にもいう。

であるとし、『角川古語大辞典』には、

　意識を離れて、また意識に反して事態が起るさま。

と説明されてゐる。もしもこれらの説明が正しいとすれば、諸書は、匂宮の「好きごと」に関する「とらえ所のない」「気分」や「事情」やそして「事態」を、本来の古語にはない意味を付加して、「つまらぬ」と決めつけてゐることになる。つまり「好きごと」を訳出者の価値観で以て軽蔑してしまってゐることになるのである。

更に言へば、右の古語辞典の説明さへも正しくないと思はれる。何故なら「明石」巻に

四月になりぬ。衣がへの御装束、御帳の帷子など、よしある様にし出づ。よろづに仕うまつり営むを、いとほしうすずろなりとおぼせど、人ざまの飽くまで思しあがりたる様のあてなるに、おぼしゆるして見給ふ。

とある例などは、『岩波古語辞典』や『角川古語大辞典』の説明する語義と適合しないからである。右の場面は源氏が須磨から明石に移り、明石入道の世話になるやうになって一箇月経った頃、衣替への時期がやって来たので、入道が源氏の装束を調達したのを「いとほしうすずろなり」と源氏が思ってゐるところであるから、この源氏の気持を「確かな根拠も原因も関係ない」といふ風《ふう》に解釈するのは当らない。然も明石入道が娘を何とか源氏と親しい関係にさせたいと願ってゐることは源氏には痛いほど分ってゐて、「いとほし」はその入道の親心を源氏が同情的に感じてゐる気持を表してゐるのであるから、それに繋がる「すずろなり」といふ言葉が「つまらない」とか「たわいない」といふ意味であるはずはないのである。またその入道が「よろづに仕うまつり営む」のが娘を愛するがための行為であることも源氏にはよく分ってゐるのであるから、「意識に反して事態が起るさま」（『角川古語大辞典』）といふのも当らない。

このやうに考へると、この「すずろなり」といふ古語の原義は、

ある事柄に対するのに、正式もしくは本格的でない対応をする状態のこと。

と説明するのが正しいと思はれる。明石入道の場合で言へば、入道が源氏の衣替の衣装を整へるのは本来の「正式な営み」ではない。また匂宮の場合で言へば、「作文」や「唱歌」などは宮廷人としての「正式な営み」であるのに対して、「好きごと」は「余事である」といふことなのであって、決してそれは「つまらない」ことでもなければ「たわいない」ことでもないのである。

## 匂宮の熱情と女房たちの思ひ

さて、「作文」の会の途中に「雪にはかに降り乱れ」、風も烈しくなったので「御遊び」は中止となり、宮中の「御宿直所」に皆が集って食事などをしてゐた。その折、薫は星空のもとに雪が次第に積るのを眺めながら「衣かたしき今宵もや」と口ずさんだ。それを耳にした匂宮は、寝てゐるやうな素振りをしながら心が騒いだ。「衣かたしき」といふ歌は

さ筵に衣かた敷き今宵もや我を待つらむ宇治の橋姫

といふ『古今集』（巻四）の歌の一節であるから、宇治の浮舟が孤独に夜を過ごしてゐることを薫が思ひやってゐる気持が露《あらわ》なのである。

薫の気持を知った匂宮は居ても立ってもをられず、翌日に深い雪道を踏み分けて宇治に出掛けて一夜を過ごし、明け方に浮舟を対岸の隠れ家に舟で連れ出した。そして宮は「人目も絶え」た隠れ家で「心安く語らひ暮らし」、歌を詠み交ししたりしながら「遊び戯れつつ暮らし」た後、夜遅く山荘に帰った。舟の乗り降りの際には匂宮が浮舟を抱き抱へ、「大将殿（薫）はこんなにまではされないだらう」と言ふと、浮舟は「らうたげ」に「うなづいて」ゐた。

このやうな匂宮の熱烈な求愛に浮舟の心が次第に薫から宮に移って行く様子は、浮舟に親しく仕へて

ゐる侍従と右近の二人にも察せられ、とりわけ侍従は自らも匂宮の「うち乱れ給へる」愛敬にすっかり女心を奪はれてゐて、出来れば宮の母の明石中宮のお邸に女房として仕へ、匂宮を「常に見奉りてむ」とまで右近に言ふほどであった。それに対して右近は、匂宮の情熱は認めるとしても「殿の御ありさまにまさり給ふ人は誰かあらむ」と言ひ、薫の「御心ばへ、けはひ」に敵ふ人はゐないと褒め、そして「なほこの御ことはいと見苦しきわざかな」と言った。この右近が言った「この御こと」を、諸書の多くは「匂宮と浮舟との密通」だと解釈し、「見苦しきわざ」を「よくないこと」「いけないこと」としてゐる。だが、これらの解釈は誤読である。

抑々、お付きの女房が主人である浮舟を非難する言葉を同僚の前で口にするといふことは考へられない。その上で、侍従は匂宮の様子を「いみじかりけり」と言って賞賛してゐるくらゐであるから、二人の間で「この御こと」と語られてゐるのは「匂宮との密通」のことではなく、浮舟が薫と匂宮の二人から求愛されてゐて、然も二人とも京に引き取らうとしてゐるために浮舟が「思ひ乱るる」ことを指してゐると解釈しなければならない。その浮舟が思ひ悩む様子が「見苦しきわざ」なのである。古語の「見苦し」は「見・苦《くる》し」であって、「見てゐて、辛い」の意味なのであり、口語の「見苦《ぐる》しい」と同じ「恥ずかしい」状態の意味ではない。このことは北山谿太氏の『源氏物語辞典』がその語義を「見ること苦痛なり」「見るに忍びず」とし、また『角川古語大辞典』も「見苦し」の説明の一項目に、

見ていて、心理的に苦しく感じるさま。見ているのに堪えられないさま。

を挙げてゐることでも明らかである。つまり右近は、二人の男性から求愛されて「思ひ乱るる」浮舟を見てゐてつらいと感じてゐるのである。

ここに二人の女房がそれぞれ匂宮と薫とに肩入れをして話し合ってゐる場面を挿入した紫式部の手法

は感心せざるを得ない。すなはち二人のその異論の対立と並行は、そのまま薫と匂宮の間で揺れ動く浮舟の心の悩みを描いてゐるのである。

## 「ねたし」は「いまいましい」ことか

やがて浮舟が匂宮と密かに会ってゐることを聞き知った薫は流石に立腹をし、警護の者を配して余人が近づくことを厳禁することにした。

この結果、浮舟から匂宮への連絡が途絶えてしまったことを不審に思った宮の心境が次のやうに記されてゐる。

宮、かくのみなほ承《う》け引くけしきもなくて、返りごとさへ絶え絶えになるは、かの人の、あるべきさまに言ひしたためて、心やすかるべき方に思ひ定まりぬるなめり、ことわり、と思すものから、いと口惜しくねたく、さりとも我をばあはれと思ひたりしものを、あひ見ぬ途絶えに、人々の言ひ知らする方に寄るならむかし、などながめ給ふ。(「浮舟」巻)

浮舟が「あひ見ぬ途絶え」の間に、薫や女房たちの説得によって「心やすかるべき」薫の方に気持を傾けてしまったのであらうと匂宮は察し、「いと口惜しくねたく」思ったのである。この句の諸書の解釈は、『新釈』が「甚だ残念でいまいましく」として以来、

『集成』「とても残念でいまいましく」

『全集』「まったく残念だしいまいましい」

などとしてゐるが、この解釈では匂宮は薫の処置に対して腹立ちを感じてゐることになる。サイデンステッカー氏の『ザ・テイル・オブ・ゲンジ』がこの箇所を、

Yet he boiled with resentment and jealousy.

と英訳し、匂宮は「怒りと嫉妬で煮えくり返った」といふ解釈になってゐるのなども、かうした解釈に従ってゐるのであらうが、匂宮の心情はこのやうな怒りや嫉妬ではない。

抑々、学者諸氏は「口惜し」といふ古語を「残念だ」と口語訳するのを常としてゐるが、この「口惜し」は「朽ち・惜し」であると考へるべき言葉であり、単に「残念だ」といふのではなく、ある物が有してゐた価値や意味が中途で失はれることを惜しむ気持が「朽ち惜し」であるに違ひないのである。つまり、折角浮舟が「我をばあはれと思」ふやうになって来てゐたのに、その関係が朽ちてしまふことを「惜し」と思ってゐるのが「くち惜し」なのであり、そのことを匂宮は「ねたく」思ってゐるのである。

ところがこの「ねたし」といふ古語を諸書は「いまいましい」と解釈してゐるがこれもよくない。この「ねたし」は口語には残らずに消えてしまった言葉であるから、恐らく微妙な感情を表す言葉であったであらう。このことは、『枕草子』の「ねたきもの」といふ段によっても知られ、古くは「ねたし」には悔やむやうな意味合ひが含まれてゐたやうに思はれるのである。

『枕草子』の「ねたきもの」の段は次のやうな文章である。

ねたきもの。人のもとにこれより遣るも、人の返りのことも、書きて遣りつる後、文字一つ二つ思ひ直したる。とみの物縫ふにかしこう縫ひつと思ふに、針を引き抜きつれば、はやく尻を結ばざりけり。また、かへざまに縫ひたるも、ねたし。

右の『枕草子』の文例で見る限り、『岩波古語辞典』が「つい不注意で失敗した場合などに感じる」「気持」と説明してゐるのが「ねたし」の原義であると考へられる。従って、匂宮が「くち惜しくねたく」思ってゐるのは「不注意で失敗した」と悔やんでゐると解釈するのが正しいであらう。それを、匂宮が薫や浮舟のことを「いまいましい」と思ってゐると解釈するのでは、匂宮の人間性を低め歪めることになってしまふのである。

恋こそが実存であるといふ信念の匂宮は、薫が厳戒態勢を敷いてゐるといふことを承知の上で、敢へて馬を駆って宇治へ向った。道中に「犬どもの出て来てののしる」のを恐れながら宇治に着いたものの、やはり浮舟に会ふことは叶はず、匂宮は空しく帰らざるを得なかった。

浮舟は、匂宮が追ひ返されるやうにして立ち去った様子を聞き知るにつけても、「一言をだに聞えずなりにし」ことを「いみじと思ふ」一方で、「心のどかなるさまにて」「行く末遠かるべきことを宣ひわたる」薫のことを思ふと、身が裂かれるやうな思ひになって、到頭入水を覚悟するに至ったのであった。

(1) 更に用例を示せば、「若菜下」巻で柏木が「大殿籠りにける」女三宮の部屋に闖入し、柏木が「あやしく、聞きも知らぬことども」を言ふのを聞きながら、宮が「あさましく、むくつけく」なったと記されてをり、また柏木も宮を密かに恋ひ慕って来たその心中を、

年月に添へて、口惜しくも、つらくも、むくつけくも、あはれにも、いろいろに深う思う給へまさるに、せきかねて、かくおほけなき様を御覧ぜられぬるも云々

と訴へる場面がある。この二つの「むくつけし」も諸書は前者を「気味がわるい」とし、後者を「(源氏が)恐ろしい」と解釈してゐるが、この二つの例も「予見が出来ない」不安な気持を表してゐると読むのが適切である。その点「おそろし」に類似するが、「おそろし」が時間的に遠く先までの危惧を意識してゐるのに対して「むくつけし」は目前のことについていふ言葉であると考へられる。

(2) 第一節「薫と宇治の姉妹」において論証したやうに「思しいらるる」を「焦らるる」と表記するのは間違ひであるが、ここの「いらるる」を『全書』『評釈』『全集』『集成』は「焦らるる」と誤記し、『新日』は表記は

「おぼしいらるる」としながらも口語訳は「いらだって」としてをり、「焦らるる」として読んでゐることが明らかである。

(3)　この「思しいらるる」をも『全書』『全集』『集成』は「焦らるる」とし、『評釈』は「思しいらるる」としながらも「いらいらして」と口語訳し、『新日』は「おぼしいらるる」と表記して口語訳は「焦慮される」としてゐる。『湖月抄』が「入」と傍注してゐるのにも関はらず、いつ頃から「いらいらする」（焦・苛）の漢字を当て始めたのかについて少し調べて見ると、金子元臣氏の『新解』がここの「いらるる」を「苛らるる」としてゐるのが早いことを見出した。

## 三　蘇生した浮舟とその出家

### 「真木柱」とは誰のことか

「浮舟」巻の最後の場面は、浮舟が自分の死後に取り残される乳母や右近などのことを思ひやりながら「萎《な》えたる衣を顔に押し当てて、臥した」ことで終り、「蜻蛉」巻の冒頭は浮舟の姿が見えなくなったことに皆が慌て騒いでゐる様子に始まる。現代の小説であれば、浮舟が寂しい夜道を宇治川に向ふ苦悩に満ちた心理と道中を克明に描くところであらうが、さうしたことを全く書かないところに、紫式部の省筆の妙がある。

乳母や右近は浮舟が死去したことにして、亡骸《なきがら》のないままに葬儀を執り行った。知らせを聞いた薫は母（女三宮）の病気平癒祈願のために石山寺に参籠中であったから、取り敢へず使の者を遣はし、自邸に帰った後は「行ひをのみし給ふ」のであった。一方の匂宮は涙も尽きるほど嘆き、「物もおぼえ給はず、現し心もなきさま」で、「病の重きさま」になってしまった。その匂宮の様子を聞いた薫は、宮が殊の外浮舟の死を悲しんでゐるためだと察した。そして今までのやうに浮舟との関係が匂宮との間で恋の鞘当てを続けてゐたら「わがためにをこなる事も出で来なまし」とも思ひ、「（浮舟を）焦がるる胸も少し冷むる心地」がした。

それでも薫は「参らざらんもひがみたるべし」と思って、病床に臥してゐる宮の見舞に出掛けた。御簾の中で対面した匂宮は、薫に浮舟の俤《おもかげ》を重ねて涙が流れ出た。宮はその涙を病人の「女々しく心弱き」がためであるかのやうに振舞ったけれども、薫はその涙は浮舟のことを思ってのことだと察しをつけ、薫の心は匂宮とは対照的に冷静そのものであった。その落着いた薫の様子を見てゐる匂宮の心中が次のやうに記されてゐる。

「こよなくもおろかなるかな。ものの切におぼゆる時は、いとかからぬことにつけてだに、空飛ぶ鳥の鳴きわたるにも、もよほされてこそ悲しけれ。我がかくすずろに心弱きにつけても、もし心を得たらむに、さ言ふばかり、もののあはれを知らぬ人にもあらず。世の中の常なきことを、しみて思へる人しもつれなき」と、うらやましくも心にくくも思さるるものから、真木柱はあはれなり。これに向ひたらむさまも思しやるに、形見ぞかし、とうちまもり給ふ。（「蜻蛉」巻）

右の文中の「真木柱はあはれなり」の「真木柱」を、諸書は薫のことだと見なして次のやうに解釈してゐる。

『新釈』「浮舟の形見の薫を見ては感慨無量である」
『全書』「浮舟の縁者と思へば薫も懐かしい」
『大系』「浮舟の形見の薫をばなつかしく思うのである」

『全訳』「浮舟と縁の深い薫を見ていると、しみじみした気持がしてくる」

だがこれらの解釈は匂宮の心事を誤って理解してゐる。と言ふのも、これらは「真木柱」を薫のことだと誤読して、「あはれ」を「懐かしい」などと解釈してゐるのであるが、一体目の前の薫を匂宮が「懐かしい」と思ふ心理が今の匂宮にはたらく筈はない。

引用文の冒頭に匂宮が「こよなくもおろかなるかな」と思ったとあるのは、薫があまりにも悲しみを表に出さず平静である様子に驚いてゐることを示してゐる。そして薫がそのやうであり得るのは仏道に悟るところがあって、「世の中の常なきことを、しみて思へる人」であるからなのだらうと宮は思ってゐるのである。さうした薫の冷静さは「うらやましくも心にくくも」思はれる一方で、そのやうな薫と「向ひたらむ」「真木柱はあはれ」であった、と思ってゐるのである。

このやうに読んで来れば「真木柱」は「浮舟の形見の薫」のことではなくて、薫と相対してゐる時の浮舟のことと読まねばならない。

ところでこの「真木柱」といふ言葉は古語辞典の説明では「檜や杉の立派な柱」といふ意味であるが、この意味では今の場面には通じない。そこで『源氏物語』の巻名になってゐる「真木柱」によってその意味を考へてみると、髭黒大将の姫君が家を出て行く時に詠んだ、

今はとて宿離れむとも馴れ来つる真木の柱はわれを忘るな

といふ歌と、これに対して母の北の方が、

馴れきとは思ひいづとも何により立ち止まるべき真木の柱ぞ

と答へた歌によって巻名は「真木柱」と呼ばれてゐることと、そして姫君が「真木柱」と呼ばれることになったことがヒントになる。つまり『源氏物語』では「真木柱」は女性に関する表現として用ひられ

てをり、またその「真木の柱」は「馴れ来つる」ものであることなどを併せ考へれば、「真木柱」は「馴れ来つる浮舟」のこととして解するのが妥当なのである。

従ってこの場面は、匂宮は浮舟の死に遭遇しても冷静でゐる薫を見ながら、この薫と「向ひたらむ」「真木柱」（浮舟）のことを「あはれ」であったと同情的に追懐してゐるのだと解釈出来る。そして良きにつけても悪しきにつけても、薫は匂宮に浮舟を思ひ出させる「形見」であると思ってゐるのである。このやうに考へて来れば、「あはれ」の意味は「懐かしい」などではなくて、明らかに「愛惜の情」である。

## 「をこなり」は「馬鹿らしい」ことか

病の床に臥せった匂宮を見舞った薫が、帰宅して色々と思慮した場面が次のやうに記されてゐる。

「いみじくも思したりつるかな。いとはかなかりけれど、さすがに高き人の宿世なりけり。当時の帝后のさばかりかしづき奉り給ふ親王《みこ》、顔・容貌《かたち》よりはじめて、ただ今の世にたぐひおはせざめり。見給ふ人とても、なのめならず、様々につけて限りなき人をおきて、これに御心を尽くし、世の人立ち騒ぎて、修法、読経、祭、祓《はらへ》と、道々に騒ぐは、この人を思すゆかりの御心地のあやまりにこそはありけれ。我も、かばかりの身にて、時の帝の御むすめを持ち奉りながら、この人のらうたくおぼゆる方は劣りやはしつる。まして、今は、と覚ゆるには、心をのどめん方なくもあるかな。さるは、をこなり。かからじ」と思ひしのぶ。（「蜻蛉」巻）

右の薫の思ひの前半の内容は、匂宮の病気の原因は浮舟に「御心を尽くし」た結果であるのに、その病気の真相を知らない「世の人」が宮の病気治癒のために「修法、読経、祭、祓」などで騒いでゐるけれども、結局それは「この人（浮舟）を思すゆかりの御心地のあやまりにこそはありけれ」との感想が記されてゐるものである。

この薫の「この人を思すゆかりの御心地のあやまりにこそはありけれ」といふ思ひについて、諸書は「御心地のあやまり」の句を、「狂乱」（『新釈』）とか「悲しみの錯乱」（『評釈』）などと解釈してゐる。しかし、原文には匂宮が「精神錯乱」してゐる様子などは何一つ書かれてゐないのであるから、匂宮の「御心地のあやまり」は「心労の結果」とでも解するのが正しいであらう。

次に、薫が匂宮の病床を見舞っての感想は「さるは、をこなり。かからじ」の句の解釈も問題で、諸書は次のやうに訳出してゐる。

『新釈』「だがこんなにくよくよしてゐるのは馬鹿らしい。こんなに悲しむまい」

『集成』「とはいえ、それも愚かしい。もう嘆くまい」

『新日』「しかし、こんなことでは愚かしい、もうやめよう」

これらは「をこなり」の意味を「馬鹿らしい」「愚かしい」と解して、匂宮が浮舟を恋ひ慕ふ気持を薫が「馬鹿らしい」と思ってゐると解釈してゐるのである。

しかし「をこなり」といふ古語を「馬鹿げてゐる」などと読むことは誤りで、これは後述するやうに「他人の目から見て恰好よくない」といふやうな意味なのである。

確かに多くの古語辞典、例へば北山谿太氏の『源氏物語辞典』は、

愚かなるさま。たはけ。あはう。

などと説き、『古語大辞典』（小学館）も「愚かなさま。ばかげたさま」としてゐるから、かうした古語辞典の語釈に従って訳出するのは責められないかも知れない。しかし『物語』を正しく読み解かうとす

るなら、浮舟の死を悲しんでゐる匂宮を見て薫が「馬鹿げてゐる」と思ふ筈がないと判断するやうでなければばなるまい。

匂宮を見舞った薫は宮の傷心ぶりを見て「いみじくも思したりつるかな」と思ったのであるが、それは決して匂宮の執心振りを軽蔑してゐるのではなく、浮舟を恋する情の激しさに感心してゐるのである。しかし薫はその上で「（浮舟を）らうたくおぼゆる」点においては宮に劣りはしない、と自負してゐるのである。つまり浮舟を恋ふ気持の上では決して匂宮に負けはしないと思ふものの、しかしその恋情の激しさのために宮のやうに病の床に臥し、周りの人が「修法、読経」に立ち騒ぐやうなことは「をこ」（人目に愚かしいと見られること）であるから、「かからじ」（匂宮のやうなことにはなるまい）と理性的に自制してゐるのである。

右のやうな誤読は学者諸氏が「もののあはれ」の情を解し得ないところに要因があるのであるが、同時に古語の真義を確認する作業を怠ってゐることにも原因がある。それは、「かからじ」を「もうやめよう」とか「もう嘆くまい」などと解釈してゐることにも見られる。しかし「かからじ」は「このやうではあるまい」といふ意味であるから、「匂宮のやうに恋情の切なさのために病の床に臥してしまふやうなことにはなるまい」と薫が自戒してゐるのがその正しい意味なのである。

この「をこなり。かからじ」といふ薫の自戒は、先に匂宮を見舞って話を交してゐる場面でも同じ感懐を抱いてゐたことが記されてゐる。すなはち病床の匂宮と「世の物語」に時を過ごしてゐるうちに、薫は浮舟のことを「籠めてしもあらじ」（秘密裡にしておくこともないだらう）と思ひ、「心やすくらうたし、と思ひ給へつる人の、いとはかなくて亡くなり侍りにける」と、初めて浮舟といふ女性と親しくしてゐたことを匂宮に告白したところ、薫は悲しみが込み上げて来て思はず涙を流してしまった。薫はそ

の時、

いとかうは見えたてまつらじ。をこなり。

と自戒したが、「（涙が）こぼれそめては、いと止め難し」であったと記述されてゐる。これは今の「をこなり。かからじ」といふ自戒と全く同じであって、浮舟の死を悲しむが余りに、傍目に見苦しい姿になることを戒めてゐるのである。つまり薫の自戒は品位を保つことを大切にする姿勢であって、「をこ」は単なる「馬鹿」や「愚かしい」ことを言ふのではなく、「傍目に見苦しいこと」を意味する言葉であると知らなければならないのである。

因みにサイデンステッカー氏がこの「をこなり」をどのやうに英訳してゐるかを見てみると

What utter folly!（何とまあ愚かなことよ）

と訳してゐる。日本の源氏学者の全てが誤読してゐる以上、止むを得ないとは言ふものの、紫式部が描いてゐる薫の人柄が歪んで海外に伝はってしまふことは『源氏物語』のために嘆かはしいことである。

### 「言ひやぶる」の意味は「中傷」か

浮舟の四十九日の法要を終へた後の薫と匂宮は、二人とも「あだなる御心」を慰めることを「やうやう」（様々に）試みてゐた中にあって、女一宮（明石中宮の姫）の女房で小宰相の君といふ女性に薫は心を惹かれたのであった。ところがその女房には匂宮も関心を寄せてゐた。その次第を『物語』は次のやうに記述してゐる。

大将殿の、からうじていと忍びて語らひ給ふ小宰相の君といふ人の、容貌《かたち》などもきよげに、心ばせある方と思されたり。同じ琴を掻き鳴らす、爪音・撥音も、人にはまさり、文を書き、ものうち言ひたるも、よしあるふしをなむ添へたりける。この宮も、年ごろ、いといたきものにし給ひて、例の、言ひやぶり給へど、などか、さしもめづらしげなくはあらむ、と心強くねたきさまなるを、まめ人は、すこし人より殊なり、と思すになんありける。かくもの思したるも見知りければ、忍びあまりて聞えたり。

あはれ知る心は人におくれねど数ならぬ身に消えつつぞふる

かへたらば、と、ゆゑある紙に書きたり。もののあはれなる夕暮、しめやかなるほどを、いとよく推しはかりて言ひたるも、にくからず。(「蜻蛉」巻)

右の文中の「言ひやぶり給へど」を学者諸氏は次のやうに解釈してゐる。

『新釈』「薫をわるくいって」

『全書』「薫の恋の邪魔をなさるが」

『大系』「薫と小宰相との仲を、(薫の心が浅いように悪く言うことによって)こわしなさるけれども」

『全集』「二人の仲に水をさすようなことをおっしゃるけれども」

『新日』「薫の悪口をおっしゃっ(て小宰相を我がものにしようとなさっ)たが」

すなはち諸書は皆な「言ひやぶる」を「悪口を言って薫と小宰相の仲を裂かうとする」といふ意味に解釈してをり、先に第二節の「浮舟」巻のところでも問題にしたやうな解釈をしてゐるのであるが(一七六ページ)、このやうに解釈するには大きな疑問が二つある。

先づ第一の疑問点は、諸書の解釈に従へば匂宮は品格の卑しい人物になってしまふといふ点である。確かに薫は宮にとって恋敵的な存在ではある。しかし薫は年齢は宮よりも若いとはいふものの叔父である。その叔父を「傷つけるように言う」(『岩波古語辞典』)といふことは到底考へられないことである。

とりわけ「例の、言ひやぶり給へど」とあるのであるから、匂宮は人の悪口を言ふことが「例」（いつものこと）であったことになるが、紫式部は匂宮をそのやうな程度の低い人物として描いてゐるはずはない。

第二の疑問点は、薫と小宰相の君とが親密な間柄にあった「仲を裂いて」（『全訳』）、「小宰相を我がものにしよう」（『新日』）と匂宮が考へてゐるやうに解釈してゐる点で、これもまた匂宮の品性を貶める解釈である。しかもこの誤った解釈は薫と小宰相との親密な仲を匂宮が知ってゐるといふ誤読の上に立ってゐる。

抑々原文には「からうじて」（つらい思ひをこらへて）「いと忍びて」とあるのであるから、二人の関係は恐らく女房仲間にさへも知られないやうな密かな関係であったのである。それは「語らふ」（「男女相契る」『岩波古語辞典』）といった極く親密な関係である以上、用心深い薫が匂宮に察知されるやうなことはあり得ないことであるから、秘密裡の「二人の仲」を匂宮が話題にするはずはない。勿論、小宰相が複数の殿上人たちと応接する場面で彼女の薫に対する好意の感情は自づと表れたであらうから、匂宮が「まめ人は、すこし人よりは殊なり」といふ感想を持ったとしてもそれは当然のことである。問題はその程度の小宰相の薫への控へ目の様子に嫉妬して、匂宮が薫の悪口を小宰相に向って言ふといふことはあり得ないといふことである。

このやうに考へて来ると、第二節で言及した「宣ひやぶる」の場合にも「例は」が併用されてゐたことが思ひ合はされる。すなはち「宣ひやぶる」といふ行為は匂宮の人柄による習慣的なことであるといふことである。そしてまたこの「言ひやぶる」が『源氏物語』以外には用例を見ることが出来ないといふことは、「言ひやぶる」が単語として一般的に用ひられる言葉ではなかったことを思はせる。その点

『大言海』が見出し語に「いひやぶる」を掲出してゐないのは一つの見識で、この場合の「言ひ」「やぶる」と二語として読む場合の「破る」の意味は、『日本国語大辞典』の、

それまで続いていた穏やかな状態を突然そこなう。

といふ説明が適合する。

つまりこの場面において記されてゐることは、匂宮はこれぞと思ふ女性にはその心のうちを「言ひやぶる」（敢へて口にする）のが常のことであるといふことと、しかし小宰相のやうな「心ばせある」者は匂宮が甘い言葉を言ひ掛けて来ても、それは「例の」ことで「めづらしげなし」と聞き過ごすといふことなのである。そしてその一方で、薫のやうに好意を抱きながらもそれを表に軽々しく現さないでゐる「まめ人」には、逆に小宰相の方から「あはれ知る心」を胸に包んでおくことが出来ずに、女性の方からその思ひを歌にして寄越すといふ経緯が記されてゐるのであって、読者はここに「もののあはれ」の妙味を読み味はははねばならないのである。

## 中将のプロポーズ

「手習」巻は半死半生の浮舟が発見されるところから始まる。

事の次第は横川の僧都といふ高僧の老母や妹たちが長谷寺に参詣しての帰途、急に老尼が「心地あしう」なったために、僧都の知り合ひの宇治院といふ所に宿ることになった。そこは普段は人が住んでゐないこともあって、「いといたく荒れて、恐ろしげなる所」であったので、同行してゐた僧に御祓の読経をさせ、「森かと見ゆる」「うとましげ」な屋敷の周囲を点検させた。すると木の下に「白き物のひろごりたる」が目に入ったので、「狐の変化したるか」と思って近寄って見ると、「髪は長く艶々として」

ゐる女が「大きなる木の根のいと荒々しきに寄りてゐて」、「いみじう」泣いてゐた。それが入水を図って果たせなかった浮舟であった。

かうして助け出された浮舟は、介抱されながら老尼の一行と共に比叡山の麓の小野に行ったが、尼たちが色々尋ねても「川に流してよ」と言ふばかりで何も話さうとはしなかったので、「つひには生くまじき人にや」と尼たちは思った。

この浮舟の容体に何の変化もないままに二箇月ほどが過ぎ、このままでは死んでしまふかも知れないと思った妹尼は、兄の僧都に手紙を出して山から下りてもらひ、浮舟の病状を癒すべき加持をしてもらったところ、今までは験の徴《しるし》のなかった物怪が退散し、「正身《さうじみ》の心地はさはやかに」なって、正気に返った。そして宇治川に身を投げた時のことを薄々思ひ出しもしたが、その記憶も夢の中にゐるやうなことであった。

小野の草庵の主の老尼は「あてなる人」であり、娘の尼君も嘗ては「上達部の北の方」であったが夫と死に別れ、一人娘を「よき公達を婿にして」暮らしてゐたものの、その娘も亡くなってしまったので、「かたちをも変へ、かかる山里に住み始めた」のであった。

さうした人たちの世話になりながら、浮舟の気持が次第に落ち着いて行く様子が原文には実に巧みに表現されてゐる。すなはち浮舟自身の心情については何の説明もしないで、「昔の山里（宇治のこと）よりは水の音もなごやかなり」に始まって、「前栽などもをかしく」「空のけしきもあはれ」で「引板を鳴らす音もをかしく」と周囲の景色を「も」を重ねて描写し、浮舟が小野での生活に次第に慣れてゆく様子が描かれてゐる。さうした田舎びた景色を見ながら浮舟は「東国路《あづまぢ》のことなども」思ひ出し、次第に「恋しき人」も思ひ出すのであったが、それは母親と乳母に限られてゐて、その他にはわづかに乳母子の右近ばかりで、それ以外の「こと人々はさしも思ひ出でられ」なかった。恐らく薫や匂宮などのことは無意識のうちに思ひ出したくもなかったのであらう。

小野での浮舟の生活が少し落ち着いてきた頃、「尼君の昔の婿の君」で「今は中将にてものしたまひける」者が山荘を訪れた。中将は嘗ての婿であったから、尼が親しく招き入れて対面したところ、中将は部屋に入って来る途中に「なべての様にはあるまじかりつる人の、うち乱れ髪」の若い女性を簾の隙からチラと見掛けたことを話し、尼姿の人が住んでゐるこの僧庵にこのやうな人のゐることを不審に思った。

浮舟のことが気に掛かる中将は、鷹狩のついでにまたも僧庵を訪れ、その意中を尼君に訴へた。尼君も中将の気持に同情して浮舟に挨拶を交すやうに勧めたが、浮舟は「つれなくて臥し」たままであった。その日は中将は寛いだ一日を過ごし、老尼も加はって琴や笛の合奏をしたり、歌を詠み交したりしたものの、浮舟の心は動かず、中将はこの日も空しく帰って行った。

次に中将がやって来たのは尼君たちが長谷寺に詣でて留守の時であった。中将は尼たちが初瀬に出掛けて人少なであることを承知の上で来たのである。中将が、

山里の秋の夜深きあはれをももの思ふ人は思ひこそ知れ

と詠み、「おのづから御心も通ひぬべきを」と言ひ掛けたのをも、浮舟は黙殺しようとしたが、留守番の少将の尼は「是非貴方がご挨拶を」と言って責めたので、浮舟は止むなく、

憂きものと思ひも知らで過ぐす身をもの思ふ人と人は知りけり

と「言ふともなき」ままに、口にした。少将の尼がそれを中将に伝へたところ、中将はいよいよ話を交すやうに責めるので、浮舟は老尼の部屋に入ってしまひ、さすがの中将も仕方なく帰って行った。

## 「むつかし」の意味

中将の執拗なプロポーズに困惑した浮舟は急場を凌ぐために老尼の部屋に隠れ込み、そのままその部屋で一夜を明かした。

その夜、「まどろまれぬままに」昔からのことを思ひ起してゐるうちに、匂宮のことを「あはれ」とも「をかし」とも思った当時の自分の気持の不思議さを振り返った。そして薫については「薄きながらものどやかにものし給ひし人」だったと回想し、自分がこのやうな過ごし方をしてゐると聞きつけられた時のことを思ふと、その「恥づかしさ」は人一倍のものがあると思ふ一方で、薫の「御さま」を「いつかは見んずる」といふ気持もないではなかったものの、浮舟は「かくだに思はじ」とその気持を自ら打ち消さうとつとめた。浮舟に少しづつ通常の生活人としての感情や意識が回復して来たのである。

鶏の鳴く声が聞こえて、漸く朝になったことをうれしく思った浮舟が、なほも臥したままでゐた時の様子が次のやうに記されてゐる。

いびきの人はいととく起きて、粥などむつかしきことどもをもてはやして、「お前にもとくきこしめせ」など寄りて来て言へど、まかなひもいと心づきなく、うたて見知らぬ心地して、「悩ましくなど」と、ことなしび給ふを、強ひて言ふもいとこちなし。（「手習」巻）

ここで、右の「粥などむつかしきことどもをもてはやして」を諸書は次のやうに解釈してゐる。

『大系』「粥などの、むさくるしい食事などをうまそうに取立てて褒め」
『全訳』「粥だとか何だとか、見るのも嫌な朝御飯をおいしそうにぱくつきながら」
『新日』「不快な食事をいろいろもてなして」

これらの解釈によれば、浮舟は老尼たちの朝の食事の様子を軽蔑や嫌悪の目で見てゐることになる。だがこの場面で尼たちが早朝に起きて食事の用意をしてゐるのは仏に供へるためのものであって、自分たちのためではない。従って浮舟がそれを「むさくるしい食事」だとか「見るのも嫌な朝御飯」だと見なすはずはないと思はなければなるまい。つまりこの場面において「むつかし」の意味を「やっかい」「不快」「むさくるしい」と解釈するのは不適切なのである。

尤も『岩波古語辞典』は「むつかし」の意味を、

① 不機嫌である。
② うっとうしい。
③ 見苦しい。
④ 気味がわるい。
⑤ うるさくて応対が面倒だ。厄介だ。
⑥ 重態である。
⑦ 困難である

としてゐるのであるが、『岩波古語辞典』のこの「むつかし」の説明が不十分なのである。それは『日葡辞書』(一六〇三年成立)が「ムツカシイ」の語義として、

煩わしい、嫌になる(こと)、骨の折れる(こと)、または厄介な(こと)

などとしてゐて、諸々の古語辞典が記載してゐない「骨の折れること」といふ意味があることを記述してゐることで証することが出来る。

この「むつかし」に「骨の折れること」といふ意味があるといふことを念頭に置いてその用例を探せ

ば、例へば、

公事のいとしげく、むつかしくのみ侍るに、かかづらひてなむ。(「手習」巻)

などはその恰好の用例である。

つまり早朝に老尼が「粥などむつかしきことども」に忙しくしてゐるのは、仏に供へるお膳に手間ひまをかけてゐることを表してゐるのであり、また「もてはやす」のは何も自分たちが「ご馳走のようにして」「おいしそうにぱくつきながら」「うまそうに」してゐるのではない。「もてはやす」は「大切に重んじて待遇する」の意味であると『岩波古語辞典』には説明されてゐる。尼たちは仏に供へる大切な御膳をあれこれ調理して整へてゐるのである。

## 「おそろし」は「恐ろしい」ではない

この場面に続く次のやうな情景にも粗雑な解釈の例が見られる。それは横川の僧都が、宮中での御修法を執り行った序《ついで》に僧庵に立ち寄った際に、浮舟が「忌むこと侍らん」(出家したい)と老尼に願ひ出て、その心の準備をしてゐた場面の左の記述である。

暮れ方に、僧都ものし給へり。南面払ひしつらひて、まろなる頭つきども、行きちがひ騒ぎたるも、例に変りていとおそろしき心地す。(「手習」巻)

右の文末の「いとおそろしき心地す」は次のやうに訳出されてゐる。

『評釈』「ふだんとちがって、とても恐ろしい気がする」

『全集』「いつもと変わってほんとに恐ろしい心地がする」

すなはち古語の「おそろし」を口語の「恐ろしい」と同じ意味に解釈してゐるのである。そしてその

浮舟の心情ついて、『評釈』は「坊主頭の姿を家の中で見たことがないからである」と説明をし、『全集』に至っては、

今日の弟子僧たちは、僧都側近の学僧とみえて、朝廷の晴れの修法に備えて剃りたての頭をむき出しにして部屋に上がりこんでいるのであろう。それを間近に見ると浮舟の気持ちは萎縮する。

などと解説をしてゐる。

だが古語の「おそろし」は口語の「恐ろしい」とは違ふ意味もあるのである。確かに『岩波古語辞典』が「おそろし」の意味を、

自分の身に危害が及びそうで、または無気味で、ぞっとする。

と説いてゐる。だが、これは古語の「おそろし」の意味を充分に検討し検証した上での正しい語義では必ずしもない。

既に述べたやうに、口語には古語が本来持ってゐた意味の中の上澄みの部分を失って、滓《かす》のやうに淀んで薄汚い感情がこびり付いたやうな言葉になったものが少なくない。その観点からすると、古語の「おそろし」の本来の意味は「予見出来ない未来に対する危惧の感情」を表現するものであったと思はれるのである。右の『岩波古語辞典』の説明などは未来に対する危惧の最も強い感情（恐怖）を指すものだと言へる。勿論それも「おそろし」が意味する内容の一部ではあるが、本来は「恐怖」に限定されてゐなかったのではないかと思はれる。その何よりの証拠は「おそる」「おそろし」の類語から派生した「おそらくは」（おそるらくは）には恐怖の意味が希薄であることを以てしても理解できるであらう。

かうした本来の「おそろし」の意味をよく表した用例が「桐壺」巻にある。それは幼い光源氏が余りに聡明なために、父の桐壺帝が、

世に知らずさとく賢くおはしましければ、おそろしきまで御覧ず。
と思はれたといふ用例を見るだけで明らかである。ここでも諸書はこの「おそろし」も「恐ろしい」と訳出してゐるが（『大系』『全釈』『評釈』『全集』『全訳』）、この「おそろし」もやはり「予見出来ない未来に対する危惧の感情」と解するのが適切であらう。なほ帝が何ゆゑに「危惧」を感じられたかについては『岷江入楚』（中院通勝著　一五九八年成立）が、

何も、あまりすぐれたる人は、世に長からぬ人などあり。帝の心なり。

と説いてゐるのが妥当であらう。

このやうに古語の「おそろし」の意味は、「予測し得ない未来に対する不安感」を基本とするのである。その中には想像を超えた幸運も含まれれば不運や恐怖も予想されるであらうが、いま浮舟が「おそろし」と感じてゐるのは、それなりの決意のもとに美しい髪を切って僧尼の世界に身を置かうとしてゐるに当って、見慣れた日常的な風景とは異なった異様な丸坊主の僧侶が多数「行きちがひ騒ぎたる」様子を見て、出家後の生活に戸惑ひや不安を感じてゐるのである。

## 「げに思ひやる方なかりける」

浮舟が出家したいといふ念願がかなって尼の姿になった頃、中将が四度び小野を訪れて来て、嘗て浮舟の姿を垣間見てから「（浮舟を）忘れがたくて、かやうに参り来つる」と、その恋ひ慕ふ気持を妹尼に綿々と訴へ、

おほかたの世を背きける君なれど厭ふによせて身こそつらけれ

といふ歌を詠み、「はらからと思しなせ。はかなき世の物語なども聞こえて、慰めむ」などと伝へさせ

た。

浮舟は中将に「心深からむ御物語など、聞きわくべくもあらぬこそ口惜しけれ」とだけ答へて、中将の結婚の申し出についての返事はしなかった。『物語』にはその後の中将の様子については何も記されてゐないが、恐らく傷心のまま帰って行き、再び浮舟を訪れることはなかったであらうことが、次のやうな叙述によって知ることが出来る。

思ひよらずあさましきこともありし身なれば、いとうとまし。すべて朽木などのやうにて、人に見捨てられてやみなむ、ともてなし給ふ。されば、月ごろたゆみなくむすぼほれ、物をのみ思したりしも、この本意のことし給ひて後より、少し晴々しうなりて、尼君とはかなく戯れもしかはし、碁打ちなどしてぞ明かし暮らし給ふ。行ひもいとよくして、法華経はさらなり、こと法文なども、いと多く読み給ふ。雪深く降り積み、人目絶えたるころぞ、げに思ひやる方なかりける。（「手習」巻）

出家した後の浮舟が俗事に関することに念を絶って、予《かね》ての本意のままに「晴々しう」暮らしてゐる様子が伺はれる場面である。

ところが、ここで末尾の「思ひやる方なかりける」の部分は、概ね、

『全書』「気の晴らしやうもないのだった」

『全集』「気持の晴らしようがないのであった」

といふふうに解釈されてゐる。この解釈によれば、「雪深く降り積み、人目絶えたるころ」になると浮舟は「気の晴らしやうもなかった」といふことになるのであるが、これは逆で、浮舟は「物思ひはすっかりなくなってしまった」と解すべきだらう。

確かに「思ひやる」といふ言葉には、「気を晴らす。心を慰める」といふ意味があり、また「方《かた》」に

は「方法・手段」の意味があるといふことを諸々の古語辞典は説いてゐるのであるから、「思ひやる方なかりける」が「気を晴らす方法がなかった」といふ意味にはなり得る。だが同時に「思ひやる」には「他のものの上を思ふ」の意味もあり、(1)そして「方」には「人のもと・事」の意味もあるのであるから、「思ひやる方なかりける」を「他の人や事の上について思ふことがなかった」とする解釈も成り立つのである。そのどちらを良しとするかは前に記述されてゐる内容との関係に依る。

浮舟は念願の尼姿になって以来気持は「晴々しうなり」、尼君と「はかなく戯れ」たり、「碁打ちなどして」明かし暮らし、また法華経などを読むことに専念してゐるのであるから、「気の晴らしやうもない」とは反対の「余事に思ひ悩むことがなかった」といふ意味であることは明らかである。

事実『細流抄』はここには引歌があるのではないかとして、『古今集』の、

白雪の降りて積れる山里は住む人さへや思ひ消ゆらん

といふ歌を挙げてをり、『湖月抄』もこれを取り上げてゐる。つまり古注釈は「思ひやる方ぞなき」の意味を煩はしい「思ひ」が「消ゆらん」であると解釈してゐるのである。

## 薫からの手紙と浮舟の固辞

浮舟の一周忌を迎へた薫は、その法要を営み終へて、浮舟との間のことを改めて「はかなくもやみぬるかな」と感慨に耽ったことであったが、「雨など降りてしめやかなる夜」に明石中宮のもとに参上して「御物語など聞こえ給ふ」ことがあった。その時、話題が宇治のことに及んだので、浮舟が存命であることをご存じの中宮は薫にそのことを話さうとも思はれたが、匂宮との間のことを配慮し、「口入れにくき人の上」のことであると考へて話題にせずにしまはれた。

しかし薫の心情を思ふと黙ってしまふのも「心苦しうて」、中宮は女房の小宰相に「おほかたの物語のついでに、僧都の言ひしこと語れ」と命じられた。宇治に浮舟とおぼしき女性のゐることを横川の僧都が話してゐたのを小宰相も聞いてゐたのである。

薫は小宰相から聞いた話を更に確かめるために、「さるべきついでつくり出でて」中宮のもとに参上し、「いかでかさることは侍らん」と尋ねた。中宮は僧都の語ったことを話し、このことは自分と小宰相しか知らないことであって、匂宮は何も知らないといふことも付け加へられた。

「夢浮橋」巻は薫が早速に横川に僧都を訪問したことの記述から始まる。

薫は小野の僧庵のことを話題にし、僧都に「かの山里に、知るべき人の隠ろへて侍るやうに聞き侍りしを」と問うた。僧都は宇治院で浮舟が発見された時の事情から始めて、加持などをしたことや、一人娘を早く失った妹尼がこの「同じ年と見ゆるほどの、かく容貌《かたち》いとうるはしく、きよらなるを見出でたてまつりて、観音の賜へる」と喜んだことなどをも話した。

薫は浮舟が「なまわかんどほり」（皇族と遠い血縁にある者）であることや、「母なる人」が随分と恋ひ悲しんでゐるらしいことなどを僧都に語り、小野の僧庵に案内して頂きたいと申し出た。僧都は「まかり下りむこと、今日明日は障り侍る」と言ひ、後日ご案内しませうといふことで、薫は帰って行った。この時、僧都が浮舟の弟の小君が利発さうなのに目を留めたのを見て、薫が「先づこの子に浮舟への手紙を持たせては如何でせう」と持ち掛けたところ、僧都は早速手紙を書いて小君に与へた。

その帰途に小野の近くを通る時、薫は目立たないやうに前駆《さきがけ》の者を離れ離れにするなどの配慮をしたが、権大納言と右大将を兼ねた薫の立派な行列の「いと多くともしたる灯」は小野の僧庵から見え、尼たちが口々に「誰がおはするにかあらん」と言ひ、また「昼間、横川に届け物をした返事《かへりごと》に大将殿がおいでになるといふことでした」と言ふ者がゐたが、浮舟はただ「阿彌陀仏に思ひ紛らはして、いとど物も言はで」ゐた。

薫はこの帰途の際に小君を僧庵に行かせようとも思ったが、人目の多いことに憚って断念し、翌日「事々しからぬ二、三人送り」に加へて、「昔も常に遣はしし随身を添へ」て小君を行かせることにした。薫は「亡くなったと思はれてゐるお前の姉がそこに生きておいでになるから、行って尋ねて来なさい」と言ひ、「しかしこのことはまだお母さんにも黙ってゐなさい」と口止めした上で、小君を出掛けさせた。

一方の僧都は手紙を僧庵に送り、薫から浮舟についての事情を聞いたことなどを述べ、自分も「今日明日過ぐして候ふべし」と伝へた。驚いた尼君はその手紙を浮舟に見せたものの、依然として浮舟は過去のことは一切語らないため、尼君が困惑してゐるところに小君がやって来て、僧都からの手紙を差し出した。宛名が「入道の姫君の御方に」とあって浮舟宛であることが明らかであったため、その手紙を浮舟は読み、その内容に「まがふべくもあらず、書き明らめ」られてゐることを知り、使ひの小君が幼少の頃は悪戯《いたづら》っ子だったことや、母に連れられて宇治に来たことなどを思ひ出して、泣かずにはゐられなかった。

妹尼も小君が浮舟と似てゐるやうに見えるので「御はらからにこそおはすめれ。聞こえまほしく思すこともあらむ。内に入れ奉らん」と言って、小君を御簾の中に入れようとしたが、浮舟は「在りとは知られでやみなむとなん思ひ侍る」と言ひ、また「僧都の宣へる人」（薫のこと）などには、「さらに知られ奉らじとこそ思ひ侍れ」とも言った。

小君が妹尼に「また侍る御文、いかで奉らん」と、「伏目」ながらに薫からの手紙を預かってゐることを言ひ、そして「この御文を人づてならで奉れ」とのことであった由を言ふので、妹君は小君を几帳のもとに近寄らせて浮舟に「御文」を渡した。
薫からの手紙は「ありしながらの御手」で書かれ、「紙の香」なども以前と同様に「世づかぬまで染みた」もので、
法《のり》の師とたづぬる道をしるべにて思はぬ山にふみまどふかな
といふ歌などが「こまやかに」書かれてをり、浮舟はさすがに「うち泣きて」ひれ臥してしまった。妹尼は「いかが聞こえん」と返事を催促したが、浮舟は、
昔のこと思ひ出づれど、さらに覚ゆることもなく、あやしう、いかなりける夢にか、とのみ心も得ずなむ。少ししづまりてや、この御文なども見知らるることもあらむ。今日は、なほ持て参り給ひね。所たがへにもあらむに、いとかたはらいたかるべし。
と言って「顔も引き入れて」臥してしまったので、小君は「人知れずゆかしき御有様」を見ることも出来ず、「おぼつかなく、口惜しく」空しく帰って行かねばならなかった。
「たどたどしく」帰って来た小君から事の次第を聞いた薫の様子は、「すさまじく、なかなかなりと思すこと様々」であったと記して、『物語』は終ってゐる。
私は『源氏物語』のこの最終章を辿りながら、川端康成が「三島由紀夫の『豊饒の海』は昭和の『源氏物語』だ」と言った賛辞を思ひ出した。さう言へば『天人五衰』の最終章の場面の彩倉聡子の本多繁邦に対する応対も、薫の手紙に応対する浮舟の様子に通ふところがあるやうに思はれて来る。
勿論、それぞれの物語の趣意もストーリーも全く異なるのであるから、類似の場面や表現を採り上げ

てみても無意味のことかも知れない。だが三島があれほどの長編を書き上げたのは、『豊饒の海』にこの世の輪廻といふものを描き尽さうとしたからに他ならないのと同様に、紫式部が長大な『源氏物語』を企図したのも人の世の宿世を語り尽くさうと考へたからに違ひないのであるから、その執筆の動機の根底には相通じるものがあったのであらうと私は考へてゐる。川端康成の右の言葉もそのことを踏まへてのことに違ひないのである。

このやうに考へてみれば、本多が執拗に六十年前の出来事の話題を聡子に話し掛けても、聡子はそのやうな記憶はないと言ひ切った対応の仕方は、どこやら浮舟が薫の手紙を見ても「昔のこと思ひ出づれど、さらに覚ゆることもなく」と言ひ捨ててしまったのと似てゐなくもない。

あるいはもしかすると、紫式部さへもがこの世のことは「あやしう、いかなりける夢にか」といふ諦観を浮舟に言はせてゐるのかも知れないのである。

(1)　例へば次のやうな用例がある。

①「いかに思ふらむと、思ひやるも安からず」（「末摘花」巻）

②「女官たちのあまた残りとどまる行き先を思ひやるなむ、さらぬ別れにもほだしなりぬべかりける」（「若菜上」巻）

③「この人の見え奉らむを思ひやるなむ、いみじう心憂し」（「浮舟」巻）

# 第5章　『源氏物語』余説

## 一　儒者の『源氏物語』観

### 一般的な儒者の『源氏物語』評

儒者が『源氏物語』について述べたものと言へば、熊沢蕃山の『源氏外伝』と安藤為章の『紫家七論』を以て代表的なものとされてゐる。そして両書に対する論評としては、島津久基氏が『源氏物語新考』において「儒学に煩はらされてゐる点が甚だ」多いと述べ、

> 蕃山と為章（年山）とは観点と論法は異なるが、又一致する所もあり、いづれも文学を文学として、そしてまともに素直に観るものではないことになり、文学を道徳風俗の教科書にしてしまったり、或は作者から無理に人間味を希薄なものにしてしまひ、（源氏を）偶像視した

と評してゐるのが国文学者の代表的なものである。同様に岡一男氏の『源氏物語事典』にも、蕃山の『源氏外伝』は「斉家治国の政道に役立てたという功利的見解」を述べたもので、為章の『紫家七論』は「蕃山より一層儒学的見解にとらわれ」たものであるとされてゐる。

確かに儒者の中にはそのやうな「儒学的見解」に囚はれた者はある。例へば冢田大峰(1)はその一人で、大峰は次のやうなことを言ってゐる。

紫娘ノ源氏物語、素ノ文筆ノオハ即チ愛スベキナリ。惜シイカナ、此ノ文才ヲ以テ苟《いやしく》モ婦女ノ為ニ訓戒ヲ貽《おく》ラズシテ、専ラ好色ノ辞ヲ作リ、以テ姦淫ノ媒《なかだち》ト為ス。(『随意録』原漢文)

大峰が『源氏物語』に「烈婦貞女」が書かれてゐないことを以て非難をし、その「好色ノ辞」が「姦淫ノ媒」となることを非難するのは、正に儒者の『源氏物語』観の見本のやうなものであるが、同様の『源氏物語』観は室鳩巣の『駿台雑話』にも次のやうに述べられてゐる。

伊勢・源氏物がたりなどは、年弱なる男女には、禁じて見すまじき物なり。淫乱を導く媒《なかだち》ともなりぬべし。しかるに、薦紳家に、源氏物語を我国の宝といへるは、いかなる故とも知らず。定めて倭語の妙を得たるに心酔しての事にやあらむ。(中略)伊勢・源氏は、言はば長恨歌・西廂記などの品にて、其の冗長にして醜悪なる物ぞかし。然るを、聖人教を垂るるの書に比して言ふは、誠に氷炭薫蕕《くんゆう》を等しうするなるべし。

鳩巣は八代将軍徳川吉宗の侍講となった儒者であり、『駿台雑話』は江戸時代に広く読まれた教訓的随筆であるから、このやうな『源氏物語』観が儒者の一般的な考へであるとされるのも無理からぬことではある。だが等しく儒者とは言ふものの、熊沢蕃山の『源氏外伝』は実に優れた『源氏物語』論を述べたものであって、その所論は大峰や鳩巣とは選を殊にするのである。

## 国文学者の偏見

ところが池田亀鑑編『源氏物語事典』においても、蕃山の『源氏外伝』の「価値」について、見解が主観的で、あまりに儒教道徳に偏している。と酷評されてをり、また安藤為章の『紫家七論』についても「儒教的臭味がまだ残っている」と批判されてゐる。だがこの両書のどこが「儒教道徳に偏して」をり、「儒教的臭味」に堕してゐるといふのか、国文学者によるその具体的な指摘はない。

『源氏外伝』から多くの有益な教へを受けた者として、私はかうした酷評の酷評たる所以を明らかにしておくために、以下に『源氏外伝』の有益な所論の幾つかを紹介しておかうと思ふ。引用するに当って、読み易くするために適当に漢字や送り仮名を書き入れたことをお断りする。

蕃山は先づ「源氏物語は表には好色のことを書けども、実は好色のことに非ず」と述べておいてから、「此の物語に於いて第一に心をつくべきは、上代の美風なり。礼の正しくしてゆるやかに、楽の和して優なる体、男女共に上臈しく、常に雅楽を翫《もてあそ》びていやしからぬ心用ひなり」と言ってゐる。事実、和田英松博士『南朝三代の源氏物語の御研究』（岩波講座「日本文学」）などに見られるやうに、幾多の帝が『源氏物語』の研究にご熱心であったといふことは、それが「好色のことには非ず」して「上代の美風」を描いたものであったからである。『物語』の中の宮廷人たちが、月に寄せ花に寄せて管弦の遊びを度々催してゐる情趣を、単なる『物語』の背景の行事としてのみ読み過ごしてはならないことを蕃山は説いてゐるのである。

つづいて蕃山は、

次には、書中人情を言へること詳かなり。人情を知らざれば五倫の和を失ふこと多し。是れに戻《もと》りては国治まらず、家斉《ととの》はらず。此の故に毛詩にも淫風を残せるは、善悪共に人情に達せんが為なり。

と言ひ、『源氏物語』は「人情を得たるところ尤も妙なり」と賞賛してゐる。ただしその「人情」（本居宣長の言ふ「もののあはれ」）が表現されてゐる歌や詞、特に歌は「其の詞幽玄にして、其の境に到らずしては知り難」い上に、「歌を詠むこと、昔の人は今の人の文を書くが如く、其の心の思ふところをすぐに言ひ述べしを、人の心言葉、次第に俗に近くなり行き、歌と二つに成りて、歌道といふもの出で来て、むづかしくなりぬ」と蕃山は論じてゐる。そして更につづけて、

かくて成りもて行けば、古人の詞の風流も、行くゆくは知り難く、愈々俗に流れ行くべきなれば、此の書中に於いて、文章の妙なると、古き言葉の聞き知り難き所を撰びて心を付くべし。

と言って注意を促してゐる。

だがこのやうな蕃山の忠告にも関はらず、現代の学者がその「俗に流れ」てしまった口語の感覚で以て「古人の詞の風流」を間違って解釈してゐる幾多の例は、本書の中で既に指摘して来た如くである。一体この蕃山の論説のどこが「主観的」で「儒教道徳に偏している」と言ふのであらうか。

## 蕃山の音楽論と物怪論

蕃山の『源氏外伝』が類書の中で一段と優れてゐるのは音楽論である。自ら笛や琵琶の名手であった蕃山はかういふことを説いてゐる。

楽は、遊びの正しく美なるものなり。故に此の正しき道のこもれる遊びによる時はおのづから人柄上臈しく、風俗気高く、美しくなるものなり。然れども、楽の道にうとき人は面白からず。少し其の心を得れば、又なく淡く面白きものなり。淡くして飽く事なきは、至れるわざなり。古語にも、君子の交りは淡くして水のごとしと云へり。音楽は、君子の楽しむ心のゆく術なれば、少し心あら

ん人の知らで叶はぬわざなり。此の故に、昔は筑紫の果て陸奥の末までも、少し心ある人は男女となく楽をもて遊びたり。まして公家などには知らざる人もなかりしを、近き世となりて上臈の遊びも俗に流れて、あらぬ業をし、音楽の事などは勤め知る人もまれになり行き、それぞれに家を立て、やうやう勤むるばかりになりたるなり。

蕃山はこのやうに音楽の道が如何に大切なものであるかを説き、そしてその重んずべき音楽が「知る人稀になり行く」ことを紫式部は嘆いたのであるとして、

此の物語に於いて、音楽の道、取り分け心を止めて書き置けるは此の故なり。風化の道をつくして、人自づから鼓舞を得。これ此の物語の政道に便あるところなり。

と述べた。ところが右にある「政道に便ある」といふ言葉のあることをもって、源氏学者たちは蕃山を「儒教道徳に偏してゐる」とか「功利的見解」であるとか冷評するのである。

この音楽論と共に更に注意すべきは物怪についての蕃山の見解である。すなはち蕃山は、「夕顔」巻の夕顔が六条御息所の生霊によって頓死する場面の「御枕上に、いとをかしげなる女ゐて」云々の句について、

女は御息所の念なるべし。生霊・死霊といふ物、億兆が中に一人有るか無きかなり。昔の人は魂神強く、魄精あつく、万事の務め通りて根深かりしなり。此の故に思ひ入れ深きもの霊と成るためし、唐・日本ともにありしなり。近世は人の魂魄薄く成り、万事の務めも深からず、思ひもあつからざる故に、霊に成るもの稀なり。

と説いてゐるのは傾聴すべきであらう。蕃山は、近世になって霊的な現象が稀となったのは、「人の魂魄薄く成り、万事の務めも深からず、思ひもあつからざる故」であると言ってゐて、生霊を平安時代の

俗信であったとか「神経症的妄想」（岡一男著『源氏物語事典』）などとは考へてゐないのである。

## 人間性豊かな蕃山

この外になほ蕃山に学ぶべきことは、『物語』の何気ない記述の中に紫式部の教訓を読み取ってゐることである。例へば「花宴」巻の終りで、右大臣家で藤の花見の会が催された時に、源氏が「いたく酔ひなやめる様にもてなし」て、「藤壺わたり」の局に休憩をしようとして「陰にも隠れさせ給はめ」と言って妻戸の御簾を引いた時に、「あてにをかしき」女房が、

あな煩はし。よからぬ人こそ、やむごとなきゆかりはかこち侍るなれ。

と言ふ場面がある。この女房の言葉は「身分の卑しい人ならばかうして高貴な人に縁故を求めようとするものですのに、源氏さま程の方がどうしてですか」といふやうな意味で、源氏が局を覗いたのを不審に思ってゐるのである。これについて、次のやうなことを蕃山は説いてゐる。

ここにては戯れに言へることとなれども、是も一つの教へなり。賤しき者の良き親類にかかづらひ、とかく言ひあつかふは見苦しきものなり。良き方より尋ねられて是非なく応ずるは可なり。又、富貴の人のわびたる親類も知らず顔にて、訪ねざるは愈々悪しきことなり。富貴になりたるは先祖の積善の余慶にて、一朝一夕の故に非ず。先祖より見る時は、其の子孫みな、富貴貧賤ともに同じ子孫なり。其の上、富貴は人を恵み救ふこと、富貴の道なり。施しの次第は先づ近きよりするものなり。凡そ心は賤しき親類持たるを外聞悪しきやうに思へり。皆人知りたることなれば、尋ぬるをば却って人も奇特に思ひ、尋ねざるは卑しまるることを知る人少なし。

これは如何にも行き届いた人生訓ではないか。

また蕃山は「葵」巻で、葵上が亡くなった後の源氏と中納言の君といふ女性との交情の場面の、

暮れ果てぬれば、大殿油近く参らせ給ひて、さるべき限りの人々、お前にて物語などせさせ給ふ。中納言の君といふは、年頃忍び思ほししかど、この御思ひのほどは、なかなかさやうなる筋にもかけ給はず、あはれなる御心かなと見奉る。

といふ箇所の解説で、かう述べてゐる。

年ごろ、中納言の君に心はかけながら、此のほど御情のかからぬを、中納言あはれと見るなり。天真の霊あれば義理に感ずるなり。たとへば我によき事にても、其の人の不義をば見限る心あるべし。情欲の酔狂の乱れ醒めて後、恥づかしかるべし。源氏も奇特なり。中納言の君もさすが人々の中にすぐれたるほどあり。本性のよき人は変に遭ひて見ゆるものなり。源氏の君も心のすさみに任せて、葵の在世の日ごろの無音、今更に後悔にて一入《ひとしほ》嘆きもあれば、忌中に真実を尽くし給ふなるべし。

この評論なども蕃山が如何に人情をよく洞察してゐたかといふことを思はしめるものがあり、この人にして岡山藩の治世上に大きく貢献をすることが出来たのだといふことが理解される。

「明石」巻の冒頭は、「須磨」巻の終りの記述から引き続いて暴風雨の激しい日々の様子が次のやうに記されてゐる。

なほ雨風止まず、神鳴りしづまらで日ごろになりぬ。いとど物わびしきこと数知らず。来し方行く先悲しき御ありさまに、心強くしもえ思しなさず。

この『物語』の文章について蕃山に次のやうな質問をした者がゐた。

弘徽殿大后の剛悪の心より、僻事《ひがごと》多くし給へる咎めに、大雨・雷・風、常に超えて久しきなり。心の鬼に恐れあれば、是より慎みも出で来と見えたり。是れ天の慈命なり。大后は剛悪の心ありとも、

後世の悪に比べてはなほ軽きなり。然るに後世の咎なき事は如何。

この問ひに対して蕃山はかう答へた。

上代、後世と天下の人品・風俗各々別なり。古はなべての人の心位よかりし故に、今より見れば悪軽しと雖も、その時にありては大なり。其の上、山林茂り川流深かりしかば、鬼神の霊も敏くて、咎早かりしなり。悪もまた大ならざるに敏し甚だしければ、恐れて改まる事早し。後世はなべての人品、悪人・小人多し。故に小悪も積みて解くべからず。風俗大いに乱れて改め難し。後世の悪は柔悪なり。

以上のやうに、蕃山の『源氏外伝』の解釈には余人には見られない独特の味はひ深いものがあり、それは蕃山の人間観・人世観の奥処から出て来るものである。だが、今井卓爾氏などはこの『源氏外伝』を「儒教的な『源氏物語』論」であるとし、その特色は「蕃山の学問的基盤が王陽明学派にある」からであると評した（『源氏物語批評史の研究』）。また重松信弘氏も「蕃山の説は、儒教的教戒観の範疇に属するもの」であり、「こまやかな物語の情趣を味はふ態度は殆ど見られない」と評してゐる（『新攷源氏物語研究史』）。だが右に幾つか紹介して来た蕃山の解釈のどこにも「王陽明学派」としての「儒教的教戒」はなく、寧ろ「こまやかな情趣」に溢れた解釈と言ふべきではないか。

それでもなほ蕃山の『源氏物語』の講説を「陽明学」や「儒教」の括りで説明しようとする人は、以下に示す蕃山の解釈にその証拠を探して見るべきである。すなはち「蓬生」巻の末摘花の叔母（太宰大弐の北の方）について記した場面で、原文に、

もとよりありつきたるさやうの並々の人は、なかなかよき人のまねに心をつくろひ、思ひあがるも多かるを、やむごとなき筋ながらも、かうまで落つべき宿世ありければにや、心少しなほなほしき

叔母君にぞありける。

とあるのについて、蕃山は次のやうに解説をしてゐる。

並々の人とは、受領などの品の人の世の中ゆたかになどあるは、なかなか位をも身をも持ち上げんと、上臈しきことを好み、心をも立つることあり。此の末摘花の叔母君などは心の劣りなるゆゑに、やむごとなき筋ながら、かやうの受領などの妻になりて、心も下司しきをかく言へり。

そして蕃山は更に語を継いで、人の落魄や盛運といふことについてかう述べてゐる。

人跡などもさせる事なき所も、よき人の住める跡をばなつかしく、人の思ひ目なれたる岩木も一かどあるやうなり。悪しき人の住みたる所は、風景よくても思ひなしよからず。されば此の叔母君も人柄気高く上臈しくば、受領の妻になり給ふとも、惜しきことなりと言ひて人惜しむべし。よからぬ故、此の義あるなるべし。

衰へを見捨つるは不義の心にて、また栄えにつきて媚び諂ふを恥とも思はぬものなり。平生はさのみ変りなきやうなれども、心に義理の守りある人は、変に遇ひて知らるるなり。衰へを見捨てず、権勢にも礼儀の往来の外は求めなし。好色の人は色のために尋ね寄ることなれば、悪しきと見ては二度《ふたたび》顧みざるなり。好色下ざまの人は疎むべき末摘を、源氏の見捨て給はざるは慈仁の深き故なり。末摘、富あるの人ならばかくまでは顧み給はじを、極めて貧しき故なり。万悪一慈に勝たずと言へり。源氏の末の栄え給ふこと尤もなり。

右に蕃山の説くところは、蕃山が人の世や人間といふものについて自得してゐた智慧を説いてゐるのであって、儒教の経典や王陽明の『伝習録』などを読んだとて得られるものではない。寧ろ『源氏物語』を精読し味読する中でこそ養はれて行くものであると言ふべきであらう。事実、『源氏物語』の研究家であった中院通茂が蕃山に教へを乞うたほどであったのであるから、蕃山の『源氏物語』についての知見は、儒者とか陽明学者といふ括りで以て評することの出来ない雅びやかで「こまやかな情趣」に溢れたものであったと知らねばならないのである。

## 安藤為章の『紫家七論』

安藤為章の『紫家七論』も、島津久基氏らによって『源氏外伝』同様に「儒学に煩はされてゐる」と評されてゐるが、それが同書の如何なる点を目してなのであるかが具体的ではないので、その論評の是非を明らかにすることは出来ない。しかし為章は蕃山と親交のあった中院通茂に『源氏物語』を学んでゐたのであるから、為章の『源氏物語』観は蕃山に近いものがあったであらう。この『紫家七論』は『源氏外伝』のやうに『源氏物語』の場面々々を取り上げてそこを具体的に解釈した記述はないが、七論の一つに「文章無双」といふ章があって、そこに次のやうなことが述べられてゐる。

ある人が為章に問うて「なぜ紫式部は実録を事実として書かずに無用の作り物語とし、悪くすると誨淫の媒《なかだち》となるやうなことを書いたのですか」と言ったのに対して、為章はかう答へてゐる。

これすなはち為時（紫式部の父）が男子にて持たらぬ嘆きなり。男子ならましかば一部の国史を撰びて、万代の亀鑑にそなへ侍りてまし。女なれども英才つひに覆ふことを得ずして、それに似つかはしき物語を作りて、閨門の風儀用意を教へたるがすなはち紫式部なり。物語と日記とを読みて其の気象をはかるに、式部はいはゆる甚だしきことをせざる人なり。賢《さか》しだちたることを嫌ひたる人なり。もし実録めきたることを書き立てば、女に似つかはしからず甚だしきことなり。賢し立ちたることとなり。然らずば式部が平生の用意とは相違すべし。

如何にも『源氏物語』が書かれた理由の一つとして考へられさうな推論である。

為章は水戸の彰考館で水戸光圀の『釈万葉集』編修の仕事に従事する間、大阪で契沖の指導を数箇月受けて帰藩したが、その間に契沖から『万葉集』に限らず国学に関することを広く学んだ。このことはその『年山紀聞』によって窺ひ知ることが出来る。例へば「仮名づかひ」の項に「契沖師がいはく」として、

俊成卿の歌に

たのまずは飾磨《しかま》の褐《かち》の色を見よあゐ染めてこそ深くなるなれ

万葉には以《い》と為《ゐ》、遠《を》と於《お》、これらをさへかよはせる事はなし。まして以《い》・為《ゐ》と比《ひ》など更にかよはさず。後世はいにしへに変はれり。

といふことを記し、これについて為章は次のやうに解説をしてゐる。

今按ずるに、逢《アヒ》と藍《アヰ》とかよはして詠まれたるを誹りたり。げに尤もなる事なり。かやうに中頃の先達、不吟味なりしゆゑに、仮名づかひ乱れて、わけもなくなれり。四声を弁へぬ人の詩を作れるがごとし。此の外、中古の歌に、かやうの不吟味あまた見えたり。

すなはち右に契沖や為章が述べてゐることはかういふことである。『長秋詠草』の俊成の歌にある「あゐ染めて」は「逢」と「藍」とを掛詞にしたものであるが、「逢」は「あひ」であり「藍」は「あゐ」であるから掛詞にはならないと言ひ、俊成など「中頃の先達」が「仮名づかひ」に「不吟味」であったと難じてゐるのである。為章が如何に国学に関する精度の高い知識を得てゐたかを窺ふことが出来る。

このやうな為章を、なぜ島津氏などは儒者として目してゐるのか理解出来ないのであるが、思ふに為

章ら当時の人士は儒教的な教養を基本として身につけてゐて、文章の随所にその教養から発する見識が見られることを以て「儒教に煩はされてゐる」などといふ批判が生じたものであらう。その点『日本古典文学大辞典』（岩波書店）が為章を「国学者」とし、『紫家七論』を「実証的研究の先駆的名著」と評価しながらも、やはり「近世の儒教的教戒を抜け出してゐない」としてゐて、固定観念に縛せられてゐるのは残念である。

## 漢詩人たちの「紫式部」賛

儒者の中でも漢詩人を以て目される人たちには、『源氏物語』を文学として読み味はってゐる様子が窺はれる。例へば福山藩の儒員であった菅茶山の『黄葉夕陽村舎詩』には、「紫式部」といふ題する詩で、

彩管文騒各競レ工　　彩管文騒、各々工を競ふも
婉詞寓レ諷許二誰同一　　婉詞に諷を寓するは、誰か同しくするを許さんや
可レ就二花陰一就二柳陰一　　花陰に就くべきや、柳陰に就かんや

と紫式部を讃へ、その文筆の妙は古今第一等であるとし、また「浮舟」を詠じては、

春光争引両端心　　春光、争ひ引く　両端の心
漸羞只有レ甘二魚腹一　　漸く羞ぢては、ただ魚腹を甘んずる有るのみ
恨不二分レ身各抱一レ衾　　恨むらくは身を分って各々衾を抱かざるを

と、薫と匂宮との求愛に悩んだ浮舟が、入水を覚悟せねばならなかった苦衷に同情してをり、茶山が『源氏物語』の良き理解者であったことが知られるのである。

この茶山に輔導を受けたことのある頼山陽にも「紫式部」と題する詩があり、

静女高風冠二内家一　　静女の高風　内家に冠たり
何唯彩管逞二才華一　　何ぞ唯に彩管のみ才華を逞しうせんや

云々と紫式部を讃へてゐる。尤もこれは山陽の史家としての紫女評であって、文学としての『源氏物語』を讃へたものではないが、山陽と相思相愛の仲にあった江馬細香（2）といふ女流漢詩人には「読源語」と題する詩が五首あって、細香が『源氏物語』をよく読んでゐたことが知られるのである。例へば「夕顔」と題する詩に、

瓠花深巷見二嬋娟一　　瓠花《こか》　深巷に嬋娟《せんけん》を見る
一扇相思両世縁　　一扇相思ふ　両世の縁
香燼芳空根不レ断　　香は燼《のこ》り芳は空しけれど根は断えず
又抽二柔蔓一故纏綿　　また柔蔓を抽《ひ》きて故《ことさ》らに纏綿たり

としてゐるのには、夕顔の遺児の玉鬘との「両世縁」がよく詠み込まれてゐるし、また「空蟬」においては、

衆艶一時難二併開一　　衆艶は一時に併せ開くことは難し
葵花忽被二炉風摧一　　葵花　忽ちに炉風に摧《くだ》かる
紅閨多少春宵夢　　紅閨多少　春宵の夢
我愛空蟬蟬脱来　　我は愛す空蟬の蟬脱《ぜんだつ》し来たるを

と詠み、源氏が空蟬と情を交したのが妻の葵上（葵花）の打ち解けない態度による寂寥が要因となってゐることを言ひ、空蟬が源氏の求愛に「蟬脱」したことを寧ろ賞賛してゐるところなどを見ると、細香

が『源氏物語』をよく読み解き、味読してゐたことが知られるのである。とりわけ『源氏物語』全体の感想としての、

入レ春無二復愛一レ春人　　春に入れども復《ま》た春を愛する人無く
花落花開感二此身一　　花落ち花開きて　此の身を感ぜしむ
即色是空空即色　　即ち色は是れ空　空は即ち色
此中幻影認難レ真　　此の中の幻影　認めて真とし難し

といふ詩に至っては、自らが『物語』の中の人と化してしまってゐるかのやうである。

それと言ふのも、山陽が美濃の細香を訪ねて来て、一夜を過ごした翌日に辞去する時の「雨窓與細香話別」と題する山陽の詩に、

離堂短燭且留歓　　離堂の短燭に且《しばら》く留歓して
帰路新泥当レ待レ乾　　帰路の新泥　当《まさ》に乾くを待つべし
隔岸峰巒雲纔斂　　隔岸の峰巒《ほうらん》　雲纔《わづ》かに斂《おさ》まり
隣楼絲肉夜将レ闌　　隣楼の絲肉　夜将《まさ》に闌《たけなは》ならんとす
今春有二閨客猶滞一　　今春閨《ねや》に客の猶滞る有り
夜雨無情花已残　　夜雨無情にして花は已に残る
此去二濃州一非二遠道一　　此に濃州を去れば遠き道に非ざるも
老来転覚数逢難　　老来　転《うた》た覚ゆ　数々《しばしば》逢ふことの難きを

とあるのを読めば、山陽の心境は、まるで遠く宇治の浮舟を訪れた翌日に京に帰って行かねばならなかった匂宮の心情そのものである。つまり、細香と山陽とは、あたかも『源氏物語』の登場人物が交し

た「もののあはれ」の情を交し合ってゐたのであるから、細香は自らを『物語』中の女性として詠嘆することもあったのである。

## 清《せい》田《た》儋《たん》叟《そう》の『孔雀楼筆記』

森銑三翁の「近世漢学者の日本文学的著作」（『森銑三著作集』第十二巻所収）といふ文章には、儒者の清田儋叟が[3]『孔雀楼筆記』の中で『源氏物語』について次のやうな感想を述べてゐることが紹介されてゐる。

「凡ソ古今妖怪ヲカキタルモ、イヒ伝ルモ、十ガ八九ハ丑満頃ヲ用フ。カレコレノ中ニ鶏ナク、鴉ナク。ソノ怪ニアヒシ人、後ニコレヲ聞ク人モ、トモニ暁ヲマチツクベシ。河原院ノ一段ハ、亥ノ刻ニ怪出ヅ。程ナクカノ怪、フト消エタリ。ソノアタリ隠レヲルヲヤ、スデニ立去リシヤ、知ルベカラズ。怪出デテ夕顔魔死ス。源氏ノ杖柱トモタノミ玉フ惟光ハイマダ来ラズ。曠々タル古御所ニ、十六七ノ少年、年ノ相似タル一美人ト仮居シテ、ソノ美人妖怪ノタメニ取リ殺サレ、夜ハイマダ四ツ時過ギニシテ、カノ妖怪イヅ方ニカガミ居ルヤラ知レズ。コノ時ニ当リ、イカガシテ夜ノ明クルヲ待チオホセンヤ。恐ロシキコトノ至リト云フベシ。此等ハ心匠ノ妙ヲ得ト云フベシ」

「浮舟ノ一段、浮舟仮寝シテ居ルトキ、侍女ドモ浮舟ノ姉ノコトヲ云フ。浮舟起キカヘリテ云々。ソノ次、侍女ドモ仕立物ヲシサシテ寝ルニ至ルマデノ情状、画ニ写スガ如シ。身ヲ投ゲントスル水ノオソロシキ川ニテ、近頃モ溺レ死ニタル人アルコトヲ、舟長ノ話ニ云ヒアラハス、妙ト云フベシ。身ヲ投ゲントスル川ノ音ヲ聞キ居タルト云フヲ以テ収結トス。妙境トモ神境トモ云フベシ」

「スベテ源氏ノ一書、ソノ妙処ハ人情ヲ曲尽スル所ニアリ。タマサカ風景ヲ装点スルノ語アルモ、妙ナラザルナシ。畢竟多カラザルト、長カラザルトニアリ。吾国唐土ノ文トモニ、作者ノ才不才、コレニテモ見ベシ。篇々章々、装点ヲ重畳スルノ書ハ厭フベキモノゾ」

森翁はかうした僭叟の『孔雀楼筆記』の文章について、

僭叟は、『源氏物語』中の人物の行動に、儒学者流に、道徳的、倫理的な批判を加へようなどとするのではなくて、純文学作品としての『源氏物語』を味読して、その妙処を力説してゐる。当時としてはまことに珍しとしなくてはならない。宣長以前に、広道以前に、かくの如き『源氏物語』の鑑賞家が漢学者中にあったことを閑却してはなるまいと思ふ。

とされてゐる。

儒者の『源氏物語』観が、源氏学界の通説の「儒教道徳に偏してゐる」やうな偏狭なものばかりではなく、寧ろ現代の源氏学者以上に闊達に『源氏物語』を自在に読み、深く味読してゐるものもあることを知らなければならないのである。

（1） 冢田大峰（一七四四〜一八三二）
名古屋藩の儒者。名は虎。通称は多門。江戸に出て苦学をし、古今の書物を攻究して独自の学風を樹立した。寛政年間に異学の禁が発せられるや、山本北山や亀田鵬斎らと共に異論を唱へ、官学に敵対して憚らなかった。著書は膨大な量を誇ってをり、四十種を以て数へる中に『大峰文集』六巻や『大峰詩集』四巻などがある。

（2） 江馬細香（一七八七〜一八六一）
美濃の人。大垣藩の藩医の江馬蘭斎の娘で、絵を浦上春琴に習ふ一方で詩を善くし、頼山陽と親しく交はったが、結婚することは叶はなかった。生涯を独身で通し、梁川星巌などと交際をし、詩書画を楽しむ生活を送った。詩集に『湘夢遺稿』がある。

(3) 清田儋叟(一七一九～一七八五) 播磨の人。名は絢。孔雀樓主人とも号した。若い頃は荻生徂徠の学問を尊信したが、後には朱子学に転じ、福井藩の儒官となった。著書に『孔雀樓筆記』の他、『資治通鑑批評』『論語徴評』『藝苑談』などがある。富士谷成章とは若い頃からの親友で、成章の兄の皆川淇園と三人で和漢の小説を耽読したり、詩文や和歌を詠み合ったりしたといふ。

## 二 作家による『源氏物語』の口語訳

### 個性的な『晶子源氏』

作家による『源氏物語』の口語訳は、与謝野晶子が明治四十五年に『新訳源氏物語』を抄訳して出版したのが嚆矢である。その時、序文を森鷗外と上田敏とが寄せてゐるのであるが、その後、晶子はその『新訳』が「粗雑な解と訳文をした」ものに過ぎなかったことを恥ぢつづけ、「先輩に対する謝意に代えて完全なものに書き変えたいと願っていた」と言ふ。そしてそれから二十数年経った昭和八年頃、「源氏を改訳する責めを果そう」と決意し、夫の鉄幹の死去といふ不幸にも見舞はれながらも執筆に努め、「新々訳」の出版に漕ぎ着けた(『新々訳源氏物語』あとがき)。それが今の『晶子源氏』である。

晶子が「新々訳」に取り掛かった頃には、金子元臣や吉澤義則や宮田和一郎等の学者による『源氏物語』の注釈書が刊行されてはゐたが、晶子はそれらに余り頼ることはせずに、自分の古典についての知識や理解力、及び自己の感性で以て『物語』と対峙しようとしたと思はれる。それは尊大とも思へる『新訳』以来の「自信」を背景にした独特な解釈が随所に見られることでも知られることである。

例へば「若菜上」巻に次のやうに記された場面がある。源氏が女三宮と結婚し、宮を六条院の邸内に迎へたが、同じ邸内と言っても幾つもの部屋が渡廊下で繋がってゐることでもあり、挨拶を交すとなるとそれ相応の段取りが必要となるから、源氏は紫上に了解を取った上で、女三宮に然るべき折りに紫上と対面すべき由を告げた。かうした配慮も源氏が「御仲うるはしくて過ぐし給へ」と思ってのことであるが、紫上は自分の方から挨拶に出向くことに不満を感じない訳ではなかった。原文はその紫上の心情を記したものである。

対には、かく出で立ちなどし給ふものから、われより上《かみ》の人やはあるべき。身のほどのものはかなき様を、見えおき奉りたるばかりこそあらめ、など思ひつづけられて、うちながめ給ふ。手習などするにも、おのづから、古言もものの思はしき筋のみ書かるるを、さらばわが身には思ふことありけり、とみづからぞ思し知らるる。

右の原文を晶子は次のやうに口語訳してゐる。

紫の女王は内親王である良人の一人の妻のところへ伺候することになった自分を憐れんだ。二十年同棲した自分より上の夫人は六条院にあってはならないのであるが、少女時代から養われて来たために、自分を軽侮してよいものと見られて、良人は高貴な新妻をお迎えしたものであろうと思うと寂しかった。手習いに字を書くときも、棄婦の歌、閨怨の歌が多く筆に上ることによって、自分はこうした物思いをしているのかとみずから驚く女王であった。

右の部分の『晶子源氏』の口語訳はかなり原文から逸脱してゐて、例へば「出で立ちなどし給ふ」「うちながめ給ふ」「思し知らるる」の敬語表現をみな平常体にしてしまってをり、紫上の品位が嫉妬のために卑しくなってしまってゐる感じを与へるのもその一つである。それが晶子流の解釈かも知れないが、原文の情趣や品位を歪めてゐることは否めない。また「伺候」といふ訳語も殊更に紫上の立場を低めてしまってゐるし、「自分を軽侮してよいものと見られて、良人は高貴な新妻をお迎えした」といふ部分などは、心ならずも女三宮を迎へざるを得なかった源氏の心情を紫上が邪推し過ぎてゐる解釈である。そしてまた「古言ものの思はしき筋」といふ句を、先行の『新解』が「古歌なども物思に堪へぬやうな風の歌」とし、『新釈』が「物思はしい意味の歌」としてゐるのに対して、『晶子源氏』が「棄婦の歌、閨怨の歌」と訳出してゐるのなども、余りに紫上の心情を局限し過ぎてゐる。

晶子の『新訳』について詳細な調査を行ってゐる関礼子氏の『一葉以後の女性表現』（翰林書房）によれば、晶子は『源氏物語』の中の和歌を自作の和歌に詠み替へてしまってゐるのが三十五首にも及ぶといふから、晶子は元々紫式部の原文に忠実な口語訳をしようといふ気持は薄く、彼女が「新訳源氏物語の後に」といふ文章に書いてゐるやうに、「必ずしも逐語訳の法に由らず、原著の精神を我物として訳者の自由訳を敢てした」のである。

その晶子の尊大とも言ふべき自信は、彼女をして「この小説は味解する点に就いて自分は一家の抜き難い自信を有って居る」とか、「源氏物語に対する在来の註釈本の総てに敬意を有って居ない」とまで言はしめた。そして北村季吟の『湖月抄』でさへ「原著を誤る杜撰《づさん》の書」とまで言ひ切ってゐる。だがやがてその自分の尊大さに気付き、『新訳』が「粗雑な解と訳文」であったことを恥ぢて『新々訳』に取り組んだのである。

このやうに『新々訳』は「完全になものに書き変えたい」といふ反省のもとに成ったのではあるが、しかし晶子にはやはり「抜き難い自信」があったためであらう、源氏学者を顧問としその意見に耳を傾けるといふことはなかったやうに思はれる。右に引用した「若菜上」巻の一節の『晶子源氏』の訳が、その意に反して「原著の精神」に悖るものとなってゐるのも、その「抜き難い自信」が災ひしたのである。

## 『谷崎源氏』誕生の秘話

「新々訳」の『晶子源氏』が独力で然も短期間のうちに書き上げられた頃、『谷崎源氏』は山田孝雄博士の助力などを得て、恵まれた境遇の中で原稿が書き進められた。

『谷崎源氏』が如何なる事情の中で企画され、執筆されて行ったかについては、伊吹和子氏の『めぐり逢った作家たち』（平凡社）に詳細に記述されてゐる。そこには、谷崎に近侍して口述筆記などを十二年も務めた人しか分らない谷崎の実像、特に『谷崎源氏』の出版を巡っての貴重な秘話が明かされてゐて、谷崎の原稿は校閲者の山田孝雄博士によって徹底的に朱が入れられたこと、官憲の目を必要以上に恐れたのが谷崎自身であったこと、谷崎は『源氏物語』に対してさしたる関心も敬意も持ってゐなかったこと、などが明かされてゐる。特に驚くべきことは、元々谷崎自身が『谷崎源氏』を出版することに意欲を持ってゐたのではなく、それは中央公論社の嶋中雄作社長の「慫慂」であって、嶋中社長からは原稿執筆から出版までの生活の保証として「五千円」が保証されたといふ事実である。当時の五千円といふ金額は「ちょっとした建売住宅なら四軒か五軒買えるほどの金額」で、その上、当時谷崎は「経済的にひどく逼迫した状態」だったさうであるから、「実に恵まれた」諸条件の中で『谷崎源氏』の執筆に集中することが出来たのである。然も谷崎は与謝野夫妻に対して余り好感を抱いてゐず、『晶子源氏』に対しての対抗意識も強かったと伊吹和子氏は書いてゐる。

このやうに『谷崎源氏』の舞台裏を明かされてみると、先の『晶子源氏』に比べて『谷崎源氏』が原文により忠実な口語訳になってゐるのも、谷崎自身の古典読解の力のせゐではなくて、山田博士の添削のお蔭であると言ふことになる。この学者の助力のことは、戦後に玉上琢弥氏などの協力のもとに、『新々訳』が新かなづかひによって改められた時にも言へることである。

『谷崎源氏』が山田博士の指導の下に成ったものであるといふ一例を取り上げて見よう。

「桐壺」巻の最初の場面で桐壺更衣が亡くなった後、帝が更衣の母君の所に見舞を遣はされたその口上に、更衣に十分なことがしてやれなかったことを詫び、そして、

かくても、おのづから、若宮など生ひ出で給はば、さるべきついでもありなむ。命長くとこそ思ひ念ぜめ。

との仰せを伝へたところがある。その口語訳を戦前版の『谷崎源氏』では、

でもまあ、若宮が成人したら、自然老母にも喜ばしい時節が廻って来よう。せいぜい長く生きるやうにすることだね。

とされてゐたものが、戦後の『新々訳』では、

でもまあ、自然若宮が成人したら、老母にも時節が廻って来るであろう。せいぜい長く生きるようにすることだね。

となってゐて、訳出が改悪になってゐる。何故なら「おのづから」の被修飾語が「さるべきついでもありなむ」と解されてゐた戦前版から、戦後版では「生ひ出で給はば」に誤読されてゐるのである。これは谷崎自身に原文を読み込む力がなくて、戦前版の場合は山田孝雄博士に従ひ、戦後は玉上琢弥氏などに従ってゐるからなのである。原文の『源氏物語』では「おのづから」のやうな副詞は被修飾語とかなり離れた間隔に置かれてゐるのが通例であるから、山田博士はその語法に従って「さるべきついでもあ

りなむ」にかけて読んだのにも拘《かか》はらず、『新々訳』の時に谷崎を補佐した学者がそのことに疎かったために誤読し、谷崎がこれに従ったことを示してゐる。これは谷崎自身に読解力がなかったことの一証拠である。

然も「おのづから」を口語の意味のままに「自然」とされてゐるのは、山田博士ほどの碩学にしてさへ、古語の「おのづから」の意味を正しく理解されてゐなかったことが知られるのは一つの驚きである。古語の「おのづから」には、「もしかすると」「あるいは」の意味があることは古語辞典が記すところであり、この場面ではこの意味で用ひられてゐることは、「おのづから」が「さるべきついでもありなむ」に掛かってゐるといふことと相俟って、動かすことの出来ない文意なのである。

この一事は谷崎自身に『源氏物語』を正しく読む力が不足してゐたことを示すと共に、戦後に谷崎を補佐した学者の読解力が未熟であったことをも証してゐる。

## 谷崎潤一郎の『源氏物語』観

『谷崎源氏』がかうした迂闊な訳出に堕してゐるといふ大きな原因は、元々谷崎自身が『源氏物語』を愛読した人ではなく、言はば印税稼ぎにやった仕事であるといふことにあると言ってよいであらう。谷崎が『源氏物語』を賞賛してゐるやうなことを書いたり言ったりしてゐても、それは「たてまえ」であると伊吹氏は「身近にいた者の直感として」断言されるのである。谷崎が折あるごとに光源氏を「あんな嘘つき男」だとか「僕は大嫌いだよ」と言ってゐたことを「何度か聞いた」といふ伊吹氏は、かういふことをも明かしてゐる。

私の見た先生は、よほど光源氏という人が気に入らぬ様子でした。(中略)虚構の物語の登場人物を、実際に生きている人のように言われるのも、ムキになったような態度も、私にはむしろ滑稽に思われるほどの勢いで、紫式部が、なぜそう描いているかなどという意味を考えての文学批評ではなく、生きている相手に、生理的な嫌悪感を持ってゐる、というような印象でした。『新訳』訳了の頃には飽き飽きした様子で、やれやれ、もうこれで光源氏たちとも付き合わないで済む、と言われたものでした。

あの大文学者と思はれてゐる谷崎の、『源氏物語』に対してのこの驚くべき無理解や疎外感は、彼が人間としての魅力に乏しい人だったのではあるまいかとさへ思はざるを得ないのである。思ふに十二年間も谷崎のもとでその大作家としての仕事を手助けして来た伊吹氏が、執拗なまでに『谷崎源氏』の舞台裏を明らかにしようとする情熱の奥には、大文学者の仮面の内側の谷崎の卑しさに堪へ難いものを感じて来たからではないか。谷崎が『源氏物語』について「それほどの傑作とは思いません」などと言ったことをも伊吹氏は明かしてゐる。

## 『円地源氏』の素晴らしさ

この不誠実な『谷崎源氏』に比べれば、『円地源氏』は円地文子の『源氏物語』への愛情が基底にある点で雲泥の差がある。円地は国語学者の上田万年を父に持ち、幼い時から『源氏物語』を愛読して来たこともあり、自ら『源氏物語』に「心酔している」と言って憚らないほどの人であったから、自分の現代語訳は「原作への純粋な愛の表現である」と断言する。事実『円地源氏』には他の作家の口語訳には見られない「筆の趣くままに夢中で加筆した部分」(『源氏物語私見』)がある。

例へば「桐壺」巻の最初に帝が桐壺更衣の局に屢々お出掛けになる場面が、原文には、あまたの御方々を過ぎさせ給ひて、隙なき御前渡りに、人の御心を尽し給ふも、げにことわりと見えたり。

とだけあるのを、『円地源氏』には「人の御心を尽し給ふ」を大幅に「加筆」して次のやうに口語訳してゐる。

多くの女御更衣の住まっていられる部屋々の前を素通りなさって、帝は桐壺にばかり通っていらっしゃることが始終のようであってみれば、その道筋の御簾の陰に凝っと身をひそめ、息を殺している女人たちの眠っているような細い眼の芯に眸がどんなに妖しく玉虫色に燃え立っていたか。ふくらんだ御簾竹の黄色い小暗さを押して葡萄染や蘇芳、萌黄などの色濃い織物が、長い黒髪にまつわられ、涙に滲んでどんなに気味悪くうごめいていたか。思えば無理もないことと言わねばならぬ。

また「帚木」巻で、源氏が方違へのために宿った紀伊守の家で空蟬と一夜を契った後、

見し夢をあふ夜ありやとなげく間に目さへあはでぞころも経にける

といふ歌を「目も及ばぬ御書きざま」で空蟬に送った時、空蟬は感激のあまり涙に暮れながら「心得ぬ宿世うち添へりける身を思ひつづけて、臥し給へり」と記されてゐる場面で、『円地源氏』は原文には書かれてゐない空蟬の心情を次のやうに「加筆」してゐる。これは正に円地女史の言ふ「本文では美しい紗膜のうちに朧ろに霧りかすんでいる部分に照明を与え」たもので、かういふ「加筆」こそ作家による『源氏物語』の口語訳が存在する意味があると言ふものである。

昨日まで、いや、つい今の今し方まであの夜の光る君のことを心に偲《しの》びつづけてい、そのままお便りのないのを、摘み捨てられた野草の花のように恨めしく、わが身をわびしく情けなく思っていた

のであったのに、こうしてひたぶるに恋心を訴えて、弟を仲立ちに文を通わせ、又の逢瀬を契ろうと語らいかけられてみると、女はおし迫ってくる男君のわりない情念が恐ろしく、身を守り門を閉ざす姿勢になるのである。あの若く美しく尊い生れの眩しい人に、かりそめにも恋された喜びに自分はどうしてわれを忘れて酔い痴《し》れられないのか。

それはただ、伊予の介を恐れたり、世間の聞えを怖《お》じたりするためばかりであろうか。いえそうではない。それだけだったら、自分があんまりみじめでやりきれないだろう。あのことのない前であったら、私は、ただそれだけのことでも自分を守る楯《たて》にしてその陰に必死に身を隠したかもしれない。でも今の私はあの方を知ってしまった。この世には、このやうにも美しく、あでやかに、匂いみち、光り満ち、時に明らかな憎悪や苦痛を伴う烈《はげ》しい闘争さえも、管弦の奏楽の高潮した時のような快い恍惚と麻痺のうちに、冷たい花びらの渦の中に眩暈《めまい》し、やがて底もなく静まりかえる喜びにいつしか置き替えられる不思議さがあろうとは、あの夜まで誰が思いもうけたろうか。

私は、私にあのような花渦の中の眩暈《めまい》を見せて下さったあの方を明らかに恋しはじめている……恋しているからこそ、あの方のおっしゃるようにやすやすとは振舞えないのではないか。

右の記述によって、空蟬の「心得ぬ宿世うち添へりける身を思ひつづけて」といふ「思ひ」が如何に複雑なものであるかといふことを読者は知らされるのであるが、この句を他の作家たちは次のやうに訳出してゐるだけで、空蟬の心情の奥に迫る工夫が何一つない。とりわけ『寂聴源氏』に至っては『谷崎源氏』の訳を拝借してゐるだけである。

『晶子源氏』「苦しい思いの新しく加えられた運命を思いつづけた」

『谷崎源氏』「あやしい因縁がまた一つ加わった身を案じつづけて、打ち臥しています」

『寂聴源氏』「思いがけないあやしい因縁が新たにまた一つ加わった自分の悲しい運命を思いつづけて、女は打ち臥してしまうのでした」

かうした学者諸氏の訳出と似たり寄ったりの作家の口語訳の中にあって、円地女史が「美しい紗膜のうちに朧ろに霧りかすんでいる部分」を釈き明かして、作家ならではの口語訳を試みてゐるのは、特筆して賞賛されなければならないことであらう。それに比して寂聴氏の剽窃まがひの口語訳には、評すべき言葉を知らないものがある。

## 蘇る登場人物の心理や心情

他の作家の口語訳には全く見られない『円地源氏』の見事な加筆は、「葵」巻の車争ひの事件のあった後の、六条御息所の苦しい心中を叙述した場面でも見ることが出来る。すなはち原文に、

年ごろ、よろづに思ひ残すことなく過ぐしつれど、かうしも砕けぬを、はかなき事の折に、人の思ひ消ち、無きものにもてなすさまなりし御禊《みそぎ》の後、一ふしに思し浮かれにし心鎮まり難う思さるるけにや、少しうちまどろみ給ふ夢には、かの姫君と思しき人のいと清らにてある所に行きて、とかく引きまさぐり、うつつにも似ず、猛くいかきひたぶる心出で来て、うちかなぐるなど見給ふこと、度重なりにけり。

とある中の、「一ふしに思し浮かれにし心鎮まり難う思さるるけにや」といふ部分を、『円地源氏』は次のやうに加筆してゐる。

前の東宮の御息所、伊勢斎宮の御母としてこれまで保たれていた高い誇りは無慚《むざん》に押し折られて、御息所の、うわべはこの上なくみやびやかに見える綾衣《あやぎぬ》の下のお胸にはただ、源氏の大将の通いど

ころの一つとして、才能も容姿も恐らく自分よりも劣っているに違いない本妻の左大臣の姫から見下されたという、唯一のやるかたない恨みと憎しみだけがうねりにうねり、刻々に烈しく高まり逆巻いて、いつとなく御身をさまよい出てしまう魂は、常のお心ではどうにも鎮めようがないのであった。

この『円地源氏』の「加筆」は、御息所の「やるかたない恨みと憎しみ」が「まどろみ給ふ夢」の中で「いつとなく御身をさまよい出てしまう魂」のせゐであることを丁寧に説き、御息所の苦悩の複雑さと、そして生霊は御息所の意思そのものではないことを明かしたものである。そしてこの加筆は恐らく『谷崎源氏』の訳に対する不満が書かせてゐるのであらうとも思はれる。すなはち『谷崎源氏』はこの部分を、

一途に無念なと思うあまりに心も上の空になって、静まり給うようもなかったせいかと訳してゐるだけで、御息所の苦悩の深さについて何一つ説明するところがないのである。御息所は「心にくく、よしある聞こえありて、昔より名高くものし給」（「葵」巻）ふ人であったのであるから、思ふに任せぬ源氏への愛情や車争ひで受けた恥辱等々が、気品を重んじる性格の中で複雑な葛藤となってゐることを円地女史は「加筆」せずにはゐられなかったのである。

『円地源氏』の見事な加筆は「薄雲」巻にも見ることが出来る。場面は藤壺が病床にありながら、自分が「人にまさりける身」であったといふ幸福感に浸りつつも、源氏との秘密のことだけが「うしろめたく」思はれるといふ記述の中に、『円地源氏』は次のやうな加筆を行ってゐる。

あの若い日に、藤壺の御簾や几帳に紛れながら何ごころなく自分にまつわって来た世にも麗しい皇子…　天つ空から仮に降り下って来たように光り満ち、匂い満ちて清浄無垢に輝いていたあの

少年は、いつか物思いのおびただしすぎる若人の姿に変って、ある時は枝を露に撓められ桜の花群《はなむら》のような悩ましさに頸《うなじ》を重らせ、ある時は精悍な隼のようにまっすぐにねらい撃つ勁さ烈しさの悲しみに怯えて、羽ぶるいながら自分を捕え、揺すぶり、二つを一つにして見知らぬ境に連れ去って行った。二人はたしかに一つものに変って、幻の世界にいた、でも私はただ一言も、あの人に言葉で許すとは言っていない。私はいつも何かを楯にしてあの人を避け、とうとう避けとおして命を終る日まで来てしまった。言わなかった私自身はあの人のうちに生きているであろう。それでも私はそれを言葉になし得なかった運命が辛い。

## 行き届かない『寂聴源氏』の訳

右に記述されてゐることは、原文には全く書かれてゐないことである。だが『円地源氏』のこの加筆によって、紫式部が敢へて「美しい紗膜」に包んで朧化してしまった藤壺の女性としての苦悩が初めて理解出来るのである。その点、同じ作家でありながら『寂聴源氏』がその藤壺の心情について、

政治にかこつけ、ふたりの愛の証しの帝を力を合わせて守り抜いた歳月だけが、藤壺の宮にとってはかけがえのない真実の、生きた日々であったかもしれない。（「源氏のしおり」）

とだけ説いてゐるのに比べると、寂聴氏が円地女史とは「もののあはれ」についての感受の仕方に雲泥の相違のあることを思はずにはゐられない。

なほ源氏の魅力に抗し難い藤壺の辛さについては、『円地源氏』は既に「賢木」巻でも加筆を行ってゐる。場面は桐壺院も亡くなられ、藤壺が源氏との間の御子を出産した後のことで、藤壺は源氏とのことが人々に知られるやうになれば「春宮の御ために必ずよからぬこと出で来なむ」といふことを恐れ、

源氏の執心の火が消えるやうにといふ「御祈禱をさへ」させてゐたのであったが、「いかなる折にかありけん」思ひも掛けず源氏が忍んで来た。その直後の様子について原文は次のやうに記してゐる。

まねぶべきやうなく聞えつづけ給へど、宮いとこよなくもて離れ聞え給ひて、はてはては御胸をいたう悩み給へば、近う候ひつる命婦・弁などぞ、あさましう見奉りあつかふ。

この場面での藤壺の心中と行為を『寂聴源氏』は、

中宮はいよいよこの上もなく冷たくおあしらいになり、しまいにはお胸がたいそうさしこまれ、たまらなくお苦しみになりました。

と口語訳してゐるが、これでは藤壺は源氏を心底から拒んでゐて、胸の痛くなったのもその苦痛の為であるかのやうである。だが『円地源氏』は、この場面での藤壺の心情を、

宮はまったく思い離れた態度をお崩しにならないで、心の底から湧き出る君へのいとしさの思いを耐えぬいていられた。眼の前に、悩みもだえて愛情を求めつづけているひとの、世にも美しく、あわれ深い姿を御覧になると、じっと耐えていらっしゃる犯しがたいけだかさの内側には氷のひび割れるように厳しい切なさがつのってきて、ついには、お胸がひどく痛んでくるのであった。

と見事に描き切ってゐる。これは源氏学者や谷崎や寂聴氏にはとても及びもつかぬ円地女史ならではの解釈である。

思ふに『円地源氏』がこの場面でこの加筆を行ったのは、『谷崎源氏』が、

宮はいよいよそっけなくおあしらいなされて、しまいにはひどく胸苦しくさえおなりなされましたので、

としてゐる解釈に不満で、藤壺の偽らない心の内を明らかにしておきたいといふ「原作への純粋な愛」

の然らしめたものと言ふべきなのである。だがその『円地源氏』が「原作への純粋な愛」の結晶として藤壺の複雑な心情に「照明を与え」てゐるにも関はらず、『寂聴源氏』はその照らし出された藤壺の心の内を見ようともせず（見ることが出来ず）、『谷崎源氏』の訳を模して、藤壺は源氏を「冷たくおあしらいになり」と訳してゐるのである。

尤も、森銑三翁が『源氏物語』の文章を「墨を惜しむこと金の如し」と賞賛されたほどの妙筆の深意を十分に読み取り得ることは、誰にでも可能なことではない。だが極く普通の人情の持合せさへあれば理解の出来る場面においてさへも、寂聴氏は正しい理解が出来ないのである。

寂聴氏は表向きには『源氏物語』を褒めちぎる。例へば『寂聴源氏塾』（集英社文庫）でも彼女は「『源氏物語』は永遠の文化遺産です」と讃へ、また『源氏物語』には「男の悲恋の嘆きが格調高い調べで書かれているのは見事です」とも言ってゐる。だがその『寂聴源氏塾』の小見出しを見ると「口べっぴんの光る源氏」「十七歳のプレイボーイ」「女蕩らしの条件とは」「堅物男の恋狂い」「中年男の浮気」「男たちのだらしなさ」等々の言葉の羅列である。一体このやうな内容の文学が「世界に誇る文化遺産」なのであらうか。

つまり寂聴氏が『源氏物語』を「永遠の文化遺産」と言ってゐるのは芝居小屋の宣伝文句のやうなものであって、真の『源氏物語』の「永遠」の価値は彼女には分ってゐないのである。その証拠は『寂聴源氏』から幾つも実例を取り出すことは簡単であるが、その何よりの例は「源氏物語千年紀展によせて」といふ文章に見ることが出来る。これは平成二十年に京都文化博物館で開催された「源氏物語千年紀展」の図録の巻頭に載った文章であるが、寂聴氏は冒頭に、例によって「源氏物語は日本の文化遺産の中で最高のものである」と述べた後、次のやうな驚くべきことを平気で述べてゐる。

文化遺産は数々あるけれど、形ある建物や宝像は、一度、天災、戦災、人災の憂き目にあえば、跡形もなくなってしまう。形あるものは必ず亡びるというのは仏教の法則である。しかし、源氏物語は、それが小説であるが故に永久に亡びることはない。千年前の古文章が読めなくなっても、現代語訳にされ、また外国語に訳され、世界じゅうに広まり、読みつがれて、千年も光輝を放ってきた。

この寂聴氏が言ふところの軽薄さは誰でも直ちに気付くであらう。寂聴氏が言ってゐる「最高のもの」といふのはその文学としての真価について言ってゐるのではなくて、文学は「形ある建物や宝像」と違って焼失することはなく、「小説なるが故に永久に亡びることはない」と言ふだけのことなのである。寂聴氏にして見れば「千年前」の『源氏物語』が「読めなくなっても」、粗悪でも口語訳されてただ読み継がれれば、それが『源氏物語』が「千年も光輝を放」つことであると思ってゐるのである。

## 三 森銑三翁と『源氏物語』

### 森翁の『源氏物語』との出会ひ

森銑三翁はこれといった学歴もなく、一生を在野の人として終られたが、近世の人物と古典籍に関する造詣は余人の及ぶところではなく、多大の功績を近世の学藝史上に残された。その業績は正編と続編併せて三十巻の『森銑三著作集』(中央公論社)に結実してゐるが、晩年には井原西鶴の作品は『好色一代男』のみであるといふ論を主張されるに至った。然るに西鶴の研究者たちからは殆ど無視されてしまったため、森翁は、

私の言説中に不備な点は指摘して貰って、なほ考へ直すことをしたいと思ってゐるのであるが、そ

の気持ちは通じないらしい。そのことが、情けなく思はれる。（『一代男新考』）

と述べて、その残念な思ひを抱かれたまま逝去された。

私はこの森翁の誘掖を得て、『池田冠山傳』や『佐善雪渓の研究』などの書物を著はし、多少なりとも その衣鉢を継ぐことが出来たことを喜びとしてゐるが、森翁が『源氏物語』を愛することこの上もない人であったことは、一つの驚きであった。

森翁の一生は和書の森の中で過ごして来られたと言ってもよからうが、その森翁にして『源氏物語』との本当の付き合ひはそれほど早くはなく、また深くもなかった。翁は十六歳で上京した時に大町桂月の『国文評釈』といふ本に載ってゐた「花散里」巻を読んだが、「その文はまるで雲をつかむやうで、十六、七歳の私には、歯が立ちかねた」といふことが「青年時代に読んだ国文学書」（『著作集』続編第十四巻）に記されてゐる。そしてその後「二度目の在郷生活中」（二十歳の頃）に落合直文の『国文評釈』に載ってゐた「夕顔」巻を読んで、『源氏物語』が「いかにめでたい文学作品であるかといふことを改めて知った」と記されてゐる。

その森翁が『源氏物語』を精力的に読まうとされたのは、東大の史料編纂所に勤められるやうになった頃のことであった。「書物」（『著作集』続編第九巻）といふ文章に次のやうに記されてゐる。

編纂所（東京帝国大学史料編纂所）に於て、私は後藤丹治さんと知った。そして後藤さんと申合せて、『源氏物語』の会読を始めた。役所が引けてから、役所に近い私の下宿で、毎日小一時間づつ『源氏』を代る代る読んで、解釈し合ふのである。会読は幾十回続いたらうか。日曜日に私の方から弁当持参で後藤さんの家に行って午前から午後へかけて読み合ったこともある。さうして私等は、とにかくこの書全部を読んだ。これは今考へても、よいことをしたと思ってゐる。それから自分だけで今一度読みかへしたいと思ひながら、まだそのことも果たさずにゐる。しかしもし私が絶海の孤島へ流されでもするとしたら、僅かに持参する書物の内に、『源氏』だけはどうでも加へるであらう。

右に記されてゐる後藤丹治といふ人は、その後『太平記』などの戦記物語の研究に力を注ぎ、幾多の学問的業績を挙げた人である。年齢は森翁より二歳下で、神宮皇學館に学んだ後に京都大学文学部国文学科の選科を修了して、史料編纂所に編纂官補として採用されてゐたのであった。

森翁が後藤氏と『源氏物語』を会読されたのは昭和二年、三十二歳頃のことで、右の記事によれば約百時間くらゐであったらうか。翁らはその百時間余りで「とにかくこの書全部を読んだ」のであるから、それは私の経験に照らして見ればかなりのスピードであるが、元々ご両人ともに国文学に相当の素養のある人であったから可能だったのであらう。それに何よりも読破への意気込みが強かったのであらう。

『書物』は昭和十九年に出版されたものであるが、その中に「自分だけで今一度読みかへしたいと思ひながら、まだそのことも果たさずにゐる」とある。「そのこと」とは、恐らく『源氏』の完読のことを言ってをられるのであらう。何故なら森翁の「読書日記」(『著作集』続編第十四巻所収)の昭和十年三月四日の記事に

> 『源氏物語』を取出でて「若紫」を読みかけしに、面白くてつひに全巻を了りぬ。幼年時代の紫上いかにもよく書かれたり。

とあるのであるから、少なくとも昭和十年の春頃には『源氏物語』の再読を始めてをられたのである。

## 「読書日記」の中の『源氏物語』

森翁のこの「読書日記」は、翁によれば「気紛れの所産」といふことであるが、翁自身が「本書を読

んで、自分は一生涯にいかなる書を読むべきかなどの問題に、意を致す人でもあらうなら、私はそれを喜びとしたい」と書いてをられるやうに、自分の読書遍歴に自ら恃むところがあったことが知られるのである。その内容は江戸期のものが中心となってはゐるものの、『源氏物語』の読書日記と言ってもよいほど『物語』に読み耽られた様子も窺はれ、とりわけ『源氏物語』の読み方のお手本のやうな感想が述べられてゐるのは実に貴重とすべきところであるから、私は以下に森翁のその感想を出来るだけ紹介しておかうと思ふ。例へば昭和十年三月五日の記事には次のやうにある。

末摘花以下、紫の上に関する条のみを読みもて行く。源氏が紫の上と描ける絵に彩色して遊びながら、末摘花のことを思ひ出でて鼻の赤き女を描き、更に己の鼻の先に紅をつけて姫君をかしがらせ、そを空拭ひして、「更にこそ白まね」などといふあたり、われらには面白さいふべからず。

九日には「須磨の巻を読む」とあり、十日も「明石の巻を読む」、十二日も「澪標を読む」とあるが、『物語』の内容については余り記されてゐない。

十三日の記事には、島津久基氏の「源氏物語と現代作家」といふ文章を読んでの感想が記されてゐる。

文藝四月号に島津久基氏の「源氏物語と現代作家」といふ一文あり。現代作家二三人が、いかに源氏を悪評すとも、そが源氏の価値にかかはるべきやは。不問に附して可ならん。一葉のたけくらべに、さては花袋の蒲団に源氏の影響がありや否や。あまり源氏といふ眼鏡を通して見過ぎたるの観あり。字句の末を追ひて、古文学の影響を云々すること、一部国文学者諸氏の喜びてするところなるも、われらにはさまでありがたからず。

島津氏の「源氏物語と現代作家」といふ文章は『源氏物語新考』といふ書物に収められてゐて、それには正宗白鳥が『源氏物語』に対して「頭脳にけん怠を覚えさせ」「読みづらいこと甚だしい」と言ったとか、上司小剣が『源氏物語』を「くだくだしくねちねちした飴のやうな」と評したことなどが紹介されてゐる。白鳥にしても小剣にしても『源氏物語』を「悪評」してゐるのは身の程を知らざる者と晒《わら》へば済むことではあるが、しかしさうした謂《いは》れのない悪評に影響される人々の多いことを思へば、「不問に附して可ならん」と澄ましてばかりはをれないやうに私などは思ふ。

十九日には「源氏を暇々に少しづつ読み続けてけふは薄雲を終った」とあり、

子供好きの私は、紫の上が引取った明石の姫君をわが子のやうに可愛がって、「懐に入れて、美しげなる御乳をくくめ給ひつつ、たはぶれ居給へる御様見所多かり」などといふ箇所に心を惹かれるのである。

と記されてゐる。この後の一週間は多忙だった様子が日記に窺はれ、二十六日になって「源氏 槿《あさがほ》の全章を読む」とあり、次のやうな感想が記されてゐる。

槿に慕ひ寄る源氏のことよりも、その源氏に対する紫の上の心の動きを描きて、かゆきところに手の届ける心地す。藤壺は、源氏自身も理想化して見るところありしなるべけれど、その性格個性的ならず。紫の上は賢くして、しかも初々しくあどけなく、可憐に、人間を離れで描かれたるさすがなり。紫式部自身も限りなくいたはりつつこの女性を書けるが如く思はれる。

四月に入って二日の記事に「いつも火曜日には池上の中川翁へ行くのであるが、途中の電車で『源氏』を読むのが例になり、またその源氏を読む一事からも火曜日が楽しみとなった」とある。万巻の書物を読破された森翁の読書生活の中にあって、『源氏物語』が格別な意味を持ってゐたことが知られる。その日は、

けふは少女の巻を読む。源氏がその子夕霧の監督を花散里に託すことなど、いかにもしかあるべか

りしやうに感ぜられて来る。容貌美しからず、気立て穏かで、自己をよく知って、人と競ふ心がなく、落付いた気持で生活を続けて行く花散里は、この物語の中でも好感の持たれる婦人である。

といふ感想が記されてゐる。

五日は『源氏物語』の記事で終始してゐる。

夜、源氏の玉鬘と初音との二巻を読んだ。玉鬘が初瀬の観音で、亡き母の侍女であった右近と邂逅する一条はいかにも小説的であるが、それだけにまた目先が変って面白い。初音で、源氏が邸内の花散里以下の人々を順次に訪ふのが、映画で筋に入る前に主要の人物がお目見えするやうな趣があって面白い。紫女のこの大きな小説を運転せしめて行くのに、余裕綽々してゐるのが心憎いほどである。

九日は「野分まで進んだ」とあるから、「胡蝶」「蛍」「常夏」「篝火」と読み進まれたのである。その中で、「常夏」巻に出てくる近江君《あふみのきみ》といふ「軽はづみで、跳ねっかへりの娘」が、紅を「いと赤らかにかい附けて」ゐるといふことを記し、「ひとり源氏の中の近江君のみではない」と付記されてゐる。当時の電車の中や往来で見掛けられる若い女たちを諷してをられるのであらう。この日の日記は『源氏物語』についてのみである。

十日の記事はかなり丁寧な読後感が記されてゐる。

夜また源氏の行幸一巻を読んだ。源氏と頭中将と、その子女夕霧と雲居雁との恋愛事件から、気持が磨れ磨れになってゐる。しかし玉鬘のことについて、源氏の方から出かけて行って話せば、互に昔がなつかしく、打ち解けて話し合ふが、しかし夕霧の問題にはお互に進んで触れようともせず、奥歯に物が挟ったやうな気持で対してゐる。さうした心理描写が実に行届いた筆で叙してある。源氏を退屈な小説といふ人は、筋の発展より外に興味を覚えない低い鑑賞眼の持主たることを自白してゐるに過ぎぬ。

十六日の日記も『源氏物語』に終始してゐる。

源氏進みて若菜の上下を読みをへつ。桜が雪のやうに散る春の夕暮の蹴鞠の庭に、柏木の女三宮を垣間見るの条美しくして絵の如し。その後に突然として紫の上を病に陥らしめ、物のまぎれに柏木をして女三宮に近づかしむ。その運び息をもつがしめず。紫女の心は一面神に通じ、他面悪魔にも通ぜりといふべし。若菜は源氏の中にても、また読みごたへのある巻なりと思はる。

一週間後の二十三日の日記の記事も『源氏物語』だけである。中川翁の宅に行かれる途次の電車の中での読書に集中しておいでなのであらう。

源氏の柏木を読んだ。にはかに病に伏した紫の上は小康を得、若い柏木が一面源氏に対する精神的の苦悩に得耐へずして死んで行く。紫式部が罪を犯した柏木をも憎むことの出来ぬ人間として書いてゐるのがさすがだと思ふ。

紫式部は「柏木をも憎むことの出来ぬ人間として書いてゐる」との森翁の評は傾聴すべき言葉である。概ね源氏学者は柏木は源氏の冷たい目に睨み殺されたと解釈してゐるのであるから。

二十七日には「役所の旅行で伊香保へ行く」とある。榛名神社に沢田東江の額を見出して「珍しかりき」と喜び、宿泊の木暮旅館にも藤森弘庵の額のあることを記録してをられ、いかにも森翁らしい旅であることが彷彿とする。

二十八日は早朝から宿で『源氏物語』に読み耽ってをられる。

朝五時起き抜けに温泉に入り来りて、廊下の籐椅子に源氏を読む。赤城、二子の二山霞の裡にあり。

遠き新築の小学校に通ずる道の桜の並木いと美し。源氏の御法の紫の上の逝去の条なり。幼き匂宮を病の暇に前に据ゑて、「まろが侍らざらむに、思し出でなむや」などいふあたり、「おとなになり給ひなば、ここに住み給ひて、この対の前なる紅梅と桜とは、花の折々に心留めてもて遊び給へ。さるべからむ折は、仏にも奉り給へ」などいふあたり、読みつつも涙ぐまる。

森翁は『源氏物語』を読みながら宛《さなが》ら物語の中の一人物と化してをられるのであるが、これこそが『源氏』を真に味読し鑑賞し得る秘鑰《ひやく》なのであらう。

五月に入って後の『読書日記』には、『源氏物語』に関する記事は全く見られない。紫上が亡くなり、源氏が生ける屍の如くなった「幻」巻以後の『物語』を読む意欲を翁は失ってしまはれたのであらうか。

## 「源氏物語おぼえ書」

森翁の「読書日記」に見える『源氏物語』についての記述は、昭和十年の四月二十八日に「御法」巻についての感想を記されたのを最後に途絶えてゐるが、しかし翁がいつまでも『源氏物語』の魅力の虜《とりこ》になってをられた様子は、「源氏物語おぼえ書」（『著作集』続編第七巻所収）といふ文章が昭和三十年に書かれてゐることでも知られる。その「おぼえ書」の冒頭で翁は、

何度読返しても飽くことを知らないばかりか、読返す度ごとに、これまで気附かなかったよさを知り、新しい感銘を受ける。『源氏物語』は実に不思議な作品である。『源氏物語』のさうした魅力は、一体どこから来るのか。

と述べ、「桐壺」巻について次のやうな感想を記してをられる。

先づ翁は「いづれの御時にか」といふ有名な書き出しについて、
少しも勿体振らずに、軽々と筆を下して、そのまますぐに本題に入ってしまふ。その辺の呼吸が巧まずして妙である。

と評してをられるが、これは自ら文章を書くことを鍛錬して来た翁にして初めて言ひ得ることである。そして周囲の白い眼に耐へられず病となった更衣が里に下がらうとする時に、更衣が辛うじて「限りとて別るる道の」といふ歌を詠み、「いとかく思う給へましかば」と「ただ一言だけ、帝に対して口を利いてゐる」描写の仕方が、「墨を惜むこと金の如しといはうか」と翁は賞賛されてゐる。そして「書けば幾らでも書くことがあらうのに、作者はさやうな常套に堕することをしない」とも評してをられる。

次いで森翁は靫負《ゆげひ》の命婦が更衣の母を訪れた場面を、
更衣の死を軽く扱った作者は、死後に於けるこの一段を十二分に細叙して居り、この一段のあることに拠って、桐壺の巻はしっとりとした落附を持った巻となる。

と評された。そしてやがて帝が藤壺の女御を迎へられると、帝の心が自然に藤壺に移って行くことについて、「それもまた哀れである」とされ、原文に、
思しまぎるるとはなけれど、おのづから御心移ろひて、こよなう思し慰むやうなるも哀れなるわざなりけり。

とあるのが「人の心を道破してゐて感慨が深い」と記されてゐる。そして源氏の「母を慕ふ心」が「母に似るといふ藤壺を慕ふ心となり、それがつひに恋にまで進展する」といふ『物語』の叙述が「どこまでも自然に行ってゐる」と讃へ、そして、
源氏の君は、見様に依っては奈何《いかん》ともし難い運命に翻弄せられてゐる人だった。さう見ることに

依って、一部の『源氏物語』は深酷この上もない小説となる。『源氏物語』をただ花やかな、美しい小説と見るのは浅い。

とされた。そして、

私は生を受けて、この物語を原文のままで読むことの出来るのを、この上もない仕合せとするのである。

と述べて「桐壺」巻の「おぼえ書」を結んでをられるが、源氏学者のうちの誰がこのやうな幸福感を抱きながら『源氏物語』に取組んでゐるのだらうか。

「帚木」巻の冒頭の記述については森翁は「やや重々しい書出し」であると評し、それが「『源氏物語』はこの帚木から本篇に入るのだといふことをそれとなく匂はせてゐるものと解せられる」とし、有名な「雨夜の品定め」の部分は「やや長過ぎる」から「もう少し端折って貰はれなかったものだらうかといふ気がする」といふ感想を述べられてゐる。

森翁は「若紫」巻の印象を、

「夕顔」から「若紫」に移ると、世界が忽ち明るくなって、正に気分が一新する。この転換が大いにいい。

と述べた後、この「若紫」巻で作者は「源氏その人よりも、寧ろ紫上の方を心ゆくばかり書いて見ようと意図したのではなかったかと私には思はれる」とし、「事実この紫上の出て来る場面は、その一つ一つが快い」と評された。やがて源氏は「紫上に忽ちにして惹きつけられる」のであるが、森翁はその源氏について「源氏はどこまでも真実だった。浮ついた恋などしてゐない。そこに源氏の人物がある」とされ、さうした源氏の真情を裏付けるかのやうな背景を、晩春の北山にはまだ桜が咲き乱れて、霞がたなびき渡ってゐる。山上から四方を眺望する場面もある。「若紫」の前半は、どこまでも明るく美しい。

と述べて、『物語』の真髄の鑑賞の仕方を私どもに教へて下さってゐる。

祖母の尼君のもとで暮らしてゐた紫上であったが、尼君が亡くなったために父宮は紫上を自邸に引き取ることにした。それを知った源氏は、「かの宮に渡りなば、わざと迎へ出でむもすきずきしかるべし」と思ひ、「その前に、しばし人にも口がためて、渡してむ」などと「思し乱」れた末に、深夜に紫上の邸に行って姫を自邸に連れて帰ってしまった。その行為を森翁は「非常手段を用ひて」と言ひ、寂聴氏は「強引に略奪して」と評してゐる。「源氏の切実な気持」を理解する森翁の澄んだ目と、源氏を「女蕩し」「色事師」と見てゐる寂聴氏の色眼鏡の違ひはかういふ表現にも表れてゐる。

森翁は「若紫」巻を総括するやうにして、

子供を描いた文学としても、『源氏』以上に出てゐる作品は、恐らくないであらうと思はれる。「若紫」は幼い紫上の心ゆくばかり描出されてゐる点に於て、この物語の全巻の中でも特に愛すべき巻となってゐる。

と述べて、『源氏物語』を読む者に適切な解説をしてをられるが、残念なことにこの「源氏物語おぼえ書」はここまでで打ち切られてしまってゐる。

## 森翁と国文学者

森翁の博識は国文学者の及ばぬことを屢々指摘されることがある。新潮社から『日本文学大事典』が出版された時、その説明に納得の行かない項目を取り上げて指摘され、

『源氏物語』の各巻の名称の条に、乙女巻を少女巻とも書くといふ風に説明してあったが、「乙女」はオトメで、ヲトメにはならない。これは当然「少女巻」が正しく、「乙女巻」の方が誤りである。学問が衰へ、文字の使用法の乱れた鎌倉時代の写本の大多数が「乙女巻」になってゐても、それを以て原作もまたさうであったらうと推定するわけにはゆかぬ。(『著作集』続編第十二巻所収「日本文学大辞典」)

と言ってをられるが、「乙女」巻は「少女」巻でなければならないといふことに言及された学者の文章を私は他には知らない。

また島津久基氏が雑誌『国文学と教養』(昭和五年十月号)の「源氏物語の尊さ・美しさ・面白さ」といふ文章で「源氏だって批点の打ち処のない名文だと無理に強弁しなくてもよい」と述べ、「若紫」巻の、

箱の唐めいたるを、透きたる袋にいれて、五葉の枝につけて、紺瑠璃の壺どもに御薬ども入れて、藤桜などにつけて、所につけたる御贈物ども捧げ奉り給ふ。

といふ文章を取り上げ、「て」の文字が反復されてゐる表現について「小学生の作文じみた箇所」であると言ひ、これは『源氏物語』の「白璧の微瑕」であると評した。これに対して、森翁は「失礼ながら島津氏の方が間違ってゐるであらう」と言って次のやうに述べられたが、これなども国文学者以上に国文学に通じてをられた好例である。

空間的に横に並んだ事物を列記する場合の箇々には「て」は用ひない(初めに序あり、つぎに凡例あり、つぎに本文あり、最後に跋ありて、一巻を成せりなどいふ文はそれである)。時間的に縦に経過を叙する場合には、一々「て」を附するのが正しい用法である(序を読みて、凡例を読みて、本文を読みて、

跋文を読みて、全部を了せりといふがそれである）。このことは宣長の『玉あられ』をも一覧さるべきである。この「て」の用法を誤る人の多きことをいって来て、「古き物語などを見べし、必ずおくべき所には、いくつ重なりてもいとはず、重ねておけるをや」としてゐる。（『著作集』続編第十四巻「随読随記」）

森翁が国文学者に対して不満を抱いてをられたことは井原西鶴についての晩年の論争に極まるが、『源氏物語』に関係する学者としては池田亀鑑氏に対する批判が最も多かった。中にあって、池田氏の「清少納言とその作品」といふ論文について「何ぞ趣を解せざるの甚だしきや」と駁せられたことや、また『日本文学論攷』に収められた池田氏の「直観と検証」と題する一文を「滑稽な謬見」として退け、「帝大国文学科の少壮助教授として知らるる人にしてこの言あり」と慨嘆されたことに加へて、池田氏の代表的な労作『伊勢物語に就きての研究』について次のやうに評された。

池田氏の言辞は全くの無意味で、氏自身『伊勢物語』のほんたうのよさを解してゐないことを自白してゐるのに過ぎぬ。池田氏などは、恐らく『伊勢物語』の全段を暗唱出来るほどに熟知してゐたであらうが、それでゐて『伊勢物語』そのものを知ってはゐない。『伊勢物語』を単なる学問的操作の対象物として見てゐたのに過ぎぬ。同氏の愛読書でも何でもなかった。池田氏から『伊勢物語』の講義を聴いたとしても、それに依ってその物語に親しみを持つに至った人などは、恐らく一人もないであらう。池田氏がいかに努力家だったにもせよ、氏はほんたうの国文学者たるべき肝心なものに欠けてゐた。池田氏一人を咎立てするのは酷であるが、池田氏は国文学者でありながら、私などの考へる国文学には遠い人だった。（『著作集』続編第十二巻「雑記帳」）

右の森翁の文中にある『伊勢物語』を『源氏物語』に置き換へれば、私が本書で言ひたいことは殆ど尽されるが、現在の私の慨嘆は池田氏一人にのみ止まらず、錚々たる「源氏学の巨匠たち」をも「国文学者たるべき肝心なものに欠けて」ゐると指弾せねばならないところに、森翁以上の嘆きと憂ひとが私にあることは、本書に論証するところで知って頂けるであらう。

では森翁の言はれる「ほんたうの国文学者たるべき肝心なもの」とは何であるか。それは森翁の、国文学も、生きた人間になるための学問でなくては意義がない。

といふ言葉に尽きるのである。言ひ換へれば、『源氏物語』は読者が「生きた人間になるための物語」として紫式部が彫心鏤骨の挙句に結実したものなのである。

## 四　『源氏物語』に見える「大和魂」の真義

### 「大和魂」は「実務的能力」か

『源氏物語』に一例だけ見える「大和魂」といふ言葉は、今日では一般に「日本民族に固有の気性」といった意味で用ひられてゐるものの、本来はこのやうな意味ではなかったことについては既に第1章で少し説明したところであるが、ここで更にそのことについて論じておきたいと思ふ。と言ふのも、この「大和魂」といふ言葉は『大鏡』にも一例見えるのであるが、そこでも『源氏物語』での場合と同様にその意味が正しく解釈されてゐるとは思はれず、その間違った解釈が諸々の古語辞典にそのまま記述されてゐるといふ現実があるからである。

そこで先づ、現在、「大和魂」といふ言葉がどのやうに解されてゐるかを、辞書によって見てみると次のやうに記されてゐる。

『日本国語大辞典』（小学館）
「ざえ（漢才）」に対して、日本人固有の知恵・才覚または思慮分別をいう。学問・知識に対する実務的な、あるいは実生活上の才知、能力。
『角川古語大辞典』（角川書店）
才（ざえ）に対する語。才が漢文による学力をいうのに対し、実務的・常識的な思慮分別をいう。
『岩波古語辞典』（岩波書店）
実務を処理する能力。

すなはちいづれも略々《ほぼ》相似た説明がなされてゐて、一般にはこれが本来の古語の「大和魂」の意味であると解されてゐるのである。

ではこの「大和魂」といふ言葉は『源氏物語』の如何なる場面で用ひられてゐるのか。それは第1章で紹介したやうに「少女」巻で、夕霧が元服をした際に朝廷では四位を与へようとしたのに対して、源氏は夕霧を六位にとどめた上で大学に入学させようと考へたが、この源氏の方針に夕霧の祖母の大宮が不服だったため、源氏が学問の必要性を懇々と次のやうに大宮に語ったところにある。

高き家の子として、官《つかさ》爵《かうぶり》心にかなひ、世の中さかりに驕りならひぬれば、学問などに身を苦しめむことは、いと遠くなむ覚ゆべかめる。戯れ遊びを好みて、心のままなる官爵《くわんさく》にのぼりぬれば、時に従ふ世人の、下には鼻まじろきをしつつ、追従し、気色取りつつ従ふほどは、おのづから人と覚えてやむごとなきやうなれど、時移り、さるべき人に立ちおくれて、世衰ふる末には、人に軽め侮らるるに、かかりどころなきことになむ侍る。なほ才《ざえ》をもととしてこそ、大和魂の世に用ゐらるる方も強う侍らめ。さし当りては心もとなきやうに侍れども、つひの世のおもしとなるべき心掟を習ひなば、侍らずなりなむ後も、うしろやすかるべきによりなむ。

右の「大和魂」を源氏学者がどのやうに解してゐるかは次の通りである。

『全書』「人間的才覚」

『大系』「世才や良識」

『評釈』「常識的政治判断」

『全集』「実務の才」

『新日』「実務の力量」

このやうに各種の古語辞典や源氏学者の解釈は略々同一であるが、実は右の諸書の内、『全書』以外のどの書物よりも早くに池田亀鑑編『源氏物語事典』(東京堂)が昭和三十五年に刊行されてをり、この「語彙編」が記述する説明に諸書は拠ってゐるであらうと判断されるのである。

その「語彙編」での「大和魂」の説明は石田穣二氏の担当によるもので、そこには次のやうに記述されてゐる。


正確な定義のむつかしい言葉であるが、最も一般的にいえば、いわば人間的な力倆、具体的には、当時の貴族の政治家として具備すべき人格、というほどの意味であろう。わが国の政治家、貴族として具えねばならぬ、ほとんど基本的な条件のごときものと考えられたらしい。『大鏡』時平伝に時平のことを「さるはやまとだましひなどはいみじくおはしたるものを。」とあり、次の、醍醐天皇としめし合わせて一芝居うって服装の華美の時弊を改めた話はその例として書かれてあるらしい。機略といっては狭く鋭くなる。大きな芝居もうてることであり、悪く走れば陰謀や策略ということにもなるであろう。同じ時平を道真と比較して「左大臣は御年も若く、才もことのほかに劣り給へるによりて、」とも『大鏡』はいう。少女の本文に見えると同じく、「才」に対する語であり、舶来の合理的、理論的な漢学の素養に対して、わが国の貴族に本来的な資性ということになる。『大鏡』によれば道真と伊周は才の人であり、それに対してこの二人の政敵であり、またともに二人を失脚せしめた時平、道長はやまと魂の人ということになろう。道長については「さるべき人はとうより御心魂のたけく御まもりもこはきなめり」（道長伝）とあるくらいで、正しくこの語の語例はないようであるが、伊周については「昔は北野の御事ぞかし、… この殿も御才日本にはあまらせ給へりしかば、」とある。とまれ、やまと魂の具体的な様相は『大鏡』に描かれた時平、道長の像に感得するよりほかない。現代日本の保守政治家の原型をここに見る。

この石田氏の説明が、右に掲げた学者諸氏の解釈や古語辞典の説明のもとになってゐることが明らかであらう。

ところで、石田氏は右の説明に先だって、当該の「少女」巻の文章の極く一部を引いたものの、「今省略にしたがう」として『源氏物語』の文章から「大和魂」の意味を明らかにするといふことを全くしてゐない。つまり、石田氏は、『源氏物語』に記述されてゐる内容には全く依らないで「大和魂」を解釈しようとしてゐるのである。その代りに『大鏡』の「時平伝」の記事に依って「人間的な力倆」とか「当時の貴族の政治家として具備すべき人格」のことであるといふ解釈を導き出してゐる。尤もこの定義は石田氏にも自信がなかったらしく、「やまと魂の具体的な様相は『大鏡』に描かれた時平、道長の像に感得するよりほかない」とした。だが「感得」は個人の任意によるものであって、論理的に語義を明らかにするといふ学者としての責任を回避した言葉である。

## 『大鏡』における「大和魂」

抑々『大鏡』の「左大臣時平」伝の項は異例とも言ふべきスタイルとなってゐる。と言ふのは、時平の兄弟の「左大臣仲平」伝の記述はただの十一行、「太政大臣忠平」伝でも三十三行であるのに対して、時平伝は実に百四十五行の長きにわたって記述されてゐるのである。(行数は佐藤球著『大鏡詳解』明治書院による)

ところがその記述の内容を見てみるに、ほぼ半分の六十九行は菅原道真伝であり、残りのうちの三十数行も息子の敦忠や顕忠についての記述であって、時平に関しては僅か三十行ほどしか記されてゐない。つまり『大鏡』の「左大臣時平」伝の実際の内容は菅原道真についての記述であり、また「敦忠・顕忠」伝であって、肝心の時平伝そのものは疎略な内容に過ぎないのである。

然も夫々の具体的な内容を見てみると、道真が「才もすぐれておはしまし」、「御心におきても殊の外にかしこくおはします」ので、醍醐天皇の信頼が極めて厚かったのを時平が妬み、様々な讒言をしたために道真が大宰府に流罪になった事情について記し、しかし道真がその無実の罪を受けながらも帝を怨み奉ることもなく、「東風吹かば匂ひおこせよ梅の花」の名歌や「恩賜ノ御衣ハ今此ニ在リ」の名詩を詠み残した生涯の立派さを讃へ、延喜三年の二月二十五日に「御歳五十九」で「うせ給しぞかし」と記して「左大臣時平」伝の半分を終へてゐるのである。

この記述の直後に「さて後七年ばかりありて」時平が三十九歳で「うせ給ふ」と記したあと、「時平のおとどの御女」も「うせ給ふ」と記し、次いで「御孫の春宮」も五歳で早世し、時平の長男の「八条の大将保忠卿」も「うせ給ひにきかし」とした後、「その御弟の敦忠」も「うせ給ひにき」と記されてをり、そして更に「御女」の二人もまた「うせ給ひにき」と記されてゐる。つまり『大鏡』の「左大臣時平」の伝の項は時平一族の点鬼簿の観を呈してゐる。

さうした中にあって、例外的に次男の「顕忠のおとどのみ」が右大臣にまで昇り、「六十余りまでおはせし」ことを記した後、「これより他の君だち、皆三十余り、四十に過ぎ給はず」として早死にしたことを述べ、「その故は他のことにあらず、この北野（菅公）の御嘆きになむあるべき」と記した後、更にその影響は時平の孫にも及んだことを述べ、多くの孫で官界に出世したものは誰一人としてなく、多くは出家してしまったことを記し、これを総括するかたちで「かくあさましき悪事を申し行ひ給ひし罪により、この大臣の末はおはせぬなり」と時平を断罪してゐるのである。そして問題の「さるは、大和魂などはいみじくおはしましたるものを」といふ一文がこのすぐあとに続くために、「この大臣」と「大和魂などはいみじくおはしましたる」人とが同じく時平のことを評したものであると石田氏らは解釈するのである。だが、ここに「大和魂」の意味を間違へてしまった原因がある。

すなはち「あさましき悪事を申し行ひ給ひし」の主語が「この大臣」（時平）であることは言ふまでもないことであるが、続く「さるは、大和魂などはいみじくおはしましたる」の主語は「この大臣の末」なのであって、この哀悼の言葉は「大臣の末」の敦忠や顕忠に捧げられたものと読まねばならないのである。それは顕忠や敦忠についての『大鏡』の記述を読めば明らかである。

先に敦忠や顕忠についての記述が時平よりも多いことを記したが、その内容はこの二人の立派な人柄を讃へるものであった。そこには敦忠が「世にめでたき和歌の上手、管弦の道にもすぐれ給へりき」人であって、その亡き後に宮中で管弦の催しがある時には、敦忠のゐないことを「ふるき人々」は慨嘆したと記されてをり、また顕忠については右大臣にまで昇った人でありながら、実に恭謙の人柄であったと特筆し、日常的な外出や家での生活は「大臣の作法をふるまひ給はず」、「倹約し給ひし」人であったと讃へられてゐるのである。この二人の逸話を念頭に「さるは、大和魂などはいみじくおはしましたるものを」といふ一文を読めば、この称賛と哀惜の言葉は敦忠と顕忠に捧げられたものであることは明らかである。

以上のやうに『大鏡』の記事を読み解いておいて、先の『源氏物語』の夕霧に関する記事とを併せて考へると、「大和魂」の真義が明瞭になって来る。すなはち夕霧も舞楽に優れてゐたことは「初音」巻などに記されてをり、また「まめ人」と評された夕霧が恭謙の人であったことは言ふまでもないのであるから、言はば夕霧は敦忠と顕忠の二人の美質を一身に具へ持ってゐた人柄であったと言ふことが出来る。つまり「大和魂」は生来その人が美質として具有してゐるものを指して言ふ言葉なのである。このことは『角川古語大辞典』が「たま」（魂・霊）の意味として、「人間の体内に宿って、精神的な活動をつかさどると考えられた霊魂」と説き、「たましひ」について、

その人の本質としての心の持ち方。心構え。

などとしてゐるのが参考になる。この「たましひ」に「大和」が冠せられてゐるのは、大陸人との交渉が頻繁になるにつれて、彼我の相違が強く意識せられるやうになったためであらうと判断され、それは「大和心」とか「大和言葉」などの類似の表現と併せて考へれば理解出来ることである。つまり「大和魂」の意味は、日本に生まれた人間が生来に具へ持ってゐる特有の霊魂の精神的なはたらきや、その人の生得の美質のことを言ふのであって、風雅の道に長け、謙抑の徳の人を讃へる言葉として用ひられることでこそあれ、「あさましき悪事」を行った時平のやうな人物を評する言葉ではないのである。

このことをより明確にするために、『大鏡』の「左大臣時平」伝に記されてゐる時平の二つの事跡を紹介しておかう。その一つは醍醐天皇の御代に殿上人の服装が華美になってゐるのが中々改まらなかっ

た折り、時平が「美麗ことのほか」にて参内し、帝の強い叱責を受けて謹慎したことがあったために「世の過差」が改まったが、実はこれは「帝と心を合はせさせ給へりける」ことであったといふ一件と、今一つの話は時平には笑癖があって、一旦笑ひ出すと「すこぶる事も乱れける」といふ有様であったといふことである。その話といふのは他愛もないことで、ある時、菅原道真が政務を取り仕切ってゐた時に、時平が「非道なることを仰せられ」たために道真が困って、「いかがすべからむ」と嘆いてゐたので、ある役人が「私に任せて下さい」と言って不機嫌な時平の前に罷り出て、文書を差し出す時に「高やかに」放屁したところ、時平は「文もえ取らず」笑ひ転げてしまったといふ話である。

右の二つの話のうち、前者の服装の一件が「やまとだましひ」の「例として書かれているらしい」と石田氏は説き、また橘健二氏も『大鏡』（「日本古典文学全集」小学館）の頭注でこれらの時平の逸事は「時平の長所・美点」であるとし、「大和魂」は「政治力。経世の力」であると説いてゐる。

だがしかし、右に紹介した『大鏡』の時平の記述はどのやうに読んでも大和魂の「例」とは思へず、また「時平の長所・美点」を記したものとは言ふことは出来ない。もしも時平が有能な政治家であったなら、華美な服装を改める訓告を下し、厳しい信賞必罰の態度で殿上人に臨んだなら、その弊風を是正することはさして難しいことではあるまい。また時平の笑癖と放屁の話は全く取るに足りない話で、寧ろ時平が政治家としては見るべきものがなかったことを述べてゐるのが本当のところであらう。

以上に縷述した説明をよく読んで頂ければ、「大和魂」の正しい意味は諸々の古語辞典などが説明するやうな「実務を処理する能力」とか「常識的政治判断」といった意味ではないことはよく理解し得るであらう。「大和魂」は道徳的な美徳を具へ持ち、風雅の道にも通じた日本人生得の美質のことを指していふ言葉なのである。

## 「才」の意味

なほここで「才《ざえ》」について確認しておけば次のやうなことが分る。

『源氏物語』には「才」といふ言葉は四十四例見えるが、「これは才の際もまさり、心用ゐ男々しく」（「藤裏葉」巻）、「かしこき方の才、心用ゐなどは」（「若菜上」巻）、「心ばせしめやかに、才ありなどいふ方は人に許されたれど」（「東屋」巻）などの例から推せば、「才」は「心」と対比して意識された言葉であることが知られ、また「道々の才」（「桐壺」巻）とか「とりどりの才」（「絵合」巻）、「遊びの才」（「少女」巻）などの用例を見れば、「才」は何も「漢才」に限るのではないことが分る。すなはち「大和魂」や「大和心」のやうに特に「大和」を冠した魂や心と対比された場合のみが、「才」の中でも殊更に「漢才」を意識した時の対称なのである。そして「身の才つき」とか「才の程を広め」とか「才習はせ」などの用例を見れば分るやうに、「才」は習得して得られる知識や技能を広く言ふのであり、従ってこれと対称される「魂」や「心」は生得のものであることを特に意識してゐることが知られるのである。

以上のやうに考察をしてくれば、問題の『源氏物語』の「少女」巻の文章の意味するところは明々白々であらう。既述のごとく夕霧は「まめ人」と評判される誠実な人であった。また十五歳頃のこと、宮中で男踏歌の催しがあった際に夕霧はその舞人として加はったが、その舞姿は「そこらにすぐれて、めやすく華やか」で、源氏は夕霧の「情だちたる」様子にご満悦であったと記されてゐるが、さうした「まめ人」の美質や「情だちたる」歌舞などの情趣を総称して「大和魂」と称するのである。普通の成人としてはそれで充分な資質であり人柄であるのだが、「世（政界）に用ゐらるる方」においては更に「才」（漢才）が必要であると源氏は考へて、夕霧を大学に入れたのである。

確かに源氏の言った言葉の総体には政治家としての「実務の力量」といふやうな意味も含まれてはゐ

る。だがそれは生得の「大和魂」に「漢才」が加はった時の事であって、「大和魂」といふ言葉自体に「実務」云々の意味があるのではない。然もそれは朝廷で重用されるべきすぐれた「実務の力量」であって、「常識的」な範囲を超えるものを意味してゐるのである。

このやうに考察し検証して来て、また改めて『大鏡』の「左大臣時平」の項で記されてゐたことを併せ考へれば、「大和魂」に関する両者の記述がよく符合することが理解されるであらう。顕忠の恭謙の人柄や敦忠の雅び心は夕霧のそれに通ふもので、彼らこそ「大和魂」の持ち主に他ならないのである。

（註）この「『源氏物語』に見える『大和魂』の真義」は、嘗て『藝林』（第六十三巻第二号　平成二六年十月刊）に発表した論文に加筆し、修正を加へたものである。

# あとがき

本書が浄土宗西蓮寺での二十数年間の『源氏物語』講座の所産であることは「まへがき」に記したところであるが、その第一回は平成四年九月二十日であった。ただその講座を続ける途中で、果して我が生涯のうちに「夢の浮橋」を渡り果《おお》せるかどうかが危惧されるやうになったので、平成十七年六月からは稽古有文館（鳥取県琴浦町河本家　国指定重要文化財）に於いて「宇治十帖」を並行して開講したから、合算すれば講義の回数は四百回以上になる。

これに就いては、住職の根井師が年期を切らずに私の思ふに任せて講座を続けさせて下さった配慮に加へて、この二十数年を熱心に受講された岡田みどり・倉光映子・吉田聡美・河本ミヤ子等々の諸姉の支へがあって講座を継続することが出来たのであるから、その講座の成果である本書を上梓するに当って、根井師と受講生の人たちに深甚の感謝の意を表さないではゐられない。

加へて感謝の気持を更に記させて頂けば、私が国語教師として鳥取県立倉吉東高等学校に三十年もの間勤務出来たことも有難いことであった。何故なら同校は鳥取県下で有数の進学校であったから、大学入試問題の正解を得るための精確な読解力を国語教師は要求されてをり、現代文や古典の文章を徹底的に読み解く訓練を生徒と共にしないではゐられなかったからである。それは時として旺文社や学燈社の問題集が正解とするものの非を問ふ場合もあり、或いは教科書の教材の著者——例へば大岡昇平氏や丸山眞男氏に対してその文章の曖昧さについて疑義を呈したりもしたことであったが、かうしたことを三十年も重ねる中で私は読解力を鍛へることが出来たのであらうと、今にして感謝するのである。

尤もかく言ふ私も西蓮寺での講義をし始めた頃は、本書で批判の対象とした学者諸氏の解釈や通説を何ら疑ふこともなかったのであるが、講義を数年重ねて行くうちに次第に源氏学界の通説や常識に疑問を抱くやうになった。一つには個々の文章の学者諸氏の読解が納得出来ない場面に屢々出くはすやうになったことに加へて、古典を解釈するといふ営みの意義についての時枝誠記博士の次の文章を知ったことによる。

古典註釈とは、即ち、国語の時代的隔りより起る理解の困難に、種々なる方法を以て、古語に具体的生命を与へ、之を現代に生かし、古代言語を通して、古文献に表出された古代人の生活そのものを感得するに導く、一つの作業と考へたい。(「古典註釈に現れた語学的方法」)

そして時枝博士は更に、古典註釈の作業といふことに関する本居宣長の考へを要約して、

古典の研究は、やがて道を明にする所以である。単なる過去の認識に止まらず、自己の拡充を意味するのである。(同)

とされたが、この古典を研究し註釈する作業が「道を明にする所以」であり「自己の拡充」とならねばならぬといふ指摘は、源氏学者たちが『源氏物語』を研究し註釈する営みには絶えて見ることのない貴重な教へであった。私は時枝博士のこの提言を念頭に置いて解釈の作業を進めることにより、一層『源氏物語』が正しく解釈出来るやうになった、と思ってゐる。

時枝博士は本来国語学者であって、国文学者ではない。だが博士が創唱された言語過程説は言語の表現と理解といふことを言語の本質とする立場に立つものであるから、当然、正しい解釈といふ作業は忽

せに出来ない事柄である。その考へ方は普通の国文学者が古典の註釈といふことを安易に考へてゐるのとは天地の隔たりがあるのであり、博士が国語学者でありながら『源氏物語』の解釈乃至は註釈にも精力を傾注されたのは当然のことであったのである。私が未だ若き国語教師だった頃――『源氏物語』が念頭に全くなかった頃、博士に国語教育上のことについて多少のご縁を頂いてゐたことを今にして有難く回想すると共に、あれから半世紀を経て、今また学恩に与ることの出来たことを不思議な喜びとするものである。

なほ感謝の序でに記せば、本書の原稿を書き進める途中にあって、甥の盛山和夫（東京大学名誉教授 社会学）に読者の立場からの表現上の配慮を指摘されたことや、次女の髙野靖恵が大学（お茶の水女子大学 文教育学部）で国文学を修めたこともあって、資料の蒐集などを手伝ってくれたことも有難いことであった。齢が八十歳を越えると、知力も衰へ万事が若い時のやうに円滑に進まなくなるのは仕方のないことではあるが、それだけに余計にかうした協力には助けられることが多かった。

終りに当り本書の出版を引き受けて頂いたミネルヴァ書房の杉田啓三社長、及び色々とお世話して下さった河野菜穂様に厚くお礼を申し上げるものである。

平成二十九年十二月十三日

薄命だった次兄直心院の祥月命日の日

百足庵の書斎にて　著　者

# 参考文献・引用書目一覧

〔古注釈に関するもの〕

藤原俊成女『無名草子』
藤原定家『源氏物語奥入』
素　寂　『紫明抄』
四辻善成『河海抄』
一条兼良『花鳥余情』
牡丹花肖柏『弄花抄』
細川幽斎『源氏物語聞書』
三条西実隆『細流抄』
中院通勝『岷江入楚』
熊沢蕃山『源氏外伝』
北村季吟『湖月抄』
安藤為章『紫家七論』
賀茂真淵『源氏物語新釈』
本居宣長『玉の小櫛』
石川雅望『源注余滴』
萩原広道『源氏物語評釈』

〔学術研究に関するもの〕

秋山　虔『源氏物語の世界』（東京大学出版会　昭和三十九年）
『王朝女流文学の世界』（東京大学出版会　昭和四十七年）
『源氏物語の女性たち』（小学館　昭和六十二年）
阿部秋生『源氏物語研究序説』（東京大学出版会　昭和三十四年）
『源氏物語の本文』（岩波書店　昭和六十一年）
『源氏物語の物語論』（岩波書店　昭和六十年）
伊井春樹『源氏物語の伝説』（昭和出版　昭和五十一年）
五十嵐力『源氏物語と文芸科学』（教育社　昭和四十九年）
池田亀鑑『源氏物語系統論序説』（岩波講座日本文学　昭和八年）
『古典文学論』（第一書房　昭和十八年）
『花を折る』（中央公論社　昭和三十四年）
石田穣二『源氏物語論集』（桜楓社　昭和四十六年）
石田吉貞「藤原定家の健康」（岩波講座日本文学附録「文学」　昭和六年）
『藤原定家の研究』（文雅堂銀行研究社　昭和三十二年）
伊藤　博『源氏物語の原点』（明治書院　昭和五十五年）
今井源衛『源氏物語の研究』（未來社　昭和三十七年）
『王朝文学の研究』（角川書店　昭和四十五年）
『紫林照径』（角川書店　昭和五十四年）
今井卓爾『源氏物語批評史の研究』（鮎川書店　昭和二十三年）
岩下光雄『源氏物語「本文と享受」の研究』（和泉書院　平成九年）

上坂信男『源氏物語の思惟・序説』(笠間書院　昭和五十七年)
上坂信男ほか『「源氏物語」の思惟』(右文書院　平成五年)
上田正昭『「大和魂」の再発見』(藤原書店　平成二十六年)
遠藤和夫「平瀬家本『源氏物語』の再評価」(國學院大學「國學院雑誌」平成十八年九月)
大内英範「『青表紙本』が揺らいだ後」(全国大学国語国文学会編「文学・語学」第二〇六号)
「『青表紙本』『定家本』とはなにか、何のための本文研究か」(中古文学会「中古文学」第九十四号)
大津直子「山田孝雄と『源氏物語』」(國學院大學「大學院紀要」第四十一輯)
岡　一男『源氏物語の基礎的研究』(東京堂出版　昭和四十一年)
岡崎義恵『源氏物語の美』(宝文館　昭和三十五年)
北山谿太『源氏物語の語法』(刀江書院　昭和二十六年)
源氏物語探究会『源氏物語の探究』第二輯(風間書房　昭和五十一年)
『源氏物語の探究』第三輯(風間書房　昭和五十二年)
重松信弘『新攷源氏物語研究史』(風間書房　昭和三十六年)
『源氏物語の構想と鑑賞』(風間書房　昭和三十七年)
重松信弘博士頌寿会編『源氏物語の探究』(風間書房　昭和四十九年)
島津久基『源氏物語新考』(明治書院　昭和十一年)
島津久基ほか『源氏物語研究』(有精堂　昭和四十五年)
『紫式部の芸術を想ふ』(要書房　昭和二十四年)
清水好子『源氏物語の文体と方法』(東京大学出版会　昭和五十五年)
進藤義治『源氏物語形容詞語彙の研究』(笠間書院　昭和五十三年)
鈴木日出男『源氏物語の文章表現』(至文堂　平成九年)

関みさを『源氏物語の精神史的研究』（白水社　昭和十六年）
武田宗俊『源氏物語の研究』（岩波書店　昭和二十九年）
玉上琢弥『源氏物語研究』（角川書店　昭和四十一年）
『源氏物語音読論』（岩波書店　平成十五年）
中川照将「現在の『源氏物語』本文研究に対して思うこと」（中古文学会「中古文学」第九十四号）
中川浩文『源氏物語の国語学的研究』（思文閣出版　昭和六十年）
西村　亨『知られざる源氏物語』（大修館書店　平成八年）
根来　司『源氏物語の敬語法』（明治書院　平成三年）
野村精一『源氏物語文体論序説』（有精堂　昭和六十三年）
藤井貞和『タブーと結婚』（笠間書院　平成十九年）
藤岡作太郎『国文学全史』（平安朝篇）（平凡社　昭和四十六年）
藤村　潔『源氏物語の構造』（桜楓社　昭和四十一年）
『源氏物語の研究』（（桜楓社　昭和五十五年）
古田　拡ほか『源氏物語の英訳の研究』（教育出版センター　昭和五十五年）
松尾　聰『『源氏物語』――不幸な女性たち』（笠間書院　平成十三年）
三田村雅子『源氏物語　感覚の論理』（有精堂　平成八年）
三宅　清『源氏物語評論』（笠間書院　昭和四十七年）
村井　順『源氏物語評論』（明治書院　昭和二十八年）
紫式部学会『源氏物語研究と資料』（武蔵野書院　昭和四十四年）
『源氏物語とその周辺』（武蔵野書院　昭和四十六年）
森　一郎『源氏物語生成論』（世界思想社　昭和三十一年）

山崎良幸『源氏物語の主題と方法』（桜楓社　昭和五十四年）
『源氏物語考論』（笠間書院　昭和六十二年）
山田孝雄『源氏物語の語義の研究』（風間書房　昭和五十三年）
『源氏物語の音楽』（宝文館出版　昭和九年）
山脇　毅『源氏物語の文献学的研究』（創元社　昭和十九年）
吉澤義則『源氏随攷』（晃文社　昭和十九年）
『源氏物語今かがみ』（新日本図書　昭和二十一年）
和漢比較文学会『源氏物語と漢文学』（汲古書院　平成五年）
和田英松『官職要解』（明治書院　大正十二年）
『南朝三代の源氏物語の御研究』（岩波講座「日本文学」　昭和七年）

〔事典・講座・校異・索引に関するもの〕

秋山　虔編『源氏物語必携』（学燈社　昭和四十二年）
秋山虔ほか編『講座　源氏物語の世界』全九巻（有斐閣　昭和五十九年）
池田亀鑑『源氏物語大成』全十四冊（中央公論社　昭和三十一年）
池田亀鑑編『源氏物語事典』上下（東京堂　昭和三十五年）
池田利夫『河内本源氏物語成立年譜攷』（日本古典文学会　昭和五十二年）
岡　一男『源氏物語事典』（春秋社　昭和三十九年）
加藤洋介『河内本源氏物語校異集成』（風間書房　平成十三年）
北山谿太『源氏物語辞典』（平凡社　昭和三十一年）
木之下正雄『源氏物語用語索引』上下（国書刊行会　昭和五十九年）

天理図書館善本叢書『源氏物語諸本集』(一)(二)（八木書店　昭和五十三年）
日本古典文学影印叢刊『源氏物語』全五冊（貴重本刊行会　昭和五十五年）
　『源氏物語古本集』（貴重本刊行会　昭和五十八年）
芳賀矢一博士記念会『校異源氏物語』全五巻（中央公論社　昭和十七年）
三谷栄一編『源氏物語事典』（有精堂　昭和四十八年）
山岸徳平『尾州家河内本源氏物語解題』（日本古典文学会　昭和五十一年）
山岸徳平・岡一男監修『源氏物語講座』全九巻（有精堂　昭和四十五年）

〔英訳・評伝・随想に関するもの〕

Arthur Waley, *The Tale of Genji*, 1960
E. G. Seidensticker, *The Tale of Genji*, 1977
　『西洋の源氏　日本の源氏』（笠間書院　昭和五十九年）
伊吹和子『われよりほかに』（講談社　平成六年）
円地文子『源氏物語私見』（新潮文庫　昭和六十年）
大野晋・丸谷才一『光る源氏の物語』上下（中央公論社　昭和六十四年）
駒井鵞静『源氏物語とかな書道』（雄山閣　昭和六十三年）
関　礼子『一葉以後の女性表現』（翰林書房　平成十五年）
瀬戸内寂聴『わたしの源氏物語』（集英社文庫　平成十年）
　『寂聴源氏塾』（集英社文庫　平成二十年）
正宗白鳥『古典文学論』（三笠書房　昭和二十一年）
宮本昭三郎『源氏物語に魅せられた男』（新潮社　平成五年）

紫式部学会編『源氏学の巨匠たち』（武蔵野書院　平成二十四年）
森　銑三『一代男新考』（冨山房　昭和五十三年）
『森銑三著作集』（第十二巻　中央公論社　昭和四十六年）
『森銑三著作集』（続編　第七巻　中央公論社　平成五年）
『森銑三著作集』（続編　第十二巻　中央公論社　平成六年）
『森銑三著作集』（続編　第十四巻　中央公論社　平成六年）
与謝野晶子『新訳源氏物語』（金尾文淵堂　大正二年）

さ　行



た　行



な　行



は　行



ま　行

# 索　　引

（＊は人名）

## あ　行



## か　行

《著者紹介》


小谷恵造（こだに・よしぞう）

昭和９年　鳥取県に生れる。

昭和27年，大検に合格し，鳥取大学学芸学部（２年制）を修了の後，中学校に勤務の傍ら日本大学（通信教育部）文学部国文学科を卒業。昭和53年，県立倉吉東高等学校在職中に慶應義塾大学附属研究所斯道文庫に内地留学（半年間）。平成22年度，鳥取県文化功労賞を受賞。

現　在　国指定重要文化財河本家（稽古有文館）保存会会長

専　門　鳥取県郷土史・儒学（論語）・国文学（源氏物語）

趣　味　古書画の鑑賞・蒐集，囲碁（アマ６段）

主　著　『池田冠山傳』三樹書房，平成２年

『言葉と心』富士書店，平成６年（鳥取県出版文化賞）

『川合清丸傳』富士書店，平成９年

『土方稲嶺傳』富士書店，平成13年（鳥取県出版文化賞）

『佐善雪渓の研究』今井出版，平成20年

『正墻適處と堀敦斎』今井書店，平成23年

『言意並朴』鳥取出版企画室，平成26年



「もののあはれ」を読み解く

――『源氏物語』の真実――

2018年２月20日　初版第１刷発行　〈検印省略〉

定価はカバーに
表示しています

著　者　小　谷　恵　造

発行者　杉　田　啓　三

印刷者　坂　本　喜　杏

発行所　株式会社　ミネルヴァ書房

607-8494　京都市山科区日ノ岡堤谷町１

電話代表　(075)581-5191

振替口座　01020-0-8076





冨山房インターナショナル・新生製本

ISBN 978-4-623-08153-0

Printed in Japan